용마검전

FANTASY FRONTIER SPIRIT

김재한 판타지 장편 소설

용마검전 4

김재한 판타지 장편 소설

초판 1쇄 찍은 날 § 2014년 11월 12일
초판 1쇄 펴낸 날 § 2014년 11월 19일

지은이 § 김재한
펴낸이 § 서경석

편집부장 § 권태완
편집책임 § 박은정
디자인 § 신현아

펴낸곳 § 도서출판 청어람
등록번호 § 제387-1999-000006호
등록일자 § 1999. 5. 31
어람번호 § 제1-1982호

주소 § 경기도 부천시 원미구 부일로 483번길 40 서경B/D 3F (우) 420-822
전화 § 032-656-4452 팩스 § 032-656-4453
http://www.chungeoram.com
E-mail § chungeorambook@daum.net

ⓒ 김재한, 2014

ISBN 979-11-316-9288-2 04810
ISBN 979-11-316-9234-9 (세트)

용마검전

FANTASY FRONTIER SPIRIT

김재한 판타지 장편 소설

4

배신자들

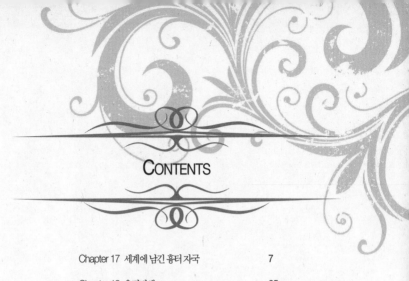

CONTENTS

魔龍劍展

1

아직 용마전쟁이 한창일 때 칼로스는 아젤에게 용살의 의식에 임하는 인간과 용 양자의 입장에 대해서 이야기한 적이 있었다.

"힘을 갈구하며 용에게 도전하는 인간은 불로 뛰어드는 부나방 같은 존재지. 하지만… 난 진정 가련한 것은 인간이 아니라 용이라고 생각해."

"그건 또 무슨 개소리야?"

"용살의 의식을 치를 때, 선택하는 쪽은 언제나 인간이야."

인간이 용살의 의식을 청하면, 용은 무조건 받아들인다. 아무리 불리한 상황이더라도, 세상에 나오는 그 순간부터 영혼을 괴롭히던 갈증을 해소할 유일한 방법임을 알기에.

그러나 그들은 언제나 선택받는 입장이다.

선택하는 것은 인간이다. 지혜와 언어, 두 가지를 얻지 못한 용은 언제나 인간이 자신을 선택해 주기를 기다릴 수밖에 없다.

"인간의 도전을 거절하는 용이 있다면, 그건 비원을 이루어 지혜를 얻은 용뿐. 하지만 그렇게 되기까지 얼마나 많은 기다림과 싸움이 있을지 상상하기는 어렵지 않지."

어쩌면 기나긴 생이 다할 때까지도 선택받지 못할 수도 있다.

상처입고 병든 상태에서 선택받을 수도 있다.

"그에 비해 인간은 만전의 상태를 기하고 원하는 때, 원하는 장소를 전장으로 고를 수 있어. 결국 힘과 각오, 두 가지만 있으면 되는 셈이지."

"그 두 가지를 별거 아닌 것 취급해도 곤란한데."

"물론 그런 건 아니야. 하지만 선택할 수 있는 자와 선택할 수 없는 자, 어느 쪽이 더 가혹한 숙명을 짊어졌는지는 장황하게 말할 것도 없어."

2

먼 옛날의, 하지만 자신에게는 불과 몇 년 전, 혹은 몇 개월 전으로밖에 느껴지지 않는 기억들이 두서없이 뇌리를 스쳐 간다. 아젤은 잠시 동안 천둥용이 다가오는 모습을 지켜보고 있었다.

'하지만 인간도 늘 선택권이 없는 상황에 내몰리지.'

바로 지금 용살의 의식에 나설 수밖에 없는 아젤처럼.

그런 그에게 카이렌이 말했다.

"아젤, 자네는 내게 말했지."

예전에 카이렌이 검에 대해서 물었을 때 아젤은 대답했다.

검은 그저 목적을 이루기 위한 도구일 뿐이다. 도구야 쓰다 보면 망가질 수도 있는 것이다. 도구가 망가진다면 거기에 집착하는 대신 목적을 이룰 다른 방법을 강구하는 게 옳다.

"그러나 이 용검은 내 혼이고, 내 목숨이다."

"사람이 의미를 부여함으로써 비로소 생명을 갖게 되는 것들이 있게 마련이지요."

아젤이 말했다. 무기를 언제든지 쓰고 버릴 수 있는 도구로 취급하는 그에게도 그런 존재가 있었다. 바로 용마기다.

카이렌이 두 자루의 용검 중에 하나를 아젤에게 건네주었다.

"내 혼을 빌려주지. 반드시 이기고 돌아오도록."

"……"

아젤은 잠시 놀란 눈으로 그를 바라보았다. 카이렌이 스스로 말한 것처럼, 그에게 있어서 용검은 단순한 도구가 아니다. 그것은 그의 필생의 성과가 녹아들어 있는 분신이나 마찬가지였다.

그런 용검을 빌려 준다는 것은 보통 일이 아니다. 아젤은 잠시 동안 그를 바라보다가 용검을 받아 들고, 대신 자신의 검을 카이렌에게 건네주었다.

"감사히 쓰겠습니다."

"아마 자네가 약속을 지키려는 때가 지금은 아니었겠지. 안다. 하지만… 지금은 자네에게 맡길 수밖에 없군."

"……."

아젤은 만전을 기하지 못했다. 미리 예정되었던 훈련 기간을 다 채우지도 못했고, 그를 위한 용검은 완성되지 않았으며, 심지어 한창 몸을 혹사하다가 뛰쳐나오느라 컨디션도 엉망진창이다.

이런 그에게 천둥용과 용살의 의식을 치르라고 요구하는 것은 지나치게 가혹한 일이다. 마음 같아서는 자신도 함께 싸우고 싶었다.

그런 심경이 드러나는 카이렌의 표정을 본 아젤이 웃었다.

"이걸로 충분합니다."

카이렌에게 있어서 세이가의 구출은 가장 우선시해야 하는 일이다. 아무리 아젤에게 가혹한 요구를 하게 된다고 하더라도 어쩔 수 없었다.

아젤은 그의 입장을 이해했다. 그래서 그가 더 뭐라고 하기 전에 몸을 돌렸다.

"이런 건 언제나 있던 일입니다. 공작님은 가서 공주님과 역할이 뒤바뀐 왕자님이나 구해 오세요."

"…아리에타는 그런 역할에 어울릴 거라고 생각하나?"

카이렌은 실소하며 그렇게 묻고 말았다. 아젤이 돌아보지 않고 대꾸했다.

"그래도 왕자님보다 그림은 되지 않겠습니까?"

"그건 그렇군. 세이가 녀석, 이번 일이 끝나고 나면 호되게 다시 단련시켜야겠어."

카이렌은 그리 말하며 몸을 돌렸다.

아젤은 그에게서 빌린 용검을 쥐고 휘둘러 보았다. 처음 써 보는 검이지만 손에 착 감기는 느낌이 든다. 그건 잘 만들어진 검이기 때문이기도 하지만 분명 그 안에 담긴 기운이 친숙하기 때문이리라.

'용마력.'

과거, 용마기를 쓸 때마다 느낄 수 있었던 기운이 이 검에 담겨 있었다.

용검은 자신의 영혼으로 벼려내는 용마검을 대신할 수 있는 물건은 아니다. 그러나 그저 한 자루의 검으로 치부하기에는 너무나도 뛰어난 작품이었다.

자체적으로 용마력을 발하는 것은 물론, 사용자의 마력을 받아서 용마력으로 변환한다. 용마검처럼 주인과 혼연일체가 되어 그 힘을 발휘하는 것은 아니다. 하지만 이 검을 쥔 것만으로도 아젤의 선택권이 대폭 넓어진다.

"용이여."

용검의 감각을 확인한 아젤은 나직한 목소리로 천둥용을 불렀다. 그러나 마력에 의해 증폭된 그 목소리는 천둥용이 발하는 소음을 꿰뚫고 그 귀에 닿았다.

"내 이름은 아젤 제스트링어."

아젤은 그동안 수련으로 갈고닦은 마력을 최대한으로 끌어올리면서 선고했다.

"용살(龍殺)의 의식에 도전한다."

쿵쾅거리며 달려오던 천둥용이 거짓말처럼 얌전해졌다. 마치 확인하듯 자신을 바라보는 천둥용을 향해 아젤은 천천히 용검을 들어 자세를 취했다.

잠시 후, 용이 정적을 깨고 고개를 끄덕이는 것으로 용살의 의식이 성립되었다.

3

우우우우우우!

아젤의 내부에서 심장이 한 번 고동칠 때마다 생명의 고리들이 격하게 진동하면서 마력을 생산한다. 지금 아젤의 심장을 감싼 생명의 고리는 다섯 개. 모두 듀얼 밴딩을 완료한 상태다.

그렇다 해도 용을 상대로 싸우기에 충분하냐고 하면, 아젤은 고개를 저을 것이다. 마력량, 육체의 강함, 그리고 컨디션에 이르기까지 모든 것이 필요충분조건을 만족시키지 못한다.

'하지만 그건 언제나 마찬가지였지.'

실전은 시합이 아니다. 절대 싸우면 안 되는 상태로 전장에

나가서 적들과 맞서는 것도 아젤에게는 일상이었다.

'그래. 언제나……'

그것은 예나 지금이나 똑같다. 긴 잠에서 깨어난 후로도 부족한 상태로 쫓기고, 쫓기고, 싸우면서 여기까지 오지 않았던가.

"천둥용. 의도한 건 아니지만 제법 공평한 상황이군. 너도, 나도 부상자고……."

아젤은 빠르게 천둥용의 상태를 파악했다.

컨디션이 완벽하지 못한 건 아젤만이 아니라 천둥용도 마찬가지였다. 조금 전까지 서리용과 격전을 치렀으니 당연했다. 외상이야 무지막지한 재생력으로 회복했어도 쌓인 피로와 마력 소모는 어쩔 수 없으리라.

"나 역시 선택의 여지 없이 여기에 섰다."

그러니 눈앞의 용을 가련하게 여기지는 않겠다. 서로 대등하게 죽고 죽이는 관계라는 마음가짐으로 싸움에 임할 것이다.

아젤의 말에 천둥용은 행동으로 대답했다.

꽈르릉! 꽈광!

천둥용은 용 중에서 가장 공격이 빠른 용이다.

다루는 힘의 특성 때문이다. 뇌격은 그 무엇보다도 빠르다. 천둥소리가 울려 퍼졌을 때는 이미 시퍼런 뇌격이 목표물을 태워 버린 후다.

천둥용은 지금껏 살면서 같은 용 말고는 적수를 만나지 못했다. 아무리 강건한 존재라도 그의 뿔이 발하는 뇌격 앞에서는 대책이 없었으니까. 적을 치고자 하면 곧바로 뇌격이 공간을 격해서 적을 태워 버린다.

"…그래. 아주 잘 알지. 아마 인간 중에서는 내가 가장 잘 알 거야."

그러나… 아젤은 천둥용이 지금까지 상대해 온 그 어떤 존재와도 달랐다.

크르르……?

천둥용은 당혹감을 느꼈다. 분명히 뇌격을 정면으로 받은 아젤이 터럭 하나 상하지 않은 채로 서 있었기 때문이다.

이미 아젤이 니베리스와 라우라를 상대로 선보인 바 있는 방어기술, 절연화였다. 천둥용이 뇌격을 사용하는 것은 너무나도 뻔한 일이라 쉽게 방어할 수 있었다.

천둥용의 당황을 틈타서 아젤이 돌진했다. 거리가 멀수록 천둥용에게 유리하다. 검이 닿는 거리까지 접근해야 했다.

쫘르릉! 쫘광! 쫘과과광!

놀란 천둥용이 연이어 뇌격을 쏟아부었다. 자기 몸에 떨어지는 것도 아랑곳하지 않고 폭풍처럼 뇌격을 폭발시킨다.

뇌격을 지배하는 천둥용은 스스로 발하는 뇌격에 상처 입지 않는다. 적이 발하는 뇌격에도 거의 면역이라 할 만한 내성을 발휘한다.

'생각보다 대비가 빠르군! 경험이 좀 있는 용이야.'

예전에 싸웠던 지룡처럼 어린 용이었다면 첫 일격이 무력화

되어서 당황하는 틈을 찔러서 쓰러뜨릴 수도 있었으리라. 하지만 천둥용은 이해할 수 없는 상황을 맞닥뜨리고도 방어와 공격을 동시에 해냈다.

천둥용의 뿔이 시퍼렇게 불타오르면서 사방팔방에 뇌격을 쏟아낸다. 지면을 타고, 그리고 허공에 흩뿌려지는 뇌광이 다시 그 통제하에 들어오더니 구형(球形)으로 확산되면서 모든 것을 불태우는 벼락의 결계를 구성했다.

파지지지직!

"큭!"

어떻게든 접근하려던 아젤이 그 결계의 권역 밖으로 밀려났다.

마력을 절연화해서 버틸 수 있는 시간은 그리 길지 않다. 저런 식으로 전 방위를 다 뇌격으로 집어삼키면 절연화로는 도저히 대응이 불가능했다.

거리가 벌어지자 천둥용이 곧바로 뇌격의 융단폭격을 퍼부었다. 아젤은 순동법으로 어지럽게 위치를 바꾸어가면서 천둥용의 시야 사각을 찾아서 접근해 들어간다.

그 과정이 몇 번이나 반복되었다. 아젤의 입장에서는 힘과 속도가 부족했다. 조금만 더 빠르다면, 조금만 더 강하다면 필요로 하는 타이밍을 손에 넣을 수 있을 것이다. 하지만 매번 아슬아슬하게 천둥용이 전 방위 공격으로 그를 떨쳐 냈다.

"음······!"

벌써 여섯 번째 접근했다 튕겨 나오는 아젤에게 천둥용이 뇌격을 퍼붓는다. 시간을 되돌려서 몇 번이나 다시 똑같은 과정을 반복하는 것 같은 착각마저 드는 전개다.

이때 아젤의 선택은 둘 중 하나였다. 순동법으로 가속해서 옆으로 빠져나가거나, 아니면 절연화로 흘려보내면서 돌격하거나.

'이대로는 안 돼!'

한 번 접근했다 튕겨 나올 때마다 체력과 집중력이 크게 소모된다. 서로 같은 패턴을 반복하면서 어느 한쪽이 실수하기를 기다리는 상황이라면 압도적인 여력을 가진 용이 무조건 승리한다.

그렇게 판단한 아젤은 이번에는 새로운 방법을 써보았다.

쫘콰광!

아젤이 그 자리에 그대로 서서 뇌격을 받아냈다. 당연히 지금까지의 전개를 따라서 빠져나가는 아젤에게 연속 공격을 퍼부으려던 천둥용이 움찔한다.

'벼락을 먹어 치우는 자!'

그것은 절연화보다 더욱 난이도 높은 기술이다. 적이 반드시 뇌격을 쓴다는 사실을 알아야만 쓸 수 있는 이 기술은, 절연화로 뇌격을 흘려보내면서 동시에 일부를 자신의 에너지로 흡수해 버리는 기술이었다.

'변환!'

그리고 그렇게 흡수된 뇌격이 생명의 고리의 진동에 따라서 다른 속성의 힘으로 변환된다. 아젤이 순간적으로 해낸 일은 고위 스피릿 오더 수련자라도 기절초풍할 최고 난이도의 절예였다.

그 자리에 버티고 선 아젤의 몸을 따라서 위에서 아래로 흘러간 뇌전이 바닥을 타고 퍼져 나간다. 그 직후 아젤이 눈을 번쩍 뜨면서 검을 휘둘렀다.

'지룡의 전진!'

쿠르르룽! 쿠구궁!

대지가 뒤흔들리며 땅속을 달리는 충격파가 지면을 깎아내며 튀어나온다. 마치 바다 속을 헤엄치는 상어가 수면을 향해 고속으로 부상하는 것처럼!

콰과광!

그것이 천둥용이 펼친 뇌격의 결계와 충돌하는 순간, 지면이 통째로 뒤집어졌다. 땅 속으로부터 폭발한 힘이 천둥용이 발 딛고 선 지면을 엎어버린 것이다.

실로 놀랍기 짝이 없는 일이다. 지면을 폭파시켜 버리는 일이라면 모를까, 이렇게 정확한 범위를 뒤집어 버리는 건 압도적인 힘과 기적적인 제어 감각 양쪽이 합치되어야만 가능한 일이었으니까.

카아아아!

전혀 예상치 못한 공격에 천둥용도 당황했다. 기나긴 세월을 살아온 천둥용이었지만 이런 경우는 상상도 하지 못했다. 압도적인 덩치, 체중, 거기에 네 발로 지면을 딛고 서서 인간보다 훨씬 안정적인 균형감각을 가진 존재가 뒤로 벌러덩 넘어간다니?

"후읍!"

이 순간, 아젤은 스스로의 부족함을 통탄했다.

완벽한 찬스다. 즉시 정신적 공황상태에 빠진 천둥용에게 뛰어 들어가서 치명타를 가해야 했다. 그런데…….

"으으으으윽!"

파지지지직!

전신을 타고 뇌격이 방전되었다. 짜릿한 고통이 전신을 타고 달리면서 몸 안에서 통제에서 벗어난 뇌격의 힘이 미쳐 날뛴다.

"너무… 얕봤군……!"

옛날 생각을 하고 정면으로 받아낸 게 무모한 짓이었다. 지금 그의 힘으로는 천둥용의 일격을 전부 흡수해 낼 수가 없었다. 결과적으로 흡수해서 변환하지 못한 힘이 체내에서 날뛰어서 절호의 기회를 눈 뜨고 날려 버릴 수밖에 없었다.

"크아앗!"

퍼어엉!

아젤이 날뛰는 뇌격을 한곳으로 모아서 하늘로 방출해 버렸다.

"헉, 허억, 헉……."

한쪽 무릎을 꿇은 채 숨을 몰아쉰다. 바보짓을 했다. 이래서야 괜히 여력만 깎아 먹은 꼴 아닌가?

하지만 원래 싸움이란 그런 것이다. 한순간의 실수로도 목숨이 날아간다. 그렇기에 위험을 감수하고 도박을 해서 성공했을 때 얻는 것이 큰 만큼 실패했을 때 잃는 것도 큰 법.

쿠구구구구······!

그 앞에서 허우적거리던 천둥용이 겨우 몸을 일으킨다. 그 몸을 감싸고 끓어오르는 시퍼런 뇌격 속에서, 뇌격 그 자체로 이루어진 기괴한 실루엣이 일어나기 시작했다.

4

뇌격이 그려낸 실루엣들이 춤춘다. 언뜻 보면 홀릴 정도로 눈부시고 아름답지만, 다가가는 것만으로도 생명을 불태워 버릴 위험천만한 존재들이다.

'권속!'

용의 권속이다. 지룡의 권속이 토사로 이루어졌듯이 천둥용의 권속은 뇌전 그 자체로 이루어진 괴물들이었다.

"이제부터가 진짜라 이거군."

이 권속들은 상대하기가 대단히 까다로웠다. 천둥용의 공격이 용 중에서 가장 빠르듯이, 그 권속들도 다른 권속들과는 비교를 불허하는 속도로 적을 친다!

꽈광! 꽈과광!

그들은 그 자체로 벼락이었다. 하늘을 날 때는 천둥용이 광범위하게 펼쳐 둔 뇌전의 실을 타고 점멸하듯이 날지만, 표적을 잡고 치는 순간에는 한 줄기 뇌격으로 화한다.

아무리 아젤이 빨라도 벼락이 쏟아진 후에 눈으로 보고 피하는 건 불가능하다. 일순간이라면 소리가 퍼져 나가는 것보다도 빠르게 움직일 수 있는 아젤이지만, 벼락의 속도는 그 수준을 아득히 초월한다.

아젤은 필사적으로 마력의 흐름, 그리고 뇌전의 에너지가 집중되는 순간을 포착했다. 자유자재로 주변을 포위하고 몰아치는 천둥용의 권속들을 막으려면 공격을 사전에 읽어내야만 했다.

파지직! 꽈광!

사방팔방에 뇌격의 꽃이 핀다. 용이 발하는 뇌격이 대각선으로, 수직으로 날아드는 가운데 그 여파로 권속들이 태어나면서 전 방위에서 아젤을 노린다.

"크윽!"

아젤은 현란한 움직임으로 쏟아지는 공격을 피했지만 그것도 한계가 있었다. 피할 수 없는 건 절연화로 피하지만 그것조차도 완벽하진 못하다. 절연화로 피한 직후 시간차로 날아드는 뇌격은 방어막으로 받을 수밖에 없고, 그때마다 내장이 찢어질 것 같은 충격을 받았다.

서로 가진 것의 차이가 너무 크다. 용은 숨 쉬듯이 자연스럽게 뇌격을 다룰 수 있으며, 그 근본이 되는 힘도 다른 생명체와 비교할 수도 없을 만큼 어마어마하다.

게다가 용은 멀리서 한 방만 제대로 치면 그만이다. 그에 비해 아젤은 때리기 위해 접근하는 것조차 어려웠다.

인간이 용보다 앞서는 것은 오직 하나, 기술뿐.

세상의 수많은 생명체 중에서 인간은 전혀 강력한 존재가 아니다. 맨몸의 인간은 기르는 개조차 이길 수 없고, 심지어 초식동물과 싸운다고 해도 엉망진창으로 패배할 것이다.

그런데도 인간은 세상의 패자가 되었다. 그 이유는 무엇인가?

인간에게는 지혜가 있기 때문이다.

스스로의 부족함을 보충하기 위해 도구를 만들어낸다. 그리고 그 도구를 보다 효율적으로 쓰는 방법을 연마하고, 그렇게 얻은 노하우를 공유해서 차근차근 더 뛰어난 기술로 만들어간다.

무예 또한 그러한 과정을 통해 탄생한 기술이었다. 약자가 강자를 이기기 위해 쌓아 올린 불합리한 광기의 극치.

태어나면서부터 최강이며, 그러나 지혜를 갖지 못해 우둔한 용을 인간이 이길 답은 오로지 그 안에만 있다.

"하얏!"

아젤이 기합성을 내지르며 미처 비껴내지 못한 뇌격을 검으로 흡수해서 방출했다.

하지만 이런 방법까지 동원했다는 것은 아젤이 완벽하게 궁지에 몰렸다는 뜻이다. 아슬아슬하게 피하고, 막는 것도 한계에 달해서 결국 천둥용이 펼친 뇌격의 결계와 권속 양쪽에서 완전히 포위되고 말았다.

쫘과광!

결국 피하지 못한 아젤이 방어막을 펼쳐서 막고 튕겨 나갔다. 충격을 다 상쇄하지 못해서 피를 뿌리며 하늘을 난다.

순간 천둥용이 눈을 부릅뜨며 아가리를 벌렸다. 사냥감이 약해진 것을 확신하는 순간, 주저 없이 최강의 무기를 선택한 것이다.

동시에 아젤의 눈이 빛을 발했다.

'용의 포효! 그렇게 나올 줄 알았다!'

천둥용은 폭급하고 공격적인 용이다. 애당초 뇌격이라는 힘으로 공간을 뛰어넘어 한순간에 적을 멸하는 용에게 인내심이라는 단어가 어울릴 리 있는가?

이해할 수 없는 존재와 대적하더라도 망설이지 않는다. 강하게! 더 강하게 나아가면서 공격을 퍼붓는다.

아무리 실전 경험을 쌓아서 풍부한 기술을 구사한다고 해도 그 본질은 변하지 않는다. 아젤은 천둥용과 싸우면서 그 사실을 확인했다.

카아아아아아!

용의 포효가 폭발했다.

천둥용이 펼쳐 두고 있던 벼락의 결계가 한 점으로 집결, 포효하는 용의 아가리를 중심으로 어마어마한 뇌광이 뿜어져 나왔다. 일순간에 수백 미터가 새하얗게 불타오르면서 한 박자 늦게 장대한 흙먼지가 피어오른다.

발란 숲에서 싸운 지룡과는 기술면에서 격이 다르다. 이 천둥용은 스스로의 힘을 활용하는 법을 아주 잘 알고 있었다.

그렇기에 아젤이 의도한 대로 행동했다.

'기다리고 있었다!'

궁지에 몰린 것조차도 전술의 일부였다. 한순간이라도 실수하면 목숨이 날아가는 상황조차 이용해야만 용을 이길 수 있으니까!

후우우우우!

폭발해서 흩어지는 뇌광 속에서 아젤의 몸이 강렬한 기류를 일으키며 회전했다.

절연화만으로는 도저히 막을 수 없는 뇌격이었다. 아무리 수련을 통해 강해진 아젤이라도 이런 공격을 받으면 꼼짝없이 죽었어야 했다.

카이렌이 용검을 빌려 주지 않았다면 그렇게 되었을 것이다.

"천둥용의……!"

용검이 강렬한 용마력의 파동을 발한다. 의념으로 현상을 지배하는 힘, 용마력이 아젤에게 한계를 초월할 힘을 부여했다.

아젤이 든 용검에 눈부신 전광이 맺혀 타오른다. 그것은 분명 천둥용이 발한 강대한 뇌격의 일부였다.

"…뿔!"

꽈과과과광!

폭음이 울려 퍼졌을 때는 이미 전광이 천둥용을 가르고 지나간 뒤였다.

뇌광이 폭발하면서 사방천지가 새하얗게 타오른다. 비록 아젤의 마력은 발란 숲의 지룡을 무찔렀을 때에 미치지 못하지만, 천둥용의 뇌격을 받아 증폭한 뒤 쏘아낸 이 일격은 그때를 능가했다.

하지만 아젤은 멈추지 않는다. 곧바로 폭발하는 뇌광 속으로 뛰어들었다.

파학!

파육음이 울려 퍼지면서 피가 분수처럼 솟구쳤다. 그리고 용이 고통에 차 울부짖었다.

캬아아아아!

놀랍게도 천둥용은 지룡을 끝장냈던 일격을 받고도 살아 있었다. 그저 살아남은 것으로 그친 게 아니라 거의 타격이 없이 멀쩡했다.

그럴 수밖에 없다. 천둥용은 폭풍우가 몰아치는 날에 떨어지는 낙뢰조차도 양분으로 삼는 존재. 산도 가르는 일격이라도 그것이 뇌격인 한에는 상처입지 않는다.

아젤도 그 사실을 잘 알고 있었다. 그러면서도 굳이 그 기술을 사용한 것은 천둥용을 패닉에 빠뜨리기 위해서였다.

"이 도박은… 내가 이겼다!"

용의 포효를 발한 직후, 상상도 못한 일격을 되돌려 받았다. 몸을 보호하는 힘이 약해진 것은 물론이고 정신적으로도 무방비 상태가 된 채로 급소를 맞은 것이다.

"하아아아아!"

격통에 휘말린 용의 정신이 제자리에 돌아오기도 전에, 아젤은 모든 힘을 끌어내어 몰아쳤다.

콰콰콰콰콰!

폭음이 연달아 울리며 용의 몸에서 피가 튀었다.

용은 혼란에서 벗어나지 못했다. 이상하다. 당연히 되어야 할 것이 되지 않는다.

출혈이 멈추지 않는다.

같은 곳을 계속 헤집는 것이 아닌 이상, 최초의 상처는 이미 재생력으로 지혈되었어야 했다. 그런데 상처가 아무는 족족 다시 벌어지면서 계속해서 피가 뿜어져 나온다.

"공작님을 원망해라. 이 검이 아니었다면 내 패배였을 테니까!"

용에게조차 통용되는 출혈의 저주는 아젤도 충분한 용마력이 뒷받침되어야만 쓸 수 있는 기술이다. 그리고 카이렌의 용검이 그것을 가능케 했다.

그러나 천둥용을 혼란스럽게 하는 이상함은 그것만이 아니다.

파학! 파하학!

자신을 치는 검이 하나가 아니다.

동시다발적으로 몸 여기저기를 검격이 가르고 지나갔다.

마치 여러 명의 인간이 자신에게 달려들고 있는 것 같다. 하지만 그럴 리 없다는 건 잘 안다. 지금 자신은 눈앞의 인간과 용살의 의식을 치르는 중이었으니까!

'그림자의 춤!'

이 순간, 아젤은 실체를 가진 분신 수십 개를 만들어 천둥용을 몰아치고 있었다.

출혈의 저주를 발하는 것은 오로지 아젤의 검격뿐이다. 그러나 쉬지 않고 사방팔방에 상처가 나며 격통이 몰려오니 아무것도 할 수가 없다.

카아아아아!

천둥용이 발악하듯이 뇌격을 발한다. 하지만 소용없다. 뇌격을 발하는 순간, 악마적인 타이밍으로 아젤이 공격한다. 격통으로 힘의 집중이 흩어지면서 약해진 뇌격이 엉뚱한 곳을 때린다.

성급하게 용의 포효를 사용한 것이 실수였다. 써버린 힘을 재충전할 새도 없이 죽음이 다가오고 있었다.

두근! 두근! 두근!

아젤의 심장이 미친 듯이 뛰면서 무시무시한 마력을 생산해 낸다.

이 순간, 아젤은 영혼을 사르는 기세로 천둥용을 몰아쳤다. 여기가 승부처다. 천둥용이 용의 포효로 써 버린 힘이 돌아오기 전에 숨통을 끊어야만 아젤의 승리다. 그러지 못한다면 아젤이 죽을 것이다!

"화염용의……!"

대량의 출혈로 정신이 아득해진 천둥용의 눈앞에서 아젤이 솟구쳤다. 섬뜩한 푸른 눈이 용을 내려다 보면서, 그 몸이 활화

산 같은 불꽃을 토했다.

"…뿔!"

그리고 눈부시게 불타오르는 검이 용의 정수리를 내려쳤다.

5

"…맙소사. 용을 저렇게 쉽게?"

아젤과 천둥용이 치른 용살의 의식을 지켜본 예언지킴이들은 경악했다.

그들도 용이 얼마나 무서운 존재인지 잘 알고 있었다. 지금 천둥용이 아젤과 싸우는 동안 주변의 지형이 바뀐 것만 봐도 알 수 있지 않은가?

그런데 아젤은 그런 용을 너무나도 간단하게 쓰러뜨렸다. 그 속사정을 들여다 보면 아젤은 목숨을 걸고 도박에 임해서 승리를 취한 것이다. 그러나 그런 속사정을 모르는 이들에게는 어이없을 정도로 간단해 보였다.

저게 과연 고작 4개월 전에 제타에게 무력하게 패배한 남자와 동일인물이 맞단 말인가?

"정말로 예언의 인물일지도 모르겠군."

예언지킴이 중 하나가 말했다.

레논도 놀라고 있었다. 이번 싸움은 그들의 예정에도 없던 일이다. 당연히 서리용을 움직이는 것도 이 시기에 하려던 일이 아니었다. 그저 언제든지 움직일 수 있도록 준비해 둔 카드

였을 뿐인데, 용마왕 숭배자들이 일을 벌이는 바람에 이런 식으로 쓰게 된 것이다.

레논이 물었다.

"지금 싸우면 어떻게 될 것 같아요, 제타?"

〈글쎄. 확신할 수 없다.〉

"제타도 용을 이길 수 있지요?"

〈가능하다. 그러나…….〉

아젤처럼 해낼 자신은 없었다. 살아생전 스피릿 오더 수련자로서 천재이며 달인이라 불렸던 제타지만 이전에 아젤과 싸웠을 때 기술적으로는 압도당했다. 그런 그가 용을 일대일로 쓰러뜨릴 정도로 힘을 키운 지금, 과연 당해낼 수 있을까?

레논이 말했다.

"자레스, 네놈의 꼴같잖은 계책도 가끔은 쓸모가 있네요."

자레스는 레논의 발밑에서 벌레처럼 꿈틀거리고 있었다.

"크윽, 젠장. 칭찬을 할 거면, 좀 더… 어울리는 말투로 하지 그래?"

자레스가 식은땀을 흘리며 웃었다. 아젤이 그에게 안겨준 고통은 지독했다. 지금까지도 고통에 몸부림칠 정도로.

레논이 눈살을 찌푸렸다.

"괴로워하든가 음흉하게 승리의 미소를 짓든가 둘 중 하나만 해요. 재수 없거든요."

"큭큭큭, 저 아젤이라는 자는… 생각했던 것보다 날카롭기는 하지만 결국은… 정의로운 놈이야. 그런 놈이라면 어쩔 수 없겠지."

"그거 진짜 악당이나 할 법한 대사 같아요. 하긴, 넌 악당보다도 더한 쓰레기죠."

"우리 모두가 마찬가지지."

"짜증나지만 네놈의 말을 부정할 수가 없네요. 그리고 어쨌거나 정말로 그가 예언이 가리키는 인물일지도 모른다는 생각이 들기 시작했어요."

"크크크……."

자레스는 여전히 땅바닥에 널브러진 채로 음침하게 웃었다. 그를 참 꼴같잖다는 눈으로 바라보던 레논이 말했다.

"세타와 델타는 잘하고 있는 것 같군요."

6

아젤이 용살의 의식을 치르는 동안 카이렌은 라우라의 뒤를 쫓았다.

혼자서 쫓아야 했다면 비탄의 미궁으로 자취를 감춘 그녀를 놓쳤을 것이다. 하지만 다행히 수호그림자가 그녀를 포착해 주고 있었다.

그리고…….

〈흠. 전설적인 애송이. 내가 모처럼 예술 감각을 발휘해서 멋지게 바꿔준 눈이 다시 멋없는 꼴로 돌아왔군.〉

"네놈이야말로 못생긴 해골을 깔끔하게 치워줬더니 다시

지저분해졌군 그래."

카이렌이 으르렁거렸다.

그를 보자마자 빈정거린 것은 예언지킴이의 용마족 불사체, 델타였다. 카이렌과 싸워서 골통이 부서졌던 그가 다시 원래의 모습을 회복한 채로 라우라와 싸우고 있었다.

〈쓸데없이 감정싸움이나 할 만큼 여유가 넘치는 게 아닙니다만.〉

신경질적으로 말한 것은 불사체 마법사, 세타였다. 카이렌이 투덜거렸다.

"어이, 해골 마법사. 지금 내가 악몽을 꾸는 중이라고 말해 주지 않겠나? 그럼 조금이나마 고마워해 줄 용의가 있는데."

〈혀라도 깨물어서 정신을 차리는 게 좋겠구려. 당신이 더러운 불사체들과 사이좋게 연합전선을 펼치고 있는 건 틀림없는 현실이니까.〉

"젠장."

〈제법 오래 살았으니 지금껏 못해본 경험을 신선한 감동으로 받아들이는 유연한 정신 자세를 갖추는 게 좋을 것이오.〉

"짜증나는 놈."

〈무척이나 새삼스러운 평가군.〉

카이렌 입장에서 정말 짜증나기는 하지만 지금은 델타와 세타 둘 다 든든한 아군임을 부정할 수 없다. 특히 강력한 마법을 사용하는 세타가 아니었다면 벌써 라우라를 놓쳤을 테니까.

"당신들 정말 끈질겨."

라우라가 한숨을 쉬었다. 명백히 귀찮아하고 있는 모습이다.

하지만 그녀도 속으로는 위기감을 느끼고 있었다.

'설마 거기서 용살의 의식을 시도할 줄은.'

천둥용에게 추적자들 대부분을 맡기고 빠져나가려고 했는데 계획이 어긋났다. 특히 아젤이 용살의 의식으로 천둥용을 붙잡은 건 완전히 계산 밖이다. 그에게 그럴 만한 힘이 있었단 말인가?

카이렌이 오기 전까지 델타, 세타, 그리고 다수의 수호그림자가 그녀를 포위하고 맹공을 퍼부었다. 그래서 얼마 이동하지도 못했는데 카이렌이 오자마자 다짜고짜 공격을 날렸다.

콰콰콰콰콰!

눈앞이 새하얗게 불타오른다. 직후 카이렌이 그녀의 방어막 위를 내려쳤다.

방어막이 격하게 뒤흔들린다. 카이렌의 공격은 그녀도 간담이 서늘해질 정도로 강맹했다.

'이대로는 위험해.'

완벽한 계산 착오다. 이대로 싸워서 물리치기에는 적의 수가 너무 많고 강하다.

이들에 대해서는 알고 있었다. 카이렌을 제외한 불사체 둘은 예전, 라우라의 선대와 싸워서 죽인 멤버들에 속해 있었다.

즉, 라우라에게 있어서는 불구대천의 원수라고 할 수 있는 존재들이지만 딱히 원한이 솟구치지는 않는다. 애당초 라우라는 아운소르의 선대 계승자에게 아무런 애정도 없었기 때문이다.

'그때 멤버가 전원 모인 것은 아니겠지만… 용검공작도 만만치 않아.'

그 사이에도 격렬한 공방이 오가고 있었다. 라우라는 온갖 마법을 퍼부어가면서 그 자리를 빠져나가려고 했다.

그러나 적들의 포위망이 너무 견고하다. 마법의 절반 정도는 마법사인 세타가 상쇄해 냈고, 수호그림자들이 귀찮게 발목을 붙잡는 동안 카이렌과 델타가 급속도로 접근해 와서 섬뜩한 검격을 날린다.

'어쩌지?'

빠져나갈 방법이 없는 것은 아니다.

세이가를 붙잡기 위해 쓰고 있는 비탄의 미궁을 거두어들이고, 비탄의 잔이 가진 모든 능력을 적들을 향해 퍼부어주면 된다. 그러나 그랬다가는 임무는 실패로 끝나고 말리라.

'그건 싫은데…….'

머리로는 그쪽이 현명하다는 것을 안다. 지금까지 그녀가 쌓아온 실적을 생각한다면 이번 한 번쯤 실패한다고 해서 큰 흠이 되지도 않으리라. 경쟁자인 니베리스 역시 실패한 일이 아닌가?

"실패해도 괜찮은 일이야."

라우라는 스스로에게 들려주듯이 중얼거렸다. 그래, 실패해도 괜찮은 일이다. 세이가를 저들에게 내주고 무사히 빠져나가는 쪽이 옳다.

하지만 가슴 한구석을 뭔가가 막아버린 것처럼 답답한 기분이 들었다.

"이름을 주는 건 한 번 선별을 거친 후에 해도 충분하겠지."

어린 시절, 아직 세상에 대해서 잘 모르고 라우라라는 이름도 받지 못했을 때 차가운 눈으로 자신을 내려다보며 말하던 어른들이 생각난다. 마치 물건의 가치를 감정하는 듯한 시선들.

"실패하지 않는 자만이 이름을 계승한다. 실패자는 필요 없어."

그들은 늘 그런 말을 하면서 라우라를, 그리고 한때 그녀와 함께 계승자 자리를 놓고 다투던 모든 아이를 몰아붙였다. 실패자는 도태되었고, 그들이 원하는 성과를 이룬 아이들만이 선택받아서 이름을 받았다.

도태된 자들은 세상에서 사라졌다. 그들은 자신들의 비원을 이룰 도구로써 많은 아이를 '생산'했고 그중에서 원하는 조건을 충족시키는 이들만을 남겼다.

"으윽⋯⋯!"

무표정하던 라우라의 표정이 처음으로 일그러졌다.

냉정하고 현명하게 판단해서 임무를 포기하고 자신의 안위를 우선시한다. 고작 그것뿐인 일이다.

그런데 어린 시절부터 정신에 각인된 상처가 그 간단한 선택을 막고 있었다.

콰하하핫!

그런 그녀의 방어막이 갈라졌다. 집중력이 흐트러지는 틈을 타서 델타와 카이렌이 일점에 집중한 공격을 날렸다.

"꺄악!"

라우라가 비명을 질렀다. 견고하던 방어막이 파탄나면서 드레스 자락이 찢겨 나갔다.

"전투 중에 한눈을 팔다니 여유가 넘치는군! 아가씨!"

완벽한 기회다. 튕겨 나가는 라우라의 앞으로 쇄도한 카이렌이 주저 없이 검을 내려쳤다. 이걸로 끝이다!

그 순간, 눈앞에서 섬광이 폭발했다.

"아니?!"

카이렌이 경악했다. 이 섬광이 그에게 타격을 준 것은 아니다. 시야가 막혔다뿐이지 물리적인 파괴력은 전혀 없었다.

그런데 검끝에 걸리는 게 아무것도 없다. 완벽한 기회를 잡고 내려친 검이 허공을 가르고 말았다.

"하아아……."

그 앞에서 라우라가 긴 한숨을 내쉬었다.

순간 카이렌은 자기 눈을 의심했다. 섬광이 폭발했다고는 하나 그 순간에 눈을 감아서 시각이 마비되지는 않았다. 그런

데 눈앞의 풍경이 마치 봄날 아지랑이처럼 일그러져 보이고
있었다.

세타가 말했다.

〈공간왜곡이군.〉

비탄의 잔은 하늘의 빛을 모아 공간을 왜곡시키는 도구다.
공간왜곡을 통해 완전히 격리된 공간을 만드는 '비탄의 미궁'
말고도 국지적인 공간왜곡을 일으킬 수도 있었다.

방금 전, 절체절명의 위기를 라우라는 공간왜곡으로 넘겼
다. 카이렌은 분명 정확한 지점을 쳤지만 공간이 왜곡되어서
허공을 가른 것이다.

"실패……."

라우라가 창백한 얼굴로 중얼거렸다.

공간을 왜곡시키는 것과 동시에 비탄의 미궁이 깨졌다. 아
젤이 판단한 대로 라우라가 비탄의 잔을 다루는 솜씨는 아직
미숙하다. 비탄의 미궁을 유지하는 동안에는 공간왜곡을 일으
킬 수 없었다.

그녀의 곁에 의식을 잃은 세이가가 쓰러져 있었다.

"세이가!"

카이렌이 놀라 외쳤다. 하지만 세이가는 완전히 정신을 잃
었는지 반응이 없었다.

문득 라우라가 말했다.

"기왕이면 그가 따라왔으면 좋았을 것을."

먼 곳에서 섬광이 치솟고 있었다. 그보다 한 박자 늦게 덮쳐

온 강대한 용마력의 파동에 전율이 일었다.

우우우우우…….

공기가 희미하게 떨리는 가운데 라우라와 대치하고 있던 카이렌, 델타, 세타조차도 뒤를 돌아보았다. 눈을 떼도 되는 상황이 아니라는 것을 알았지만 등 뒤에서 덮쳐 온 용마력의 파동이 너무나도 강렬했던 것이다.

라우라가 중얼거렸다.

"결국 용살을 해냈네. 아젤 제스트링어, 어쩌면 당신은… 왕의 운명을 구원해 준 자의 피를 이은 걸까."

"뭐라고?"

생각지도 못한 말에 카이렌이 놀라 돌아보았다. 하지만 라우라는 대답 대신 마법으로 세이가를 들어 올렸다.

"당신 덕분에 실패를 결단할 수 있었어, 용검공작."

그렇게 말한 그녀가 한 번 손짓하자 세이가의 몸이 엉뚱한 곳으로 날아가서 절벽에서 떨어지기 시작했다.

"젠장!"

카이렌은 주저 없이 그 뒤를 따라 절벽에서 뛰어내렸다. 아니, 그냥 뛰어내린 게 아니라 절벽을 타고 아래쪽을 향해 질주한다. 발 디딤대가 있는 상황이 아니면 순동법을 쓸 수 없었기 때문이다.

그렇게 카이렌을 떼어 놓은 라우라가 몸을 날렸다. 물론 세타와 델타, 수호그림자들이 그냥 두고 볼 리 없었다. 곧바로 그녀를 향해 뛰어들었지만…….

"그럼 안녕."

기다렸다는 듯이 공간왜곡이 전개되면서 공간이 뒤집어졌다. 그녀를 향해 달려들었던 전원이 자기가 향하던 방향과 반대 방향으로 달리고 있다는 사실을 자각했을 때, 라우라는 마법으로 모습을 감춘 채 고속으로 그 자리를 떠나가고 있었다.

"이런 젠장!"

수호그림자들은 분노해서 그 뒤를 쫓기 시작했다.

7

아젤은 서서히 사그라지는 빛 속에서 눈을 떴다.

용살의 의식은 끝났다. 패배한 천둥용은 승자인 아젤에게 모든 것을 헌납했다.

아젤은 잠시 눈을 감은 채 자신의 육체에 깃든 용의 힘을 느끼고 있었다. 느껴진다. 용에게서 취한 거대한 힘이 꿈틀거리는 것이.

이 힘을 전부 소화해 내려면 어느 정도 시간이 필요하리라. 하지만 지금 이 순간에도 거짓말처럼 활력이 넘친다. 모든 상처가 낫고 극심하게 소모했던 마력이 충만했다.

"자, 그럼……."

마음 같아서는 당장에라도 명상에 잠겨서 그 힘을 소화해 내는 데 주력하고 싶었다. 하지만 그렇게 여유 있는 상황이 아니다.

그때였다. 아젤이 살기를 발하며 물었다.

"…죽고 싶어서 환장했나?"

예언지킴이 레논이 그 앞에 나타나 있었다. 자레스와 달리 직접 모습을 드러낸 채였다.

"아니에요. 그저 서두를 필요가 없다는 걸 알려주려고요."

"무슨 소리지?"

"아운소르의 계승자는 놓쳤어요. 하지만 용마왕자는 구출했고요."

"그렇군. 그럼 급한 불도 껐겠다, 이제 내 용건을 해결할 차례인가?"

"어떤 용건이지요?"

"당장 제타라는 놈을 내보내. 박살 내줄 테니. 그다음에는 자레스라는 놈이 두 번 다시 이따위 생각을 못하게 만들어줘야겠군."

"자레스에 대해서는, 흠. 그 애송이를 변호하고 싶지는 않지만……."

"애송이?"

아젤이 눈을 크게 떴다. 레논이 말했다.

"아, 저는 이래 봬도 당신보다 나이가 많답니다, 아젤 경."

"무슨 뜻이지?"

"예언지킴이가 된다는 것은 인간으로서의 삶을 박탈당한다는 의미거든요. 전 대암흑 때 태어났지요."

그 말에 아젤이 숨을 삼켰다. 믿기 어려운 이야기였다. 대암혹 때 태어났다면 지금은 최소한 60살을 넘는 노인이라는 소리 아닌가?

"용마족도, 용마인도 아니면서… 그 시간 동안 시간의 흐름이 비껴갔다고?"

"네. 하지만 노인네 대접할 필요는 없어요. 그런 건 예전에 다 버렸으니까요."

레논은 엄청난 이야기를 하면서 생글생글 웃고 있었다. 잠시 말문이 막힌 아젤에게 그가 말했다.

"그럼 자레스에 대한 이야기로 돌아가지요. 아젤 경의 심정은 십분 이해하지만, 이번에는 그가 쓸데없는 궁리를 한 게 좋은 결과를 낳았음을 참작해 주시면 안 될까요?"

"가재는 게 편이라 이건가? 결과론일 뿐이야."

확실히 자레스가 서리용을 꾀어냈기에 용마왕 숭배자들이 불러낸 천둥용을 막을 수 있었다. 하지만 애당초 자레스가 서리용을 준비한 이유를 생각하면 아젤은 그를 용서할 수 없었다.

"그렇군요. 뭐, 그럼 어쩔 수 없네요. 자레스는 알아서 몸을 사리는 수밖에."

"너를 족쳐서 내 앞에 대령하게 하는 게 편할 것 같은데?"

"유감스럽게도 우리는 그렇게 끈끈한 정으로 묶인 사이가 아니라서요. 자기 안위가 최우선이지요."

"정말 쓰레기 같은 놈들이군."

"부정하지 않겠어요. 하지만 아마 그 이유는 아젤 경, 당신이 생각하는 것과는 다를 거예요."

"무슨 뜻이지?"

"우리가 스스로의 안위를 중시하는 이유는, 이 목숨이 비원을 달성하기 위해 필요한 도구이기 때문이에요. 예언지킴이는 모두 용마왕 숭배자를 없애기 위해 인간으로서의 삶을 포기하고 도구가 될 것을 선택했으니까요."

"갑자기 정보를 제공하는 데 친절해졌군. 나불나불 잘도 떠드는 걸 보니, 너희에게 연민을 느끼고 동조해 주길 바라기라도 하는 거냐?"

"그런 생각은 안 했어요. 다만, 우리는 당신이 예언의 사람일 가능성이 높다고 여기기 시작했거든요. 그래서 좀 더 협조적이 된 것뿐이지요."

"하지만 난 너희에게 협조적이 될 생각이 없는데?"

"용마왕 숭배자들을 없애 준다면, 그게 우리에게 가장 협조적인 일이에요."

무슨 말을 해도 생글생글 웃기만 하는 레논의 얼굴은 정말로 가면 같았다. 아젤은 눈살을 찌푸리며 말했다.

"뭐, 좋아. 자레스라는 놈은 직접 찾아서 족치기로 하지. 제타라는 놈이나 내놔."

"거절할게요."

"뭐라고?"

"더 이상 제타를 통해서 당신을 시험할 의미가 없으니까요."

"호오? 목숨을 아낀다고 하더니, 그러지 않으면 내 손에 죽을 수도 있다고는 생각하지 않는 건가?"

"제 생각에 당신은 그럴 것 같지 않은데요?"

"…진짜 어린애라면 몰라도, 속이 시커먼 노인네라는 걸 알았는데 봐줄 것 같나?"

레논이 눈을 크게 떴다. 아젤이 움직이는 걸 제대로 보지도 못했는데 검이 목에 겨누어져 있었기 때문이다. 움직임이 너무 빨라서 마치 잠시 시간이 멈춰서 중간 과정을 인식하지 못한 것만 같았다.

하지만 레논은 그런 상황에서도 생글생글 웃으며 말했다.

"분풀이 정도는 받아들이지요. 죽이지만 않는다면."

"……."

아젤이 이를 갈았다.

'이놈, 허세를 부리는 게 아니야.'

레논의 눈을 보니 알 수 있었다. 이 녀석은 진심이다. 아젤이 절대 그런 일을 하지 않으리라고 믿는 것도 아니고, 두려움을 각오하고 말하는 것도 아니다.

정말로 상관없다고 생각하는 눈이다. 자신들이 찾는 사람일지도 모르는 아젤이 분풀이를 한다면 받아줄 수 있다고…….

결국 아젤은 검을 내리고 말았다.

"네놈이 말하는 예언이라는 건 뭐지?"

"인간이면서 용마력을 가진 자, 위대한 힘을 담을 그릇이 비원을 이뤄줄 것이다."

예언은 간략했다.

예언지킴이들의 비원은 용마왕 숭배자들의 멸살이다. 오로지 그것을 이루기 위해서 그들은 인간이기를 포기하고 수호그림자의 일부가 되었다.

아젤이 물었다.

"위대한 힘을 담을 그릇? 그건 뭐지?"

"거기까지는 아직 말씀드릴 수 있는 단계가 아닌 것 같아요. 아마도 그걸 당신에게 말해주는 때는 우리가 확신을 얻었을 때예요."

"내가 그 용마왕을 끝장낼 예언의 사람이라는 것을 확신했을 때?"

"네."

"그걸 어떻게 확신하지?"

"우리도 몰라요."

"······."

"그렇게 바라보셔도 거짓말을 하는 게 아니에요. 실은 우리도 아는 게 그렇게 많지는 않거든요."

"수호그림자라는 조직은 정말로 엉망진창이군. 예언지킴이는 뭔가 많이 아는 것 같았던 상층부인 줄 알았더니 그것도 아닌가?"

"딱히 그렇지는 않아요. 예를 들면 우리는 도대체 어떤 기준으로 우리가 예언지킴이로 선택됐는지 모르거든요. 다만 선택받았고, 받아들였고, 그리고 그 순간부터 마치 사람이 태어나서 숨을 쉬는 법을 자연스럽게 알 듯이 해야 할 일을 본능적으로 알고 행할 뿐."

"뭐?"

아젤은 어이가 없었다. 레논이 어깨를 으쓱했다.

"수호그림자로 선택받는 과정은 알아요. 하지만 예언지킴이가 되는 건 별개거든요."

"수호그림자의 일원이 되는 거야… 수호그림자들이 선택한다고 들었는데."

"아, 제가 말하는 건 바로 그 수호그림자가 되는 과정이에요."

"응?"

"수호그림자라는 조직의 일원을 선택하는 수호그림자들, 즉 이들 말이지요."

동시에 어린아이가 속삭이는 것 같은 목소리와 함께 유령처럼 수호그림자들이 나타나기 시작했다. 어린아이처럼 작은 자, 노인처럼 등이 굽은 자, 거인처럼 덩치가 큰 자, 살이 찐 것처럼 비대한 자… 각양각색의 실루엣을 가졌지만 모두가 공통된 외양을 공유하는 그들이 레논의 주변을 맴돌았다.

레논이 그들을 보며 비밀을 알려주었다.

"수호그림자는 모두 한때는 사람이었어요."

"이들이 사람이었다고?"

아젤은 놀랐다. 어쩌면 당연하게 여겨야 할 일이다. 하지만 아젤이 그렇게 생각하지 않은 것은 수호그림자가 너무나도 이질적이었기 때문이었다.

아젤은 인간의 많은 형태를 봐왔다.

마법이나 스피릿 오더의 비술은 인간을 변질시킬 수 있다. 산 채로 괴물이 되는 자가 있는가 하면, 죽어서 불사체가 되는 자도 있다.

하지만 아젤이 보아온 그 어떤 변질된 형태도 수호그림자와 닮지 않았다. 그들은 어찌 보면 실체 없는 망령을 닮았고, 어찌 보면 불사체를 닮기도 했다. 하지만 둘 중 어느 쪽도 아니었다. 사악한 힘은 느껴지지 않았으며 실체가 없다가도 있는, 마치 현세와 다른 세계 사이에 걸쳐져 있는 듯한 기이한 존재다.

"예전에 위대한 마법사가 있었어요. 음. 어쩌면 한 명이 아니라 여럿일지도 모르지만 일단은 혼자라고 하더군요."

레논이 말하는 것은 수호그림자의 기원이었다. 용마전쟁을 통해서 수많은 마법의 비의, 불가사의하고 놀라운 이적을 보아 온 아젤조차도 이해할 수 없었던 수호그림자라는 조직이 어떻게 탄생했는가?

"그는 용마왕 아테인과 그를 숭배하는 자들을 적대하였고, 세계의 이면에서 암약하면서 자신들의 뜻대로 세계정세를 조작하려는 그들을 막고자 했죠. 하지만 아무리 위대한 마법을 가졌어도 그들을 막기에는 힘이 부족했어요."

그래서 위대한 마법사는 한 가지 방법을 만들어냈다.

혼자서 막을 수도 없고, 단순히 조직을 꾸리는 것만으로도 안 된다면… 더 많은 이의 힘을 모으자. 용마왕 숭배자들이 용마왕에 대한 신앙으로 협력 관계를 구축한 것처럼, 이쪽도 손익을 따지지 않고 그들을 막겠다는 순수한 열망으로 협력해 줄 자들이 필요하다.

"즉, 용마왕 숭배자들에게 씻을 수 없는 원한을 품은 자들."

하지만 문제가 있었다. 보통 용마왕 숭배자들에게 그 정도의 원한을 품은 자는 살아남지 못한다. 용마왕 숭배자들은 비밀을 지키는 데 집착하며, 비밀을 지키는 가장 쉬운 방법은 목격자를 없애 버리는 것이니까.

"그래서 그는 살아 있는 자가 아니라 죽어 있는 자를 협력자로 삼기로 했지요."

그렇게 위대한 마법이 완성되었다. 다른 마법사들이 들었다면 있을 수 없는 일이라고 부정했을, 세상의 모든 사람을 대상으로 삼는 거대한 마법이.

"그 마법이 바로 수호그림자."

용마왕 숭배자에게 씻을 수 없는 원한을 품고 죽은 자의 영혼은 이 마법을 이루는 정수와 만나 선택의 기회를 얻는다. 그대로 죽음의 나라로 사라질 것인가, 아니면 사자의 평온을 포기하고 이 마법의 일부가 되어 세상이 끝나는 순간까지 용마왕 숭배자와 맞설 것인가?

수호그림자들은 후자를 선택한 자들이었다.

"그런 소리를 믿으라고?"

아젤은 아연해졌다. 용마전쟁 당시를 돌이켜 보면 적도, 아군도 심심치 않게 재난에 가까운 마법을 선보였다. 천 명이 사는 마을을 하룻밤 사이에 죽음의 땅으로 바꾸고, 그곳에 살던 모든 생명을 마법의 질병을 전파하는 불사체로 바꾸는 사악한 이적조차 일어났었다.

그러나 그 당시를 기준으로 생각해도 이건 말도 안 되는 소리다.

레논이 말했다.

"저도 마법사였던 몸으로서 제 말이 허황되게 들릴 거라는 건 알아요. 그러나… 모든 마법사에게는 하나의 꿈이 있지요."

위대한 비의로 세계를 할퀴어 영원히 남을 흉터를 남긴다.

종종 잘난 척을 할 때의 칼로스의 입버릇이었으며, 모든 마법사가 추구하는 궁극의 비원.

전해지는 바에 따르면 용살의 의식도, 그리고 대륙의 모든 사람이 같은 언어를 사용하는 것도 위대한 마법사들이 자신의 비원을 이룬 결과물이다. 그렇다면 수호그림자 같은 마법이 불가능할 이유도 없지 않겠는가?

"기나긴 마법의 역사 속에서 누적되어 온 지식과 기술을 초월하여 아득한 이상에 도달한 자들만이 그런 기적을 일으켰다고 하지요. 수호그림자 역시 그런 결과물입니다. 우리에게 전해지는 바는 그래요."

"……"

레논이 밝힌 수호그림자의 기원에 아젤은 할 말을 잃고 말았다.

한편, 자레스는 먼 곳에서 눈을 감은 채 레논의 곁에 있는 수호그림자의 시각을 공유하고 있었다. 그가 눈살을 찌푸리며 중얼거렸다.

"처음부터 생각한 건데… 그는 왠지 내가 아는 누군가를 닮았어."

"무슨 소린가?"

"내 기억은 별로 많이 남아 있지는 않지만……."

동료의 질문에 자레스는 기억을 더듬는다.

예언지킴이는 사람의 모습을 하고 있지만 사람이기를 포기한 자들이다. 그들은 세월의 영향을 받지 않고 언제나 예언지킴이가 되었을 당시의 모습을 유지한다. 늙지 않고, 병들지 않으며, 살해당하지 않으면 죽지 않는다.

언뜻 보면 그건 인류의 꿈을 이루어 놓은 모습이다. 그러나 사람이기를 포기했다는 것은, 사람으로서 누리는 좋은 것들도 포기한다는 것이다.

그들은 가장 강렬한 기억에 사로잡혀 있다. 용마왕 숭배자에 대한 씻을 수 없는 원한을 심어준 기억이 저주처럼 정신을 사로잡고 놓아주지 않는다. 그리고 그 외의 기억들은 흐릿해져서, 여름날의 백일몽처럼 흐릿한 안개 저편으로 사라져 간다.

자레스는 예언지킴이 중에서도 많은 기억을 소실한 자였다.

그는 자신이 귀족이었음을 알고 당시의 자긍심 가득한 태도를 유지하지만, 그 바탕이 되는 유소년기의 기억을 잃었다. 지금에 와서는 아버지와 어머니, 형과 여동생이 있었다는 것만 알지 그들의 얼굴조차 제대로 기억나지 않는다.

종종 그들에 대해서 생각할 때면 미쳐 버릴 것만 같다. 그들과 함께 했던 추억들, 그리고 그들에 대해 느꼈던 소중한 감정들이 떠오르는데… 무슨 수를 써도 얼굴만은 떠오르지 않는다.

"아젤 제스트링어, 저자를 본 적이 있는 것 같아."

자레스가 눈살을 찌푸렸다.

소중한 가족의 얼굴조차 떠올리지 못하는데 어째서 아젤의 얼굴을 본 것 같은 기분이 드는 것일까? 착각일까 싶었지만 아무리 봐도 아니다. 처음 아젤의 앞에 환영으로 나타나 설 때부터 그의 내면에서 속삭이는 목소리가 있었다.

'이건 중요한 문제야. 절대 놓치고 지나가서는 안 돼.'

자레스는 그런 직감을 중요시했다. 지금까지 그런 느낌을 무시해서 좋은 꼴을 본 적이 없었다.

그때 다른 예언지킴이가 말했다.

"왠지 난 그게 누구인지 알 것 같군."

"음? 무슨 소리지?"

"초상화."

그도 눈을 감은 채 아젤의 얼굴을 자세히 살피고 있었다.

"전에 본 영웅 아젤 카르자크의 초상화와 많이 닮았어."

"초상화라고?"

"그래, 붉은 머리칼과 푸른 눈이라는 눈에 띄는 특징 때문이기도 하겠지만… 생김새 자체가 많이 닮은 느낌인데. 뭐, 내가 알기로 아젤 카르자크의 초상화는 전해지는 것마다 생김새가 많이 달라서 신빙성은 떨어지지만."

"음……."

눈살을 찌푸리는 자레스의 뇌리에 예전에, 아직 사람의 아이였을 적에 들었던 목소리가 스쳐갔다.

"자레스, 세상은 모르지만 우리는 위대한 피를 이은 가문이다. 그 사실을 자랑스러워하거라."

분명히 아버지가 들려 준 이야기였을 것이다. 그 이야기를 여러 차례 들었던 느낌이 든다. 그리고… 자신도 분명히 그 이야기를 좋아했던 것 같다.

자레스는 머리가 지끈거리는 걸 느끼며 그 기억에 집중했다. 하지만 아무리 애써도 그 앞뒤를 떠올릴 수가 없었다.

"젠장."

자레스는 답답함에 이를 갈았다.

9

라우라 아운소르는 결국 임무에 실패하고 어둠의 설원으로 돌아왔다. 상층부에서는 그녀를 탓하지 않았다. 그녀와 함께 작전을 수행한 인원들의 보고로 어쩔 수 없는 상황이라는 판단을 내렸기 때문이다.

그녀는 원로들 앞에서 물러나서 아운소르 가문이 거하는 별궁으로 향했다. 그런 그녀의 앞에 한 사람이 나타났다.

"라우라."

화사한 금발에 얼음을 깎아 내어 만든 뒤 색을 불어넣은 장식물 같은 뿔을 가진 용마족 청년, 키르엔 발타자크였다. 라우라가 무표정한 얼굴로 그를 바라보며 말했다.

"발타자크 공, 임무 도중이라고 들었는데?"

키르엔이 라우라를 친밀하게 부르는 것에 비해 라우라는 철저하게 공적인 경칭으로 그를 불렀다. 키르엔이 어깨를 으쓱했다.

"나야 이번에는 단순히 카르자크 후작령의 상태를 조사하는 임무였으니까. 중간에 냉혈의 여제가 움직였다는 첩보가 입수되어서 귀환 명령이 떨어졌어."

"거기서 깨끗하게 물러난 건 발타자크 공답네."

"그야 귀환 명령이 떨어졌으니 당연한 일이지."

"니베리스였으면 성과를 내겠다고 버티다가 냉혈의 여제와 싸웠을 거야."

"……."

발타자크의 표정이 살짝 굳었다.

라우라가 말했다.

"나도 남의 말을 할 처지는 아니지만."

"아, 음. 라우라, 이번 일은……."

키르엔은 라우라가 임무에 실패하고 돌아왔다는 것을 알고 있었다. 지금까지 실패를 모르던 그녀이기에 뭐라고 위로를 해야 할지 고민하는데 라우라가 말했다.

"의외로 나쁘지 않았어."

"응?"

"실패라는 것. 역시 해보니까 별거 아니었어."

"……."

무슨 말인지 이해를 못하겠다. 곤혹스러운 표정을 짓는 발타자크에게 라우라가 말했다.

"하지만 리크 경의 죽음은 애석하게 생각해."

"…그러면 할 수 있으리라고 판단했는데, 내가 너무 성급했던 모양이야."

그 말에 키르엔이 쓴웃음을 지었다.

리크는 라우라와 함께 작전에 나섰던 용마인으로 발타자크 가문의 가신이었다. 본래 천둥용과 용살의 의식을 치를 예정이었던 그는, 예상치 못한 상황에 수호그림자가 불러낸 서리용과 용살의 의식을 치렀다.

그리고 결국 사투에서 패배, 서리용에게 지혜를 헌납하고 사망했다.

"……."

라우라는 잠시 말없이 키르엔을 바라보았다. 그러다가 더 이상 그에 대해서 언급하지 않고 화제를 돌렸다.

"냉혈의 여제, 본 적은 없지만 용검공작 이상으로 위험한 인물이라고 들었어."

"음. 그녀는 나도 실제로 본 적은 없어. 만나게 된다면 되도록 싸우지 말고 피하라는 지침이 내려와 있으니까."

"니베리스와는 한 번쯤 붙여보고 싶은 인물이야."

"라우라……."

라우라가 계속 니베리스를 걸고넘어지자 키르엔이 살짝 눈살을 찌푸렸다. 평소의 라우라는 니베리스에게 신경을 쓰지 않는다. 눈앞에서 독기를 풀풀 날려도 그러려니 하고 넘기는 태도가 더욱 니베리스의 신경을 건드리고는 했다. 그런데 갑자기 왜 이러는 것일까?

라우라가 말했다.

"미안. 이런 걸 심술부린다고 하나?"

"응?"

"왠지 그런 기분이라서. 나, 돌아가면 발타자크 공하고 비교당하면서 싫은 소리를 잔뜩 들을 텐데."

"……."

니베리스도, 라우라도, 키르엔도 어둠의 설원에서 가장 주목받는 젊은 인재들이다. 당연히 서로를 경쟁자로 생각했고 늘 서로의 성과를 신경 썼다. 사실 그들 자신보다도 그들이 속한 배경이 그럴 것을 요구하며 숨 막힐 정도로 압박을 가해왔다.

키르엔은 이 경쟁에서 가장 앞서 나가고 있는 인물 중 하나다. 그는 니베리스나 라우라와 달리 초기부터 몇 번의 실패를 겪었다. 하지만 그 경험을 바탕으로 더욱 신중하게 작전에 임해서 차곡차곡 성과를 쌓아왔다.

그에 비해 니베리스는 잘 나가다가 뼈저린 실패를 맛보았고, 이번에 라우라도 그녀와 마찬가지가 되었다. 돌아가면 어려서부터 지긋지긋할 정도로 완벽을 강요하던 아운소르 가문의 어른들이 무슨 말을 해댈지 벌써부터 짜증이 치솟는다.

라우라가 말했다.

"발타자크 공, 혹시 아젤 카르자크의 후손이 있다면 어떨까?"

"음? 아젤 카르자크 말인가? 그런 건 왜?"

"그냥 궁금해서."

라우라는 굳이 아젤 제스트링어에 대해서 그에게 설명하지 않았다. 영문을 모를 질문에 키르엔은 고개를 갸웃하더니 대답했다.

"글쎄? 뭐, 인간은 쉽게 자손을 낳으니까 세상 어딘가에는 있을지도 모르지. 카르자크 가문에서 비롯된 모든 핏줄을 멸살시키기는 했지만, 우리가 하는 일도 신처럼 완벽한 건 아니니까."

만약 아젤이 이 이야기를 들었다면 무슨 수를 써서라도 그를 죽였으리라. 카르자크 가문의 궤멸 역시 용마왕 숭배자들이 일으킨 재앙이었다.

"내가 묻는 건 실제로 그 후손이 있어서 우리 앞을 가로막는다면 어떨까 하는 이야기였어."

"그럼 없애야겠지. 뻔한 질문이군."

"역시 그렇지? 대답해 줘서 고마워."

라우라는 그럴 줄 알았다는 듯 고개를 끄덕이고는 몸을 돌렸다. 그리고 키르엔이 보이지 않는 거리까지 오자 허공을 올려다보며 중얼거렸다.

"하지만 나는 그에게 묻고 싶어. 지금까지의 세월 동안 우리가 서로의 피를 통해 짊어져 온 것이 어떻게 다른지……."

신세계를 만들고자 했던 용마왕, 그리고 그에게 선택받은 위대한 존재의 피를 이은 자들.

그리고 용마왕의 패업을 막은 인간의 피를 이은 자들.

과연 그들이 느끼는 220년의 세월, 그동안 이어져 내려온 핏줄의 의미는 어떻게 다를까? 라우라는 그 사실이 궁금하기 짝이 없었다.

그녀는 걸음을 멈췄다. 그리고 아운소르의 별궁으로 향하는 길에서 몸을 돌려서 다른 곳으로 향하기 시작했다. 자신의 물음에 키르엔과는 다른 답을 줄, 이 땅에서 가장 오랜 세월을 살아온 어르신을 만나기 위해서.

10

용마왕자 세이가를 구출한 뒤, 수호그림자는 작별 인사조차 없이 자취를 감추었다. 아무래도 수호그림자에 속하지 않은 세이가에게 노출되는 것을 피하고 싶었던 모양이다.

의식을 잃었던 세이가가 깨어난 것은 다음 날이었다. 그는 스승이 자신을 구해주었음을 알고는 부끄러움에 얼굴을 붉혔다. 그리고 라우라와 만나 싸울 때의 일을 설명했는데…….

"왠지 세이가, 네 말을 종합해 보면……."

세이가의 말을 들은 카이렌은 한 가지 결론을 내릴 수 있었다.

"그들이 너와 아리에타를 납치하려고 시도한 이유가… 너희가 용마왕의 혈통이라서가 아닌가 싶다만?"

"저도 그렇게 생각합니다."

세이가가 고개를 끄덕였다.

그를 제압한 라우라 아운소르는 싸움 중에 진실을 추측해 볼 만한 단서가 될 만한 이야기를 몇 번 했다. 세이가를 가리켜 위대한 분의, 혹은 왕의 피를 이은 존재라고 말한 것이다.

이것만 갖고 저런 결론을 내는 게 성급해 보일 수도 있다. 하지만 애당초 용마왕 숭배자들이, 그중에서도 귀족이라 할 수 있는 어둠의 설원에서 나온 자들이 '왕'이라 부르는 것은 오로지 용마왕뿐이었다.

아젤이 말했다.

"가능성이 높군요. 그럼 대충 노리는 이유도 설명이… 음. 아니, 딱히 설명이 되지는 않나?"

"될 리가 있나?"

"그렇죠? 세상에 용마왕 아테인의 피를 이은 용마인이 한둘도 아닐 거고?"

"음? 그건 무슨 소리인가?"

카이렌이 놀라서 물었다. 수호그림자로서 활동해 온 경험에 따르면 용마왕 아테인의 피를 이은 자는 용마왕 숭배자들 중에서도 귀족, 아니 왕족처럼 귀하게 대접받는다. 그런데 아젤은 마치 그런 존재가 엄청 흔한 것처럼 말하고 있었다.

아젤이 말했다.

"그야… 아테인은 모든 용마족 중에서 가장 오랜 세월을 살아온, 어쩌면 최초의 마법사일지도 모른다고 추측되는 존재니까요. 스스로 용마왕이라 칭하고 용마족을 규합해서 군세를 일으키기 전에도 아주 오랜 시간 살아왔고, 많은 이와 관계를 맺어서 후손을 남긴 걸로 알고 있습니다. 그러니 세상천지에 아테인의 피를 이어받은 이가 수두룩할 수밖에 없죠."

"…그런 이야기는 금시초문인데?"

"설마 아테인에 대한 기록도 실전되었습니까?"

"아니, 그건… 흠. 어쩌면 그런지도 모르겠군."

부정하려던 카이렌은 곧 눈살을 찌푸렸다.

용마왕 숭배자들은 220년의 세월 동안 역사 속에서 많은 기록을 지워 버린 자들이다. 그들이 지워 버린 기록 중에 아테인에 대한 것이 포함되어 있었다면 오히려 당연하다는 생각이 들지 않는가?

"용마왕이 오랜 시간을 살아왔고 최초의 용마족이라는 거야 알고 있었지만 그 후손이 그렇게 많다는 건 전혀 몰랐던 사실이다. 아니, 생각해 본 적도 없다는 쪽에 가깝군."

"하기야 스스로를 왕으로 칭했던 존재가 세상천지에 수많은 후손을 남겨 두었다고 생각하기는 어렵죠. 알려지지 않은 편이 정상이겠군요."

아젤도 수긍했다. 용마전쟁이 일어나기 전까지 아테인은 실체가 불분명한 전설, 혹은 이미 오래전에 사라진 신화 속의 존재처럼 취급되었다. 그도 그럴 것이 용마족의 기원, 그리고 아테인의 존재를 아는 것은 마법사들 정도였으며 그들도 아테인이 그토록 오랜 시간 동안 살아 있으리라고는 생각하지 못했던 것이다.

즉, 세상에 아테인이 존재를 각인시킨 것은 스스로 용마왕이라 칭하고 용마전쟁을 일으킨 후다. 그 이전의 아테인에 대해서는 아젤도 전혀 모르고 있다가 나중에 칼로스를 통해서 알게 된 것이다. 칼로스는 아테인을 쓰러뜨릴 방법을 강구하는 과정에서 집요하리만치 그의 과거 행적을 파고들어 많은 것을 알아냈었다.

아젤이 말했다.

"어쨌든… 뭐, 공주님이나 왕자님이 그 피를 좀 더 많이 타고났다고 하더라도 그게 저놈들이 납치를 시도할 이유는 되지 않지요. 혈통 자체의 순수성으로만 보면 자기들이 훨씬 뛰어날 텐데."

"그렇지. 그런데도 굳이 위험을 무릅쓰고 납치하려고 했다는 건 그럴 만한 이유가 있었다는 건데…….”

“그 이상은 추측해 볼 만한 근거가 아예 없군요. 더 애를 써 봤자 근거 없는 억측만 뻗어 나갈 것 같습니다만.”

“유감이군.”

카이렌이 혀를 찼다.

세이가가 말했다.

“음. 그 여자는 정말이지 무서운 마법사였습니다. 누님과 싸웠다는 니베리스라는 용마족과 비교해도 손색이 없을 것 같군요.”

“그 이상일 게다. 그러니 자책할 필요는 없다. 네가 부족해서 당한 건 아니니까.”

“아닙니다. 제가 좀 더 주의했어야 했는데…….”

세이가가 한숨을 쉬었다. 부하들을 아끼겠다고 너무 무방비하게 나선 게 실책이었다. 자신의 존재가 어떤 의미를 갖는지 생각하면 좀 더 신중했어야 했는데…….

카이렌이 그런 세이가를 가만히 보다가 말했다.

“세이가.”

“예.”

“이 참에 한동안 내게 와서 다시 한 번 단련받지 않겠느냐?”

“다시 말입니까?”

“그래, 아직 네게 가르쳐 줄 만한 게 많다.”

“음…….”

세이가가 고민했다. 지금의 그에게는 매력적인 제안이다.

카이렌에게 배우는 과정은 실로 고통의 시간이었다. 그러나 그 시간이 없었다면 지금의 자신도 없다.

비록 카이렌보다는 못해도 스스로의 힘이 충분하다고 여겼던 세이가지만 이번 일로 그 확신이 무너졌다. 보다 강해지고 싶은 마음이 절실했다.

카이렌이 말했다.

"한번 생각해 보고 결정해라. 난 한동안은 내 영지에서 아젤과 검을 나누며 시간을 보낼 생각이니까."

"네?"

세이가가 깜짝 놀랐다. 그는 자신이 구출된 과정에 대해서 잘 몰랐다. 의식을 잃고 있다 깨어났을 때, 수호그림자는 이미 자취를 감춘 지 오래였으니 당연히 카이렌이 구해주었으리라 여겼다.

그러니 이런 반응을 보이는 것도 당연하다. 세이가의 기준으로는 절대적인 강함의 상징이라 할 수 있는 카이렌이 일개 인간 기사와, 그것도 지도하는 것도 아니라 검을 나눈다는 표현을 쓰다니?

제자의 내심을 읽은 카이렌이 피식 웃었다.

"너를 구하는 데 여기 아젤 경의 공이 컸다. 아젤 경이 그놈들이 불러낸 천둥용과 일대일로 대적해서 쓰러뜨리지 않았더라면, 너는 지금쯤 어둠의 설원으로 끌려가서 무슨 일을 당하고 있었을지 모르는 일이야."

"천둥용과 일대일로 대적해서 쓰러뜨렸다고요?"

세이가의 혼란이 한층 심해졌다. 인간이 용과 일대일로 싸워서 이겼다고? 지금 그 말을 믿으라고 하는 것인가?

카이렌이 아젤을 보며 말했다.

"보게나. 세이가의 상식으로는 자네가 해낸 일은 있을 수 없는 일이지."

"공작님도 예전에는 딱히 쉽게 믿어주시진 않았습니다만?"

"그래도 난 비교적 유연한 태도를 보였던 걸로 기억하는데."

"뭐, 과거의 추억을 미화시키는 것은 살다 보면 다들 하게 되는 일이죠. 나이가 들면 들수록 그런 경향이 심해지던데……."

"쯧. 하여튼 건방지기는."

카이렌이 못마땅한 듯 혀를 찼다. 그리고 말했다.

"그런 의미에서 자네가 이참에 세이가와 대련이나 해줬으면 하네만?"

"거절하겠습니다."

"호오?"

"이번 일로 제가 그 정도는 고집부릴 수 있을 것 같은데, 아닙니까?"

"유감스럽게도 부정할 수가 없군."

"만약 왕자님께서 공작님의 제안을 받아들이셔서 타란토스 공작령으로 오신다면 그때는 생각해 보죠. 솔직히 지금은 며칠이고 푹 쉬고 싶은 마음뿐입니다."

"음……."

그 말에 카이렌이 입을 다물었다.

'나도 참… 제자 놈을 위한답시고 이따위 소리나 했다니.'

카이렌은 스스로의 생각이 얕았음에 한탄했다. 형편없는 컨디션으로, 아직 충분히 힘을 키우지도 못하고, 필요한 도구를 갖추지도 못한 상태로 용살의 의식을 해낸 그에게 세이가와 대련을 벌일 것을 요구하려고 했다니 이건 정말이지…….

"…미안하다. 실언을 했군."

"그렇게 진지하게 사과하실 필요까지는 없습니다. 육체적으로만 보면 여기 올 때하고는 비교도 안 되게 멀쩡하니까요."

아젤은 가볍게 웃어 넘겼다.

둘의 대화를 듣는 세이가는 도무지 이해할 수 없다는 표정을 지었다. 왕국의 모든 이에게, 심지어 국왕을 포함한 왕족들조차도 존중해 마지않는 스승이 새파랗게 어린 인간 청년을 상대로 이토록 친밀하고 정중한 모습을 보이다니…….

아니, 그저 사람이 마음에 들어서 그러는 것이라면 이해할 수 있다. 하지만 카이렌의 태도는 아무리 봐도 대등한 존재를 대하는 것이 아닌가?

카이렌은 그런 세이가의 혼란은 아랑곳하지 않고 말했다.

"그럼 일단 당장 해야 할 일이 많을 테니 부관부터 만나 보도록 해라. 우리는 오늘은 여기서 머물고 내일 아침에 떠날 생각이다."

그날 세이가는 바쁜 하루를 보내야 했고, 결국 카이렌의 제안에 확답을 주지 못했다. 그러기 위해서 고려해야 할 사항이 너무 많았기 때문이다.

　카이렌도 당장 대답을 재촉하지는 않았다. 그는 세이가에게 작별인사를 남기고는 다음 날 아침에 아젤과 함께 타란토스 공작령을 향해 떠났다.

CHAPTER **18**

용검탄생

魔龍劍展

1

    용마왕자 세이가를 용마왕 숭배자들의 납치 시도로부터 구해낸 후로 다시 두 달이 지났다.

    아젤이 머무는 별장이 있는 란스 산이 겨울의 추위 속에서 눈과 얼음으로 하얗게 채색되어 가는 시기, 카이렌은 약속을 지켰다.

    그가 처음에 말한 대로 반년 만에 아젤을 위한 용검이 완성되었다. 그 소식을 들은 아젤은 란스 산의 별장을 나와서 타란토스 성으로 내려가기로 했다.

    "새삼스럽지만⋯⋯."

    하스반이 말했다.

    "처음 왔을 때하고는 정말 비교도 안 되는 몸이군요."

"이런 몸을 갖고 싶었죠."

웃통을 벗은 아젤이 거울 앞에서 근육이 불끈불끈한 포즈를 취하면서 말했다.

반년 전과는 완전히 달라진 몸이었다. 가혹한 훈련으로 몸에 수많은 흉터가 남기는 했지만, 정말 군살이라고는 없고 완벽하게 균형 잡힌 탄력적인 근육들이 가득했다.

겉으로 보이는 것만 달라진 게 아니다. 영맥도 이전과는 비교도 할 수 없을 정도로 활성화되었으며 마력의 그릇도 크게 확장되었다. 신체 능력의 향상은 겉으로 드러난 변화를 보고 가늠할 수 있는 수준을 월등히 상회한다.

또한 심장을 감싼 생명의 고리는 여섯 개. 모두 듀얼밴딩 처리까지 완료한 상태다.

이처럼 급격하게 힘을 회복할 수 있었던 것은 완벽한 환경과 지원이 뒷받침되었기에, 그리고 그것을 이용하는 이가 아젤이었기에 가능한 성과였다. 또한 용살의 의식을 통해서 흡수한 천둥용의 힘이 목표를 초월한 성장을 가능케 했다.

'그래도 용마기를 다시 만들어내려면 아직도 부족해.'

두 번째 용살의 의식을 치름으로써 아젤의 마력은 보다 강하게 용마력의 성향을 띠게 되었다. 하지만 아직 용마기를 다시 벼려 내기에는 좀 부족했다.

'하지만 어쩌면…….'

그러나 마음에 걸리는 점이 하나 있었다. 왠지 자신의 영맥에서 미세한 이질감이 느껴지기 시작했다.

이질감이 나타난 것은 두 번째 용살의 의식 이후였다. 아젤의 마력이 띤 용마력의 성향이 강해지면서, 마치 영맥 속을 파편처럼 떠돌고 있는 무언가가 존재감을 드러냈다.

즉, 그것은 아젤의 용마력이 일정 이상 강해지기 전까지는 아예 존재감을 느낄 수도 없었다. 분명 용마력에게만 반응하는 무언가라는 이야기인데……

짐작이 가는 구석이 없는 건 아니다. 하지만 아젤은 일단 억측은 하지 않고 차분하게 지켜보기로 했다.

"그럼 가봐야겠군요."

옷을 입은 아젤은 반년 동안 익숙해진 란스 상의 별장에 작별을 고하고 타란토스 성으로 내려갔다.

그동안 계절은 완연한 겨울이 되었다. 산길에 눈이 쌓이고 곳곳이 얼어붙어 있어서 내려가는 길이 더뎠다. 아젤이나 하스반이야 휙 내려가 버리면 그만이었지만 다른 사람들을 두고 그렇게 할 수는 없는 노릇이다.

그래서 타란토스 성에 도착했을 때는 슬슬 해가 저물어가고 있었고 카이렌의 인내심이 한계에 달해 있었다.

"늦어! 여태 뭘 하는 건가!"

"겨울 산길이 험해서요. 가녀린 여성분들을 거기다 놓고 저만 뛰어올 수도 없지 않습니까?"

"하스반한테 맡겨두고 자네만 오면 되지!"

"반년 동안 저를 보살펴 준 사람들을 내버리고 올 만큼 막돼먹지 않았습니다."

"끄응. 하여튼 한마디도 안 지는 건 여전하군."

카이렌이 투덜거렸다.

아젤이 씩 웃었다.

"공작님께는 정말 감사하고 있습니다. 덕분에 원하는 만큼 수련에 집중할 수 있었어요."

"감사는 대련으로 받도록 하지."

"그거야 얼마든지 바라시는 만큼."

아젤이 과장스럽게 몸을 숙였다. 카이렌은 코웃음을 치고는 아젤을 데리고 지하로 향했다. 마법 의식을 위해 준비된 비밀 방이었다.

그곳에는 버레인이 의자에 앉아서 꾸벅꾸벅 졸고 있었다. 두 사람의 기척을 느낀 그가 눈을 떴다.

"아음? 이제야 왔군. 늙은이를 기다리게 하다니 괘씸한 친구로다."

"공작님께서 제가 언제 내려올지를 전혀 고려하지 않으신 모양입니다."

"저 친구야 항상 그렇지. 세상이 자기를 중심으로 돌아간다고 믿거든."

버레인은 일어나서 허리를 툭툭 치고는 방 한가운데로 갔다.

그곳에 용검이 있었다.

"이것이……."

마법진 위에 떠 있는 용검은 도저히 검이라고 부를 수 없는 모양새였다. 검 자루는 최고급의 손길로 세공된 데 비해 그 위에 붙은 것은 검날이 아니라 표면을 거칠게 다듬어서 검 모양으로 깎아둔 몽둥이처럼 보였다.

아젤이 전혀 검으로 보이지 않는 용검에게로 다가갔다. 버레인이 말했다.

"지난번에 해준 설명은 기억하고 있겠지? 마지막 완성은 자네의 손으로 하는 거야."

"네."

아젤은 그렇게 말하면서 검 자루를 쥐었다. 동시에 용검이 요동쳤다.

두근.

아젤의 심장이 그에 맞추어 크게 고동쳤다. 동시에 생명의 고리에서 일어난 마력이 용검에 깃든 용마력과 호응, 공명 현상이 일어났다.

우우우우우웅!

빛의 파문이 퍼져 나갔다. 아젤은 용검에서 느껴지는 강렬한 용마력에 흥분된 기색을 감추지 못했다. 이 반응은 카이렌이 빌려준 용검을 쥐었을 때 이상이다. 용마검을 쥐었을 때나 느꼈던 그 짜릿한 감각이 전신을 지배하고 있었다.

'형태는 결정되어 있어.'

용무기 제작 단계의 마지막은 그 주인이 될 자가 행한다. 첫 번째 공명 현상을 일으킨 상태로, 강력한 이미지 메이킹을 통해 용무기의 최종 형태를 결정하는 것이다.

아젤은 일찌감치 자기를 위한 용검의 형태를 정해두고 있었
다. 바로 칼로스가 위대한 마법으로 220년의 세월 동안 보존해
두었던 용마검의 형태다.

우우우우우우!

강맹한 용마력의 파동이 폭풍처럼 방 안에 휘몰아쳤다. 그
기세가 너무나도 강해서 방에 설치된 마법진이 감당 못하고
뒤흔들렸다.

버레인이 당황했다.

"자네 때보다 훨씬 격렬한데? 이거 괜찮은가?"

"마력이 전과는 비교도 안 될 정도로 늘었어. 이런 단기간
에⋯⋯."

반년은 짧다고 말하기에는 미묘한 기간이다. 하지만 스피릿
오더 수련자가 마력을 극적으로 향상시키기에는 너무나도 짧
았다.

하지만 카이렌은 지금, 이전과는 비교도 할 수 없는 마력을
뿜어내는 아젤을 보고 있었다. 이 정도면 그가 아는 인간을 통
틀어서 가장 강력한 수준이다!

콰자작⋯ 콰작!

용마검의 표면에 무수한 금이 생기면서 깨져 나갔다. 그리
고 그 속에서 눈처럼 새하얀 용골(龍骨)의 칼날을 가진 용검이
모습을 드러내었다.

"하하하⋯⋯."

아젤이 자기도 모르게 웃음을 터뜨렸다.

"하하하하하하!"

이미지만으로도 자연에 현상을 강제하는 힘, 용마력.

인간은 용살의 의식을 통해서만 손에 넣을 수 있었던 그 힘이 아젤의 손에서 분출하고 있었다. 아젤은 폭발하듯 솟구치는 강대한 용마력을 용검에 갈무리, 허공에다 날카로운 검격을 날렸다.

쉬잉!

소름 끼칠 정도로 맑은 소리가 울려 퍼지면서 놀라운 현상이 벌어졌다. 일반인은 알아볼 수 없겠지만 카이렌과 버레인은 경악했다.

"마력 파동을……."

"베어버렸어?"

스스로를 중심으로 휘몰아치던 강맹한 마력 파동, 그것을 아젤이 검격으로 베어버렸다. 너무나도 깨끗한 검격이 그 맥을 끊어버리자 거짓말처럼 마력 파동이 사그라지면서 정적이 찾아들었다.

소름 끼치는 일격이다. 마력의 흐름을 이런 식으로 끊어서 잠재우는 게 가능했단 말인가?

굳어버린 두 사람에게 아젤이 흥분으로 상기된 얼굴로 말했다.

"최고의 선물입니다. 정말로… 감사합니다. 공작님, 백작님."

"그럼 이제 내게 답례할 시간이야. 착한 어린이인 척, 잘 시간이 되었다고 빼진 않겠지?"

"물론입니다. 내일 동이 틀 때까지라도 상대해 드리지요."

카이렌의 요구에 아젤이 미소로 답했다.

2

카이렌도 반년 동안 놀고 있지 않았다. 초기에 카이렌이 란스 산 별장으로 찾아왔을 때, 아젤은 카이렌에게 이전에 한 약속을 지켰다.

"그러고 보니 시선 감지는 완전히 터득하셨습니까?"

"흠. 솔직히 정말 피곤한 기술이었다."

카이렌이 투덜거렸다.

시선 감지. 어떤 탐지능력보다도 유용해 보이는 그 기술을 아젤이 카이렌에게 가르쳐 주었다. 스피릿 오더와 용령기는 서로 호환되는 부분이 많아서 쉽게 기술의 요체를 이해할 수 있었다.

카이렌은 아젤이 알려준 요령에 따라서 기술을 연마했는데 초기에는 굉장히 괴로운 시간을 보내야 했다.

누군가 자신을 바라보았을 때, 그것을 알게 된다.

언뜻 굉장히 유용해 보이지만 좋기만 한 게 아니었다. 평소 의식하지 않던 무수한 시선의 정보가 쏟아지게 되니 정신이 혼란스러워지는 것은 물론, 과중한 정보를 처리하면서 고통을 겪어야 했다. 아젤은 이 과정을 잘 넘기지 못하면 누가 자신을 바라보지 않아도 바라보는 것 같은 착각을 느껴서 정신병에 걸릴 수도 있다고 경고했었고, 카이렌은 그 충고의 무게를 뼈저리게 느껴야 했다.

아젤이 말했다.

"원래 정신을 다루는 기술들은 터득하는 과정이 고통스럽지요. 육체를 다루는 기술보다 더."

"동감이야. 하지만 너무나도 유용한 기술이더군."

그 과정을 이겨내고 나자 카이렌은 이전과는 비교도 할 수 없는 위기감지 능력을 얻게 되었다. 시험 삼아서 부하들과 유격전을 벌이면서 저격수를 배치해 보았는데 화살이든 마법이든 모든 저격을 사전에 파악하고 대응할 수 있었다.

아젤이 말했다.

"그럼 이제 2단계를 배우실 차례입니다."

"뭐?"

"시선감지를 터득한 자들끼리 싸울 때 어떤 일이 벌어지는지 알려드리죠."

동시에 카이렌은 뒤쪽에서 서늘한 시선을 느꼈다. 살기가 가득 담긴 시선, 그리고 뭔가가 급속도로 덮쳐 오고 있었다.

'분신인가?'

카이렌은 이미 아젤이 실체가 있는 분신술 '그림자의 춤'을 쓴다는 걸 알고 있다. 그래서 주저 없이 몸을 돌리면서 좌검을 날리고, 우검은 정면 공격에 대비했다.

'어?'

하지만 공격을 날린 그곳에는 아무것도 없었다. 분신이고 뭐고 아무것도 없고 오히려 그 틈에 순동법으로 가속한 아젤이 측면에서 덮쳐 왔다.

쾅!

폭음이 울리며 카이렌이 밀려났다. 그는 경악했다.

'엄청나게 강해졌군!'

전투 능력을 말하는 게 아니다. 검끼리 격돌했을 때 느껴지는 순수한 완력이다. 아젤의 육체 능력이 카이렌이 상정했던 수준을 월등히 초월하고 있었다.

'용을 일대일로 쓰러뜨렸을 정도니 보통이 아닌 거야 당연하지만, 그렇다고 해도⋯⋯.'

하지만 느긋하게 의문에 집중할 수가 없었다. 사방에서 시선이 느껴지기 시작했기 때문이다. 좌에서, 우에서, 뒤에서, 앞에서⋯ 수도 없는 시선이 그를 자극했다 사라졌다 하면서 감각에 혼선을 일으킨다.

무시하는 건 불가능하다. 그의 시선감지 능력이 너무나도 뚜렷하게 누군가 공격의지를 갖고 바라본다고 알려준다. 게다가⋯⋯.

콰창!

실제로 아젤의 분신이 나타나서 공격을 가하고 사라진다.

"으윽!"

채채채채채챙!

아젤도 무시무시한 속도로 공세를 펼쳤다. 아직 마력을 거의 전개하지 않는 게 눈에 보이는데도 이전과는 비교도 할 수 없는 속도다. 힘을 제약하고 대응할 수 있는 수준이 아니었다.

"제기랄!"

자세가 무너진 카이렌이 나가떨어졌다. 가까스로 자세를 바로잡은 그에게 버레인이 한마디 던졌다.

"오, 이거 참 새로운 경험이야. 자네가 젊은 친구에게 이렇게나 망신살 뻗치는 날이 올 거라고는 상상도 못했는데? 오늘 내 눈이 호강하는구먼."

"탐색전 한 거야, 탐색전! 닥치고 보고 있게."

카이렌이 발끈했다. 아젤이 말했다.

"탐색전 맞죠. 맛보기는 보여드렸으니 본편으로 갈까요? 어떻게 하셔야 하는지는 알고 계시겠죠."

"바라는 대로 해주지."

뒤늦게 카이렌이 용마력을 전개했다. 용령기의 효과가 강화되면서 육체 능력이 급속도로 높아진다.

우우우우우!

반년 전까지 아젤과 대련할 때는 능력을 상당히 제약하고 기술을 겨뤘다. 아젤의 기술이 놀라운 수준이기는 하지만 신체 능력과 마력의 격차가 너무 컸기 때문이다.

하지만 이제는 그럴 수준이 아니다. 아젤의 신체 능력이 용마족 수준까지 높아져 있었다. 그것도 극한까지 단련한 카이렌마저 가볍게 볼 수 없을 정도로!

카이렌이 물었다.

"도대체 무슨 수를 쓰면 인간의 몸이 그렇게 될 수 있지?"

도저히 알 수가 없다. 아젤의 말대로 그가 영웅 아젤 카르자크의 후손이라면, 설마 용마전쟁 때의 인간 영웅들은 다들 이렇게나 강해서 용마족을 상대로도 용맹을 떨칠 수 있었던 것일까?

아젤이 말했다.

"영맥을 세맥(細脈)까지 단련하면 됩니다."

"세맥?"

카이렌이 처음 들어보는 용어였다.

아젤이 설명했다.

"혈관도 모세혈관이 있고 근육도 잔근육들이 있죠? 그것과 비슷합니다. 기본적으로 스피릿 오더 수련자는 인간의 몸속에서 자연스럽게 마력이 흐르는 루트를 따라서 영맥을 형성하고 그것을 강화해 나가죠."

그렇기에 영맥의 형태는 대체적으로 비슷한 틀을 갖지만 세부적인 면은 개개인마다 조금씩 다르다.

아젤은, 정확히는 리글렌의 가르침은 거기에 그치지 않고 주영맥에서 미세한 가지를 쳐서 전신 구석구석으로 영맥을 확장, 몸 어디에나 마력이 흐르지 않는 곳이 없게 만든다. 그로써 마력을 담는 그릇이 이전과는 비교도 할 수 없을 정도로 커지는 것은 물론, 육체를 받쳐 주는 마력의 힘도 훨씬 강해진다.

거기까지 들은 카이렌이 아연해했다.

"그건… 마치 우리 용마족의 육체와 같지 않은가?"

"그렇습니다. 용마력의 은혜로 가득 찬 용마족의 육체를 모방하는 것. 그게 궁극의 육체 강화죠."

지혜를 갈구하는 용과 생명을 갈구하는 마족이 융합하여 탄생한 용마족.

그들은 태어날 때부터 마력, 정확히는 용마력의 은혜로 가득한 몸을 가졌다. 전신 구석구석 용마력이 통하지 않는 곳이 없으며 그것이 인간과는 비교도 할 수 없는 강건함을 육체에 부여했다.

카이렌이 말했다.

"즉, 자네는 굳이 스피릿 오더로 육체 능력을 일시적으로 향상시키지 않는 상황이라도 용마족 수준에 도달했다… 그런 이야기군."

"하지만 아직 완전한 건 아닙니다. 마무리를 하지 않았으니까요."

"방점?"

"용살의 의식으로 용의 힘을 취함으로써… 인간은 용마족조차도 능가할 수 있습니다."

그렇게 전성기의 아젤은 힘과 속도만으로도 용마족을 능가했다. 육체적인 능력으로 그와 필적한 것은 용마왕 아테인 본인, 그리고 그의 직계 혈손과 4대 용마장군뿐이었다.

아젤이 말했다.

"자, 그럼 계속해 볼까요?"

"자네는 정말 건방진 놈이야."

"네?"

"전에 나와 대련하는 동안은 실력을 감추고 놀고 있었던 거 아닌가?"

"딱히 그렇진 않은데요. 그저 기술을 구사할 수 있는 기반이 없었을 뿐이죠."

"그리고 이제는 생겼고?"

"네. 아직 전부는 아니지만."

아젤의 용검에 희미한 푸른빛이 물결처럼 흐르기 시작했다. 아젤이 그것을 눈앞에 들어 보이며 말했다.

"공작님께는 아낌없이 보여드리죠."

그리고… 카이렌은 부모님이 돌아가신 후 처음으로 손쓸 도리조차 없는 완벽한 패배가 무엇인지 실감했다.

3

보름이 지났다. 그동안 카이렌은 정말 오랜만에 자존심이 만신창이가 되는 경험을 하고 있었다.

"으윽, 젠장."

한바탕 대련을 끝낸 그는 볼의 상처를 스스로 치료하면서 앓는 소리를 하고 있었다. 그가 아젤을 노려보며 말했다.

"도대체 비장의 수가 몇 개나 있는 건가? 이건 뭐 하나 깰 수 있겠다 싶으면 새로운 수가 튀어나오는 게 무한 반복이야?"

"아직 사백일흔두 개 남았는데요."

"…진짜인가?"

"농담입니다."

"끄응."

아젤이 용검을 손에 넣은 후 보름, 두 사람은 하루도 쉬지 않고 격렬한 대련을 벌였다. 지금까지 벌인 대련의 횟수가 벌써 200회를 넘어가고 있었고, 연무장을 두 개 말아먹어서 재공사에 들어갔으며, 아예 전장을 산으로 옮겨서 온 산을 다 뒤집어가면서 치고받았다.

그리고 결과는… 카이렌의 전패였다.

5분도 채 안 되는 시간 만에 끝나는 대련이 있는가 하면 한 시간도 넘게 치고받는 긴 대련도 있었다. 다양한 조건에서 다양한 규칙을 설정해 두고 무인으로서 겨룰 수 있는 모든 것을 겨뤄 보았다.

카이렌은 뒤로 벌러덩 누워 버렸다.

"아, 정말 못 해먹겠군!"

"이제야 항복하시는 겁니까? 와, 솔직히 좀 지긋지긋했는데 다행입니다. 이제 좀 푹신한 침대에서 잘 수 있겠군요."

아젤이 피식 웃었다. 보름간 카이렌이 어찌나 집요하게 달라붙었는지 그도 슬슬 지쳐 가고 있었다. '한 판만! 한 판만 더!' 하면서 달려드는 통에 쉬지도 못했다.

뭐라고 한마디 하려던 카이렌은 한숨을 쉬면서 말했다.

"80년쯤 젊어진 기분이야."

"그럼 이제 20대 청년이 되셨군요. 맞먹어도 됩니까?"

"현상 수배해 버리기 전에 그만두는 게 좋아."

코웃음을 친 카이렌이 말했다.

"이렇게 철저하게 당해본 건 어렸을 때 아버님께 단련받을 때 이후로 처음이다."

"선대 타란토스 공작님 말씀이군요."

"그래, 아버님께서 돌아가신 후로는 적수를 만나기가 쉽지 않았거늘."

"부친께서는 언제 작고하셨습니까?"

"아까 말한 대로 80년쯤 전이었다. 내가 수면기에 들었을 때였지."

용과 마족이 융합해 탄생한 용마족도 활동기와 수면기가 나뉘어 있었다. 유소년기에도 몇 년에 한 번씩 일주일, 길면 한두 달씩 수면기에 빠져드는 경우가 흔하다.

카이렌이 감회에 젖었다.

"그래서 두 분의 마지막도 지켜보지 못했어. 듣자 하니 수면기에 빠져 있는 나를 노리고 용마왕 숭배자들이 일을 벌였다더군. 성이 화재로 전소되는 바람에 그분들의 초상화나 일기장도 남아 있지 않아."

"……."

"뭐, 그런 눈으로 보지 말게. 벌써 오래전의 일이니까. 흉수들은 아버님과 어머님의 손에 죽었고… 내가 수호그림자로 선택된 것은 역시 그 일 때문이겠지."

카이렌이 쓴웃음을 지었다. 벌써 80년이나 지난 일이다. 하지만 여전히 카이렌의 가슴 속에는 상처가 남아 있었고 그것이 수호그림자로서 용마왕 숭배자들과 대적하는 원동력이었다.

카이렌이 몸을 일으키며 말했다.

"난 평생 아버님을 능가하고 싶어서 단련해 왔지. 그분께 못 배운 게 너무나도 많지만, 내 스스로 남에게 배울 게 없어지면서 이제는 그 목표를 이루었다고 믿었어."

용검공작이라 불리게 되었을 때, 왕국에 그에게 무예를 가르칠 수 있는 이는 아무도 없었다. 모두가 그에게 한 수 배우는 입장이었고 그래서 카이렌은 스스로가 이룩해 놓은 것을 딛고 더 위로 올라가기 위해서 노력해 왔다. 용무기를 만들어낸 것도 그러한 노력의 일환이었다.

"하지만 이제 와 생각하면 오만이었던 것 같군. 자네한테 이렇게 철저하게 깨져 보니까 그런 생각이 들어."

"생각하시는 게 옳을 겁니다."

"이럴 때는 그렇지 않다고 위로할 때 아닌가?"

"공작님께서 입 발린 소리를 좋아하신다는 걸 깜빡했군요. 다시 하죠. 그렇지 않습니다. 선친께서 들으셨으면 분명 자신을 능가한 아들을 대견스럽게 여기셨을 게 분명⋯⋯."

"⋯그만두게. 소름 끼치니까."

카이렌은 그렇게 투덜거리더니 곧 킥하고 웃었다.

"계속 이야기해 보게."

"어느 쪽을요?"

"입 발린 소리 말고, 원래 하려던 말."

"제 생각에는……."

아젤은 잠시 뜸을 들였다가 말을 이었다.

"공작님의 선친께서는 아마… 용마왕 숭배자들이 '잊힌 비술'이라고 불리는 기술을 터득하고 계셨을 겁니다."

"자네처럼?"

"네."

"그리고 그들은 그분들이 가진 지식과 기술이 후대로 이어지지 못하고 실전되도록 만들기 위해서 두 분을 제거하고자 했다?"

"전 그렇게 생각합니다. 아마 성이 불타서 기록이 소실된 것도 의도한 바였겠죠. 지금까지 겪은 일들로 보면 그놈들은 정말 그 일에 많은 공을 들였더군요."

220년은 인간에게는 긴 시간이지만 용마족에게는 평균 수명도 다 지나지 않은 시간이다. 그들이 인간 사회의 구성원으로 살아가는데 지식과 기술이 쉽게 실전될 리가 없다.

하지만 용마족이라고 해서 모두 마법이나 용령기의 비술을 극한까지 연마한 전투 인력은 아니다. 또한 그 지식과 기술을 쉽게 타인에게 전하지도 않는다. 그러니 그들 중 중요한 지식과 높은 경지의 비술을 터득한 자들만 제거해도 용마왕 숭배자들이 원하는 바를 이루기에는 충분했으리라.

아젤이 말했다.

"하스반 씨에게 들었습니다. 뤼겐 공의 가문에도 용살의 의식에 대한 이야기나, 용령기의 비술이 전승되지 않았다고."

"하지만 그건 아르딘 자작가의 자식들이 그리 무예에 소양
이 깊은 편이 아니기 때문이라고 보네."

"그래서 그들의 표적이 되지 않은 게 아닐까요?"

"음⋯⋯."

"이렇게 말하기는 뭣하지만, 공작님이 선친께 배워야 했던
것들⋯ 적어도 그중 일부는 제가 가르쳐 드리죠. 가르쳐 드릴
건 많습니다."

"살아온 세월로 치면 손자뻘인 인간에게 이런 말을 듣는 날
이 올 거라고는 상상도 못했는데."

"싫으십니까?"

"딱히 싫어서 이런 말을 하는 건 아니야. 배울 게 있다는 것,
그리고 가르쳐 줄 사람이 있다는 건 좋은 일이지. 그저⋯ 좀
낯설군."

카이렌이 쓴웃음을 지었다. 오랫동안 그는 누군가를 가르치
는 입장이었다. 모두가 그를 우러러보면서 한 수 가르침을 받
기를 갈망하는 것을 당연히 여겼기에 다시금 누군가에게 배우
는 입장이 되리라고는 상상도 못했다.

문득 카이렌이 물었다.

"아젤."

"네."

"왜 나에게 이렇게 잘해주나?"

"공작님도 제게 잘해주셨으니까⋯ 겠지요?"

"그것만으로는 납득이 가지 않아. 친구라고 해도 비술은 쉽게 전하지 않는 법이지. 자네가 나를 위해 검을 든다면 납득하겠지만, 내게 귀중한 비술을 가르치려는 건… 무인으로서 왜 이렇게까지 해주는지 의문이 생긴다."

마법사도, 스피릿 오더 수련자도, 용령기 수련자도 모두 마찬가지다. 지식과 기술을 전함에 있어서 더없이 신중하게 그 대상을 고르고, 의심한다. 카이렌도 용마왕비의 간청으로 아리에타와 세이가를 맡아서 가르치기 전까지는 진정한 의미의 수제자가 없었다.

아젤도 그가 생각하는 바를 이해할 수 있었다. 그래서 잠시 생각한 뒤에, 진심을 이야기했다.

"필요하기 때문입니다."

"필요하다?"

"앞으로 닥쳐올지도 모르는 위협에 대처하기 위해서… 전 그들이 우리, 그래요, 그들의 적이 될 수 있는 존재들에게서 앗아간 힘을 돌려줄 필요가 있다고 생각했습니다."

용마왕 숭배자들은 오랜 시간에 걸쳐서 자신들의 대적, 인류와 그에 속한 자들의 힘을 약화시켜 왔다. 그러면서 자신들은 과거의 비술을 고스란히 독점하고 있으니 너무나도 위험한 상황이다.

"만약 용마왕 아테인이, 그들이 믿고 있는 것처럼 정말로 부활한다면……."

아젤은 자신과 대적했던 아테인을 기억한다. 최초의 용마족이며 최초의 마법사. 한 종족의 역사에 해당하는 장구한 세월을 살아왔으며 인간과도, 용마족과도 다른 기이하고 거대한 시각으로 세상을 바라보던 이질적인 존재.

"용마왕 숭배자들은 저 머나먼 어둠의 설원에서 일어나 다시금 세상을 덮치겠지요. 그때 그들과 맞서 싸울 힘이 필요합니다."

"지금 상태로는 곤란하다고 생각하나?"

"네. 용살의 의식도, 용마기도, 스피릿 오더와 용령기의 진정한 비술조차 잊힌 상황에서 적들이 그 힘을 사용한다면 속수무책입니다."

"용마기라. 그러고 보니 거기에 대해서 아직 듣지 못했군."

아젤은 용살의 의식에 대해서는 말해줬어도 용마기에 대해서는 말해준 적이 없었다. 그것 말고도 물을 게 너무 많았기에 카이렌은 그것을 반쯤 잊고 있었다.

아젤은 그의 의문에 답하지 않고 말을 이었다.

"전 공작님께 탄복했습니다. 다른 무엇도 아니라… 이 용검을 만드셨기 때문입니다."

실전된 용마기에 대한 기록 찌꺼기들을 그러모으고 30년 이상의 시간을 투자한 끝에 만들어낸 용검. 용마기만은 못하지만, 반드시 스스로 만들어내야 하는 게 아니라 누구나 다룰 수 있는 도구라는 점에서는 용마기보다 우월한 점도 있었다.

"공작님께서 용무기를 만드는 계기가 된 기록들에 대해서 이야기하셨지요?"

"그랬지."

"그게 바로 용마기입니다."

아젤은 카이렌에게 용마기에 대해서 설명해 주었다.

용의 힘으로 정련된, 영혼을 재료로 삼아 탄생한 궁극의 병기.

인간이나 용마인이라면 용살의 의식을 통해서 용의 힘을 취하면서 용마기를 만들어낸다. 그것이야말로 도구를 초월하여 스피릿 오더, 용령기, 마법이 추구하는 힘의 극점에 있는 기적의 도구였다.

카이렌이 숨을 삼켰다.

"그런 게 실존한단 말인가?"

"네. 그것이 인간이 용마족과 싸워 이길 수 있었던 이유 중의 하나였습니다. 용마기를 가진 자와 갖지 못한 자는 현격한 차이가 있으니까요."

"음......."

"그러니 공작님께서도 용마기를 만들어내셔야 합니다."

"뭐라고?"

카이렌이 깜짝 놀랐다. 그가 이해할 수 없다는 듯 물었다.

"용마기라는 건 용살의 의식을 통해 용의 힘을 취하면서 만들어 가는 것이라고 하지 않았나?"

"그렇지요."

"하지만 난 용마족이고, 용살의 의식을 치를 수 없다면서?"

"네."

"그럼 용마기를 만들 수 없는 것 아닌가?"

"그 이야기는 용마기에 대해서 전부를 이야기하고 있는 건 아닙니다."

아젤이 피식 웃었다.

"애당초 용살의 의식을 통해서 용의 힘을 취해서 만든다, 이 부분이 인간을 기준으로 한 설명이니까요. 인간에게는 용마력이 없습니다. 용마력을 갖기 위해서는 용살의 의식을 치러서 용을 쓰러뜨려야만 하지요. 하지만 용마족에게는 처음부터 용마력이 있지 않습니까?"

그래서 용마족 중에도 용마기를 가진 자들이 있었다. 특히 용마왕 아테인과 그를 따르는 네 명의 용마장군이 가졌던 용마기는 그 자체로 천군만마에 대적할 수 있는 재앙이었다.

"물론 쉽게 만들 수 있는 건 아닙니다. 방법은 세 가지가 있습니다."

아젤은 손가락 세 개를 펼쳐 보였다가 하나를 접었다.

"첫 번째는 용령기의 비술을 통해 스스로 만들어내는 겁니다. 이게 가장 어렵습니다."

"왜인가?"

"제가 알기로는 짧아도 10년, 길면 100년쯤 걸리거든요. 공작님께서 1세대 용마족이라면 좀 이야기가 다를 수도 있겠지만."

"……."

1세대 용마족이란 용과 마족의 합일로 탄생한 용마족을 말한다. 지금 이 시대에 인간 사회에 속한 용마족은 다들 1세대 용마족이 아니라 그 후에 태어난 자손들이었다. 하지만 아직도 세계 곳곳에서 가끔 1세대 용마족이 탄생하며, 이들은 후손으로 태어난 용마족보다 훨씬 강력한 용마력을 가진다고 한다.

'아테인과 용마장군들처럼.'

아젤은 치가 떨릴 정도로 강했던 그들을 떠올렸다. 용으로서는 부모가 있지만 용마족으로서는 부모가 없는 최초의 존재들.

아젤이 두 번째 손가락을 접었다.

"두 번째는 다른 용마족, 용마인과 힘을 합치는 겁니다. 혹은 인간 중에 용마기를 보유한 사람도 괜찮죠. 단, 이들이 전부 마법이나 용령기에 아주 깊은 소양을 가져야 한다는 조건이 붙고 역시 긴 시간과 희생을 필요로 합니다."

"어느 정도로?"

"그건 참가하는 인원의 실력과 수에 따라서 다르죠. 하지만 이것도 어려운 게… 일단 공작님부터가 이 조건에서 미달입니다. 정말 열심히 배우고 훈련하셔야 턱걸이를 할 수 있을 텐데 지금부터 동급 이상의 참가자들을 모을 수 있겠습니까? 무엇보다 그들이 자기 용마력을 희생하면서 힘을 한 사람에게 퍼부어줘야 하는데? 아, 하긴 미르켈 백작님은 이 기준에 부합하는군요. 마법사는 용령기 사용자보다 이 기준을 충족시키기 쉬우니까요."

"……."

카이렌의 표정이 구겨졌다. 아젤이 빙긋 웃으며 마지막 세 번째 손가락을 접었다.

"마지막으로 용을 이용하는 방법입니다."

"용을?"

"용마족에게 용살의 의식은 불가능하지만, 용을 죽이고 그 사체를 이용할 수는 있지요. 용마족은 용의 힘을 자신의 것으로 흡수할 수 없지만……."

인간이 용살의 힘을 통해 용마력을 갖는 것을 본 용마족들은 자신들도 비슷한 방식으로 힘을 키우려 시도해 보았다. 하지만 어째서인지 용마족은 용의 힘을 흡수할 수가 없었다.

"용마기를 만들어내는 데 이용할 수는 있습니다."

"그렇다면……."

"용을 죽이고 그 시체를 이용하는 겁니다."

용의 시체는 막대한 마력의 보고다. 이것을 특정한 방법으로 이용하면 용마족이 용마기 구축할 때 진도를 가속시킬 수 있었다.

"효율이 떨어지는 방법이긴 하지만 어쩔 수 없습니다. 그리고 애당초 용마족의 용마기는 긴 시간에 걸쳐 만들어 나가는 게 기본이라……."

아젤이 아는 한에는 그랬다. 그래서 용마전쟁 당시, 용마왕 군에도 용마기를 가진 용마족이 그리 많지는 않았다.

카이렌이 말했다.

"그럼 적들 중에서도 가진 자가 많지 않겠군."

"그렇겠지요. 당장 니베리스만 해도 용마기가 없었으니까요."

"흠……."

문득 아젤이 물었다.

"아, 그러고 보니 그분들이 오신다고 들었습니다만."

"곧 새해가 되면 이런저런 행사를 치르고 나서 출발할 예정이라고 하더군. 오려면 아직 보름 이상은 더 걸리겠지."

카이렌은 씩 웃고는 아젤과 함께 저택으로 향했다.

4

새해가 되자 아리에타는 실로 오랜만에 동생과 함께 왕궁을 떠나 먼 길을 나섰다. 이번에는 200명 넘는 인력을 수행원으로 대동한 여행길이었다.

마차 안에서 아리에타가 한숨을 쉬었다.

"역시 스승님께서 노발대발하시는 거 아닌지 모르겠군."

아리에타와 세이가는 지금 타란토스 공작령으로 휴가를 가는 중이다.

두 사람의 모친인 용마왕비가 강력하게 주장한 결과, 두 사람은 향후 반년 동안 용마왕족으로서의 일을 쉬기로 했다. 원래대로라면 허락될 리 없는 일이지만 연달아 용마왕 숭배자들에 의한 납치 시도가 있었고 그로 인해 두 사람의 신변이 위험에 처했었기에 왕실에서도 허락했다.

물론 명목상 휴가라는 것이고, 진짜 목적은 카이렌에게 다시 지도받는 것이다. 세이가뿐만 아니라 아리에타 역시 보다 강해져야 할 필요성을 느끼고 있었다.

세이가가 쓴웃음을 지었다.

"하지만 누님, 어쩔 수 없었던 일이니 스승님께서도 이해해 주실 겁니다."

200명이나 되는 수행원과 함께하게 된 것은 용마왕 숭배자들이 또다시 두 사람을 납치하려고 시도할 것을 우려해서다. 왕실은 이 부분을 절대 거부할 수 없는 조건으로 붙였기 때문에 아리에타의 직속 부하 몇 명과, 세이가 휘하에서 선발된 인력들이 따라왔다.

"그러시면 좋으련만. 도착하자마자 이 인원을 다 돌려보낼 수도 없는 노릇이고… 뭐, 그 문제는 세이가 네가 스승님께 잘 말씀드려 보거라."

"아니, 저한테 떠넘기시는 겁니까?"

"그야 나는 열다섯 명밖에 안 데리고 왔고 나머지는 다 네 부하들이지 않느냐? 어느 쪽이 스승님의 불벼락을 감당해야 하느냐고 하면 역시 네 쪽이라고 본다만."

아리에타는 아직 직속 조직 구성을 완료하지 못했다. 용마왕비와 세이가의 도움으로 쓸 만한 사람들이 모이고는 있었지만 수가 적다. 게다가…….

"그리고 애당초 타란토스 공작령의 노하우를 빼먹으려고

선별된 인원을 데려와 놓고는 시치미 뚝 떼려고 하다니… 스승님께서 그런 꿍꿍이를 모르는 척 넘어가시겠느냐?"

"음. 뭐… 어쩔 수 없군요."

세이가 볼을 긁적였다.

그녀의 지적대로다. 이번에 세이가는 기왕 장기 체류에 따라갈 인원들이라면 기회를 봐서 카이렌에게 지도도 좀 부탁하고, 타란토스 공작령의 기사들과 합동훈련도 제안해서 전력 향상을 도모해야겠다는 꿍꿍이를 품고 그에 적합한 인원들을 선발해 왔던 것이다.

아리에타가 말했다.

"그러고 보니… 아직 거기 있을지 모르겠구나."

"뭐가 말입니까?"

"아젤 경 말이다."

"아아. 그라면 아마 있을 겁니다."

세이가는 이미 중간쯤 갔을 때 따로 연락책을 앞서 보내서 한 번 소식을 전하고, 넌지시 그쪽의 이야기를 들었다.

"듣기로는 요즘 스승님께서 그와 상대하는 데 푹 빠져서 다른 일은 돌아보지도 않으신다는데… 으음."

동생의 표정이 미묘해지는 것을 본 아리에타가 말했다.

"납득이 가지 않는가 보구나."

"솔직히 그렇습니다."

"나는 충분히 그럴 만하다고 본다만. 스승님이 너를 구할 때 그도 큰 공헌을 했다고 들었는데……."

"그렇게 듣기는 했지만 직접 보지는 못했습니다. 스승님 말고는 다른 목격자도 없고요."

카이렌은 아젤이 용과 일대일로 싸워서 이겼다고 말했다. 하지만 아무리 하늘 같은 스승의 말이라도 믿을 수가 없었다. 차라리 부하들이라도 같이 있다가 봤으면 모르겠는데 그런 것도 아니니……

"인간이 그럴 수 있을 리가 없잖습니까? 그것도 그렇게 젊은데……"

"나도 비슷한 생각을 가졌던 때가 있었지."

아리에타의 말에 세이가가 고개를 들었다. 그녀가 말했다.

"하지만… 아젤 경을 본 후로는 생각이 바뀌었다."

"……"

"그가 아직 스승님과 함께 있다면 너도 그의 실력을 볼 수 있겠지. 아마 좋은 경험이 될 거야."

아리에타는 혼란스러워하는 동생을 보면서 미소 지었다.

아젤을 다시 볼 수 있다는 생각에 반가운 마음이 들었다. 마지막으로 본 지 벌써 반년이 넘게 지났는데 그동안 그는 얼마나 변했을까?

아리에타와 세이가는 도착하자마자 곧바로 카이렌을 만나서 인사하려고 했지만, 집사장 하스반에게 부재중이라 좀 기다려 달라는 말을 들어야 했다. 왜냐고 묻자 하스반이 난처해하며 대답했다.

"그게… 손님이신 아젤 경과 대련하러 나가셔서 여태 안 돌아오셨습니다. 오늘 두 분이 도착하실 테니 일찍 돌아와 달라고 말씀은 드렸습니다만……."

그 말에 아리에타와 세이가는 일행의 숙소 문제를 부탁하고는 하인 한 명의 안내를 받아서 카이렌과 아젤이 있다는 뒷산으로 향했다. 그리고 얼어붙은 호숫가에서 두 사람을 발견했는데…….

"물 위에서 싸우는 건가?"

세이가의 눈이 휘둥그레졌다.

아젤과 카이렌이 호수 위를 달리면서 검투를 벌이고 있었다. 겨울이라 호수가 얼어붙어서 그런 게 아니다. 두 사람은 얼음을 다 깨고 출렁거리는 물 위에서 싸우고 있었다.

놀라운 것은 멀찍이서 발견했을 때부터 가까이 갈 때까지 둘 다 뭍으로 나오지 않고 계속 물 위에서 싸웠다는 점이다.

아리에타가 혀를 내둘렀다.

"엄청나군. 반발력으로 물을 박차는 게 아니라 진짜 물 위를 걷고 있어."

"네?"

그 말에 세이가가 깜짝 놀라서 두 사람의 발밑을 바라보았다.

물 위를 달리면서 싸우는 거야 세이가도 할 수 있는 일이다. 하지만 그건 어디까지나 용령기로 공기를 응축했다 터뜨리는 방식으로 반발력을 이용해서 계속 도약하는 것이지, 진정한 의미에서 물 위를 걷는 것은 아니었다.

그런데 잘 보니 아젤과 카이렌은 정말로 물을 땅처럼 딛고 있었다. 때로는 멈춰 서서 수면과 함께 흔들리고, 때로는 걷고, 때로는 미끄러지고, 때로는 달려서 상대와 격돌하는 게 너무나도 자연스러워서 정말 비현실적으로 보였다.

촤아아아아!

원을 그리며 달리던 둘이 격돌하면서 물보라가 일었다. 동시에 카이렌의 몸이 물밑으로 움푹 꺼졌다.

그에 비해 아젤은 수면에서 두 걸음 정도 미끄러졌을 뿐이다. 그리고 아차 한 카이렌이 다시 수면으로 솟구치기 전에 재차 검격을 내려쳤다.

카앙!

그 반동으로 카이렌의 몸이 다시 수면 아래로 꺼진다. 조금 전의 격돌로 밀려났던 물이 제자리로 돌아오면서 그의 몸이 빠져 버렸다.

아젤은 느긋하기까지 한 태도로 그 위에다가 검격을 퍼부었다.

"푸억! 자, 자네 이렇게 나오기인가!"

물을 마셔 버린 카이렌이 기침을 해대자 아젤이 말했다.

"아까 전에 시작하기도 전에 기습을 가해서 저를 빠뜨리려고 했던 분이 하실 말씀이 아닌 듯한데……."

"그건 그거고 이건… 푸업! 어푸!"

결국 카이렌이 빠져나오지 못하고 물속에 빠져 버렸다. 아젤은 즐거운 듯이 웃으면서 뒤로 슥 물러났다. 다음 순간, 수면이 폭발하며 거센 물보라가 치솟았다.

좌좌좌좌좌좌!

그 속에서 물에 젖은 생쥐 꼴이 된 카이렌이 뛰쳐나온다. 그가 이를 갈았다.

"젠장! 치가 떨리도록 차가워!"

"겨울이니까 당연하죠."

보통 사람이라면 빠지는 것만으로도 목숨을 걱정해야 할 것이다. 카이렌이 눈을 치켜떴다.

"물이 차가워서 수중전은 피하겠다?"

"아닙니다. 얼마든지 상대해 드릴 수 있지만, 여기까지 하지요."

"무슨 소리를! 아직 멀었어!"

"손님이 오셨거든요. 제자들 앞에서 추태를 보이는 건 좀 그렇지 않습니까?"

아젤이 호숫가에 있는 아리에타와 세이가를 가리켰다. 카이렌이 눈살을 찌푸렸다.

"벌써 시간이 이렇게 됐나?"

"아까 배고프니까 돌아가서 밥 좀 먹고 하자고 말씀드렸잖습니까?"

"들은 기억이 없다."

"와, 날이 갈수록 뻔뻔해지십니다."

아젤의 너스레에 카이렌이 코웃음을 치며 호숫가로 걷기 시작했다. 마치 땅 위를 걷는 듯한 걸음걸이로 물 위를 걷는 동안 몸에서 열기가 일어나서 물기를 날려 버린다.

그 모든 게 너무나도 자연스럽다. 아젤이 가르쳐 주는 기술들을 터득함으로써 그는 하루하루 강해지고 있었다.

호숫가에 도착한 그가 두 사람을 보며 웃었다.

"오랜만이구나. 잘 왔다."

5

"마지막으로 본 지 1년도 안 지났는데……."

아리에타는 신기해하는 눈으로 아젤을 보며 말했다.

"딴사람처럼 달라졌군. 도대체 어떻게 그럴 수가 있나?"

"맛있는 식사와 충분한 휴식, 그리고 멋진 환경이 합쳐지면 그럴 수 있죠."

아젤이 씩 웃었다. 아리에타가 실소했다.

"굉장한 비결을 알려줘서 고맙군. 어쨌든 다시 만나서 반갑다, 아젤 경."

"저도 그렇습니다. 공주님."

"에노라도 자네 이야기를 많이 했지."

"공주님, 제가 언제요."

"아젤 경이 여기 있다는 소리를 듣고는 편지를 쓸까 말까 고민하지 않았더냐?"

옆에 왕실 시녀답게 깍듯한 자세로 서 있던 에노라가 얼굴을 붉혔다. 아젤이 웃었다.

"와, 에노라 양이 그랬다니, 이거 영광이군요."

"못 보는 동안 심술궂어지셨네요."

"공작님 성품이 옮은 것 같아. 나 원래 이런 사람 아니었는데……."

"믿을 소리를 하세요."

에노라가 홍 하고 고개를 돌렸다.

한창 성장할 나이라서 그럴까, 에노라는 마지막으로 본 지 7개월이 지났을 뿐인데 부쩍 자라 있었다. 키도 좀 컸고 예전보다 성숙해진 느낌이 든다. 그래 봤자 아직은 어린 소녀이기는 하지만 말이다.

아젤이 아리에타 옆에 앉아 있는 사람에게 말을 건넸다.

"자일 경, 공주님 직속 기사 생활은 할 만한가 보군. 얼굴이 폈는데?"

"그래 보이나? 확실히 서부 국경에서 구를 때하고 비교하면 정말 좋지."

자일도 많이 변했다. 얼굴이 변한 것은 아니지만 예전에 비해 외견이 세련되고 기품 있어졌다. 차림새를 용마공주 직속에 어울리는 격식을 갖추는 것만으로도 느낌이 많이 달라 보였다.

아젤이 물었다.

"보어 경은 어쩌고 있나?"

"요즘 아주 잘나가고 있지. 나도 도움을 많이 받고 있어."

그동안 보어는 사람들을 대하는 태도가 바뀌어서 주변의 평이 눈에 띄게 좋아졌다. 덕분에 원래부터 가문의 힘 때문에 좋았던 입지가 더욱 탄탄해졌고 자일도 그 덕을 많이 보았다. 그가 신경 써주지 않았다면 변방에서 군인으로 일하다가 갑자기 왕실 기사가 된 자일은 이래저래 적응에 어려움을 많이 겪었으리라.

물론 일방적으로 도움을 받기만 한 것은 아니다. 자일은 아젤에게 가르침 받은 스피릿 오더의 비전을 보어에게도 전했다. 틈만 나면 둘이 만나서 기술을 연마한 것이 기량을 향상시키는 데 큰 도움이 되었다.

그동안의 이야기를 들은 아젤이 말했다.

"그나저나, 200명이라니 정말 많이 데려오셨군요."

"위에서 그 정도 끌고 갈 게 아니라면 절대 못 가게 해서 어쩔 수 없었다. 뭐, 세이가는 이때다 하고 눈을 빛내면서 자기 사람들을 집어넣었지만."

세이가는 뒤늦게 사정을 알게 된 카이렌에게 끌려가서 한소리 듣는 중이었다. 원래대로라면 왕실에서 파견한 병력이 잠시 머물렀다가 돌아갔을 텐데, 굳이 자기 사람들을 데려와서 타란토스 공작령에서 200명도 넘는 인원의 장기 숙식을 책임지게 되었으니 당연하다.

아젤이 말했다.

"왕자님은 정말 열정적이신 것 같습니다."

"욕심이 많지. 용마왕자 자리에서 은퇴하면 장군직이라도 하나 꿰차지 않을까?"

"공주님께서는요?"

"나는 은퇴하면 유유자적해야지. 더 이상 전장에 나서고 사람들 상대하면서 피곤하게 살 생각은 없다. 세계 제일의 게으름뱅이가 목표다."

"그거 참 부러운 목표입니다그려."

"그렇지?"

차를 한 잔 마신 그녀가 물었다.

"그러고 보니 내 동생이 겪은 일과 관련해서 흥미로운 이야기를 들었다. 진위 여부를 확인해 주지 않겠나?"

"어떤 이야기입니까?"

"스승님이 말씀하시길, 세이가 납치당했을 때 그대가 용마왕 숭배자들이 동원한 천둥용과 일대일로 싸워서 승리했다고 하시더군."

"사실입니다."

"역시……"

예상하고 있던 사실이지만 아젤이 직접 확인해 주자 놀랄 수밖에 없었다. 인간이 혈혈단신으로 용과 싸워서 쓰러뜨렸다니 그게 정말 가능한 일이란 말인가?

하지만 다른 사람도 아니고 아젤이라면 가능할 거라는 생각이 든다. 함께하는 동안 그는 놀람으로 가득한 존재였으니까.

아리에타가 물었다.

"이제 와서 묻는 거지만, 예전 발란 숲에서 만난 지룡도 그대가 쓰러뜨린 것이었겠지?"

"네. 그때는 좀 변칙적인 요소가 더해져서 가능했던 거긴 합니다만."

아젤은 망설이지도 않고 순순히 인정했다. 이제는 그녀에게 말해도 괜찮다고 여겼기 때문이다.

아리에타가 물었다.

"그대가 언급했던 '친구' 말인가?"

"맞습니다. 그 녀석은 아주 대단한 마법사였죠. 그 녀석이 저를 위해 제 몸 안에 남겨두었던 것 덕분에 그 상황을 타파할 수 있었습니다."

"그랬군."

엄청난 사실을 들었음에도 아리에타는 감탄할 뿐, 아젤을 의심하지 않았다. 그러기에는 그가 지금까지 자신에게 해준 것들이 너무 많다.

하지만 그래도 궁금증은 참을 수가 없었다. 아리에타가 물었다.

"아젤 경, 자네의 정체는 대체 뭔가?"

"공작님께 들려 드린 것과 똑같은 이야기를 들려 드리게 될 것 같군요. 예를 들어……."

아젤은 이 질문을 예상하고 있었다. 기억을 잃었으니까 모른다고 말하고 넘어가기에는 아리에타에게 보여준 것이 너무 많다. 카이렌에게 그러했듯이 일단은 진실을 말해줄 만하리라.

"용마전쟁 당시에 용마왕 아테인을 쓰러뜨린 아젤 카르자크는 용마전쟁이 끝난 지 2년이 지난 시점에서 실종되었지요. 그가 죽었는지 살았는지 정확한 기록이 안 남아 있습니다. 그렇지 않습니까?"

"그렇지."

"만약 그가 죽지 않았다면 어떨까요?"

"음?"

"친우인 대마법사 칼로스가 심혈을 기울여 완성한 굉장한 마법에 의해서, 노화하지 않는 긴 잠을 잤다면? 사람들의 이목을 피해서, 사람들의 발길이 닿지 않는 곳에서 마치 수면기에 빠진 용처럼 잠든 채로 긴 세월을 보내왔다면?"

"그건……."

아리에타가 눈살을 찌푸렸다.

"설마 그대가 영웅 아젤 카르자크 본인이며, 엄청난 마법에 의해서 200년도 넘는 시간 동안 긴 잠을 자고 깨어났다는 이야기인가?"

"만약 그렇다면 믿으실 수 있겠습니까?"

"음……."

이 물음을 카이렌은 대번에 부정했었다. 하지만 아리에타는 쉽게 대답을 못하고 표정을 굳혔다. 분명 터무니없는 이야기지만 무조건 부정하기에는 아젤이 보여준 것들이 너무나도 경이롭다. 정말로 아젤 카르자크 본인이라고 해도, 약간이지만 설득력이 느껴질 정도로……!

'아니, 정말이라면 그동안 품었던 대부분의 의문이 해소된다.'

아젤을 보면서 느꼈던 비밀들, 그리고 마치 다른 세상에서 온 것 같은 이질감들이 저 대답 하나로 깨끗하게 해결된다. 카이렌보다 더 먼저부터 아젤을 보아왔기에 아리에타는 아젤의 말을 쉽사리 부정할 수 없었다.

아리에타가 자일에게 물었다.

"자일 경, 그대는 어떻게 생각하는가?"

"저 말씀이십니까?"

"그래, 그대는 내가 아는 한 아젤 경을 가장 먼저 발견한 사람이지. 내가 보지 못한 모습까지 본 그대의 생각이 궁금하다."

자일은 아젤이 처음 깨어나서 걸어 다니는 시체 같은 몰골을 하고 있을 때부터 보지 않았던가? 잠시 고민하던 자일이 고개를 저었다.

"죄송하지만 모르겠습니다. 솔직히 제가 이렇다 저렇다 단정 짓기에는 너무 엄청난 이야기군요. 하지만……."

"하지만?"

"만약 아젤 경이 한 이야기가 사실이라는 게 증명된다면, 그때는 전 왠지 정말 그랬구나 하고 납득할 것 같은 기분이기는 합니다."

그 말에 아리에타는 잠시 그를 바라보다가 미소 지었다.

"그렇군. 나도 같은 기분이다."

"제 말을 믿으시는 겁니까?"

"솔직히 믿지는 못하겠다."

아리에타가 고개를 젓자 아젤이 그럴 줄 알았다는 듯 쓴웃음을 지었다. 아리에타가 말했다.

"그러기에는 너무 터무니없는 이야기니까. 하지만 정말 그럴지도 모른다는 생각이 드는 건 어쩔 수가 없어. 아젤 경, 처음 봤을 때부터 생각한 거지만 그대는 정말 신기한 남자다."

"감사합니다. 사실 저는 아젤 카르자크의 알려지지 않은 후손입니다. 그래서 선조 대대로 세상에서는 잊힌 지식과 기술을 계승해 온 것이죠."

"좀 더 믿기 쉬운 대답이군."

아리에타가 말했다.

"지금은 일단 그런 걸로 해두지."

"지금은, 입니까?"

"그래, 지금은 그걸로 충분하다."

아리에타는 그렇게 말하고는 찻잔을 들었다.

6

아리에타와 에노라, 자일과 밀린 이야기를 나누고 나오자마자 세이가가 기다렸다는 듯이 그를 가로막았다. 세이가는 도저히 납득할 수 없다는 표정으로 아젤을 바라보고 있었다.

"아젤 경, 당장 시간을 내라."

"무슨 일이신지 여쭤봐도 되겠습니까, 왕자님?"

위압적인 명령에 아젤이 묻자 세이가가 대답했다.

"대련 상대가 되어다오."

그 말에 아젤이 쓴웃음을 지었다.

"혹시나 해서 여쭙는 겁니다만, 공작님께서 부추기셨습니까?"

"스승님께서는 그저 '직접 싸워보면 알 것이다'라고만 말씀하셨다. 나도 직접 확인하지 않고는 도저히 넘어갈 수 없는 기분이고."

"그랬군요. 그러면 상대가 되어드리죠. 다른 사람들 눈에 안 띄게 뒷산으로 갈까요?"

"그 말은……."

세이가의 눈이 가늘어졌다.

"내가 그대를 상대로 부하들에게는 보일 수 없는 망신을 당할 거라고 확정짓고 있다는 건가?"

"상대의 기량을 못 알아보실 정도로 미숙해 보이셔서 하는 말입니다만."

순간 세이가는 불에 덴 듯이 놀라서 몸을 돌렸다. 분명 앞에 있었던 아젤의 목소리가 갑자기 바로 뒤에서 들려왔기 때문이다.

'이럴 수가. 전혀 움직이는 걸 못 봤는데?'

어느새 아젤이 목소리가 들려온 곳에 서서 자신을 바라보고 있었다. 앞에 서 있던 인물이 옆으로 돌아서 뒤로 돌아가는 걸 전혀 몰랐다니?

아젤이 미소 지으며 말했다.

"솔직히 전 실망하는 중입니다."

"뭐라고?"

"전에야 그럴 만했습니다만, 직접 두 눈으로 보고도 인정하지 못하고 계시니까요. 직접 부딪쳐서 깨져 보기 전에는 현실을 받아들이시지 못하는 겁니까? 만약 그런 거라면… 앞으로도 지금까지처럼 운이 좋을 거라는 기대는 안 하시는 게 좋습니다. 적들에게는 왕자님을 압도하는 '인간'이 산더미처럼 많을 것이고, 한 수 위의 상대를 얕보다가 비참하게 쓰러지게 될 테니까."

오만하기 짝이 없는 말이다. 하지만 세이가는 화를 내지 못했다.

아니, 그러기는커녕 식은땀을 흘리며 아젤을 바라보았다. 자신을 바라보는 아젤에게서 무시무시한 위압감이 느껴졌기 때문이다. 용과 정면으로 마주하면 이런 기분이 아닐까 싶을 정도로.

아젤이 말했다.

"인간이 용마인인 자신보다 강할 리 없다. 도저히 그 오만을 버릴 수 없다면… 소원대로 해드리죠. 사실 멀리 갈 것도 없이 지금 이 자리에서도 그럴 수 있습니다."

"큭……."

세이가는 이를 악물며 등 뒤로 손을 뻗었다. 그가 쓰는 검은 워낙 커서 허리에 차지 못하고 등에 메고 있었다.

"그만두게."

그때 아젤의 뒤쪽에서 카이렌의 목소리가 들려왔다. 동시에 세이가를 짓누르던 압박감이 거짓말처럼 사라졌다.

"공작님."

"이런 데서 자네와 힘이 넘치는 세이가가 격돌했다가는 재산 피해가 보통이 아닐 거야. 유서 깊은 내 성을 부술 셈인가?"

"왠지 그러고 싶은 기분이긴 합니다만, 참죠. 하스반 씨가 난처해할 테니까요."

"나는?"

"공작님은 좀 난처하게 해드리고 싶은데요?"

"끄응. 하여튼 한마디도 안 지는군."

카이렌이 졌다는 듯 고개를 절레절레 젓고는 말했다.

"자네가 세이가와 이렇게 싸우기 싫어할 줄은 몰랐네."

"딱히 왕자님의 관심을 끌고 싶지 않았을 뿐입니다."

지난번부터 카이렌은 노골적으로 세이가가 아젤에게 관심을 두도록 유도했고 둘이서 한판 싸우기를 원했다. 하지만 아젤은 그걸 탐탁찮게 여기고 있었던 것이다.

카이렌이 말했다.

"좋아. 자네의 의사를 무시한 건 사과하지. 제자를 아끼는 마음에 그런 거니 용서해 주게."

"스승님!"

카이렌이 저자세로 나오자 세이가가 펄쩍 뛰었다. 상식적으로 있을 수 없는 일이다. 국왕조차 존경을 표하는 카이렌이 새파랗게 어린 인간 청년에게 이런 일로 사과를 하다니.

유년기에 카이렌에게 교육받으면서 다른 왕족이나 귀족에 비해 공평하고 허물없는 시각을 갖게 된 세이가였지만 왕족이라는 사실이 어디 가는 건 아니다. 사람을 존중하는 것과 별개로 스스로의 신분에 대한 자각이 뚜렷했다. 그의 상식에 비추어 볼 때 이건 도저히 이해할 수 없는 일이다.

카이렌은 그런 세이가를 무시하고 아젤에게 부탁했다.

"정식으로 부탁하지. 부족한 제자의 아집을 한번 깨주지 않겠나? 유감스럽게도 나는 할 수 없는 일이야."

"그렇게까지 부탁하시는데 거절할 수야 없지요. 어차피 한 번은 거쳐 가야 할 일이라고 생각하고 있었습니다."

아젤은 그 부탁을 받아들였다.

7

세이가는 한 집단을 이끄는 지도자로서는 좋은 평가를 듣는 인물이다.

신분 고하를 막론하고 능력에 따라 인재를 등용했으며 아랫사람들의 말에 귀를 기울일 줄 알았다. 자기가 아무리 뛰어나도 혼자서 할 수 있는 일에 한계가 있음을 알고 부하들의 손을 빌리기를 거리끼지 않았다.

그런 한편, 세이가는 그들을 전혀 믿지 않았다.

'인간은 약하다.'

자신을 따르는 인간 부하들의 유능함을 믿는다. 하지만 아무리 유능하더라도 무력 면에서는 한계가 있다고 단정 짓는다.

지금까지 살면서 보아온 것들이 그러한 인식을 굳혀 놓았다. 아리에타와 그의 차이점은 인재를 찾는 적극성이다. 스스로 유능한 자들을 찾아 헤맸기에, 그렇게 찾아낸 자들이 자신의 선입견에서 벗어나지 않는 존재임을 거듭 확인해 온 것이다.

아젤은 그런 세이가의 생각을 정면으로 부정하는 존재였다.

"크윽……!"

세이가가 신음하면서 땅을 뒹굴었다. 곧바로 균형을 바로잡고 일어나려고 하지만, 그 직전에 절묘하게 맥을 끊으면서 찔러 들어오는 검이 있었다.

카앙!

아슬아슬하게 그것을 커다란 검 면으로 받아내면서 다시 땅을 뒹군다. 그리고 스프링처럼 탄력 있게 땅을 박차고 뒤로 날지만, 바로 그 순간 비스듬한 각도로 그가 일어나는 지점을 찔러오는 검이 있다.

'이런 말도 안 되는!'

기겁해서 몸을 눕힌다. 거의 회복되었던 균형이 다시금 무너지면서 땅을 뒹굴 것을 강요받는다.

그런 과정이 끊이지 않고 반복되었다. 첫 격돌에서 아젤이 절묘한 힘의 가감으로 그를 쓰러뜨린 후 3분, 세이가는 한 번도 완전히 일어나지 못하고 계속 땅을 뒹굴고 있었다.

"세상에……."

그 광경을 보는 아리에타는 할 말을 잃었다. 아젤의 기술이 뛰어나다는 것은 익히 알고 있던 사실이다. 하지만 지금 보여주는 기술은 상상을 초월했다.

자일도 넋을 잃고 있었다.

"이렇게까지 상대를 통제하는 게 가능하다니……."

이 3분간 아젤이 쓴 에너지의 총량은 세이가가 쓴 것의 100분의 1도 되지 않을 것이다.

세이가는 무너진 균형을 회복하려고 초인적인 신체 능력, 용마력으로 가속된 초감각, 그리고 지긋지긋하도록 연마해 온 온갖 용령기의 기술까지 동원하고 있다. 그에 비해 아젤의 움직임은 느긋하다. 스피릿 오더로 정신파를 발해 세이가의 감각을 자극, 원하는 반응을 이끌어낸다. 마치 예지력이라도 가진 것처럼 세이가가 할 행동을 예측하고 느긋하게 한두 걸음 걸어가서 검을 찌른다.

그것만으로도 세이가는 일어나질 못하고 있었다. 마력과 감각을 다루는 기술, 그리고 싸움의 판을 차는 통찰력까지… 모든 면에서 격이 다르다.

쾅!

어느 순간, 폭음이 울려 퍼지며 세이가의 몸이 솟구쳤다. 균형을 잃고 핑글핑글 돌다가 그대로 땅에 처박힌다.

데굴데굴 땅을 굴러서 일어난 세이가는 만신창이였다. 상처는 없다. 하지만 숨이 턱까지 차오르고 땀이 비 오듯이 흘러내린다.

"헉, 헉, 허억……."

세이가의 체력은 강철 같았다. 두꺼운 갑옷을 입고 커다란 검을 휘두르면서도 무시무시한 기세로 장시간 동안 싸울 수 있다. 하지만 상하좌우도 제대로 분간할 수 없는 상황에서 땅을 구르고, 구르고, 구르면서 힘의 맥이 턱턱 끊기는 상황이 반복되자 믿을 수 없을 정도로 빠르게 체력이 바닥났다.

'일부러 풀어줬다.'

세이가는 아젤이 하고자 했으면 자신이 실신할 때까지 땅을 구르게 할 수도 있었음을 깨달았다. 방금 전에는 일부러 빠져나갈 구멍을 열어준 게 분명하다.

예전에 카이렌에게 단련받을 때 온갖 어려운 상황을 경험해 보았다. 그럼에도 이것은 미지의 경험이었다.

숨을 몰아쉬는 그에게 아젤이 걸어오며 말한다.

"이렇게까지 당하고도 하는 일이 고작 숨을 고르는 겁니까? 물러 터졌군요."

"으윽!"

이미 아젤을 마주하는 것만으로도 미증유의 공포가 밀려온다. 평정을 잃은 세이가는 아젤이 간격에 들어오는 순간 자기도 모르게 검을 휘둘렀다.

바위도 두 동강 낼 강격이다. 하지만 아젤은 피하지도 않았다.

쉬이잉!

'빗나갔어?'

세이가가 눈을 부릅떴다. 아젤은 피하지도 않고 간격 안으로 걸어 들어왔다. 그런데 공격이 허공을 가르면서 세이가의 자세가 무너졌다.

분신술과 은닉술, 그리고 정신파로 감각을 자극하는 기술이 합치된 결과다. 그리고 거짓말처럼 한 박자 늦게 아젤이 간격 안으로 들어온다. 여전히 전혀 서두르지 않는 여유로운 걸음걸이지만 자세가 무너진 세이가는 도저히 손쓸 수가 없었다.

투학!

무너진 자세를 바로잡기 전에 아젤이 검도 아니고 주먹으로 세이가의 어깨를 친다. 그냥 친 게 아니다. 억지로 자세를 바로잡으려는 순간, 정확히 힘의 맥을 끊는 타이밍으로 쳤다.

또다시 넘어질 뻔한 세이가가 이를 악물고 하반신의 괴력을 발휘해 버텨낸다. 그리고 검격을 날리는데…….

투캉!

검이 반도 휘둘러지기 전에 몸통에 카운터가 작렬한다. 검을 쥔 손등으로 가볍게 쳤는데 충격이 중갑을 관통해서 뼛속까지 파고든다.

'커헉……!'

숨이 턱 막히면서 몸이 꺾인다. 이대로는 끝장이다. 그렇게 판단하고 용령기를 발하는데…….

텅!

기다렸다는 듯, 정신을 집중해서 마력을 발하는 바로 그 순간에 카운터가 꽂혔다.

'이건… 말도… 안 돼……!'

세이가는 악몽을 꾸는 기분이었다. 마치 자기 몸 안에서 일어나는 모든 움직임을 속속들이 들여다보는 듯한 대응이다.

그저 기술이 좋다고 가능한 일이 아니다. 세이가의 모든 것을 읽어내는 초감각, 그리고 거기에 대응할 수 있는 반응속도까지 갖춰야만 가능한 기예다.

몇 번이나 그런 상황이 반복되면서 세이가는 검을 쥐고 있는 것조차 힘들어졌다. 하지만 그런 상황에서도 쓰러지지 않는다. 주춤거리며 물러나면서도 이를 악물고 서서 버티다가…….

'지금이다!'

일부러 카운터를 유도한 뒤, 그것을 앞으로 나아가면서 어깨로 받아서 튕겨낸다. 동시에 뒤로 펄쩍 뛰면서 혼신의 힘을 다한 검격을 날렸다.

"이건 좀 괜찮군요. 다섯 수쯤 앞서서 나왔으면 합격점을 드렸을 텐데."

하지만 재미있어하는 아젤의 말에 간담이 서늘해졌다.

아찔한 타격을 받아가면서도 한 줌씩 기운을 모아서 기회를 엿보고 있었다. 하지만 이것조차도 아젤이 의도한 바였단 말인가?

동시에 아젤이 정면으로 세이가의 검격을 받아쳤다.

쾅!

폭음이 울리면서 세이가가 날아가 버렸다. 허공을 날면서 세이가는 깨달았다.

'내가 검을 놓치다니······!'

싸울 때는 어떤 상황에 처하더라도 검은 놓치지 말라고 배웠고 그 말을 신앙처럼 지켜왔다. 하지만 생전 처음 받는 압도적인 충격에 강철 장갑을 낀 세이가의 손아귀가 터져 버리면서 검을 놓치고 말았다.

쿠당탕탕!

요란한 소리와 함께 세이가가 몇 바퀴나 땅을 굴러서 널브러졌다.

정적이 내려앉은 가운데, 아젤이 물었다.

"더 하시겠습니까?"

"아니··· 이제 됐다. 내 패배다."

세이가는 지친 목소리로 패배를 인정했다.

8

그날 저녁, 아젤은 거울 앞에 얌전히 앉아서 다른 사람에게 머리를 맡기고 있었다. 에노라가 의자 뒤에 받침대를 놓고 올라서서 아젤의 머리를 다듬어주고 있었다. 오랜만에 본 아젤이 머리가 길면 대충대충 칼로 쳐서 거칠어 보이는 게 마음에 안 들었는지 자기가 손질해 주겠다고 나섰던 것이다.

문득 그녀가 물었다.

"아젤 경은 왜 왕자님께는 그렇게 심술궂게 굴었어요?"

"음?"

"다른 사람도 아니고 왕자님이신데, 너무한 거 아니에요?"

"보어한테도 비슷하게 했던 것 같은데?"

아젤이 예전에 보어가 결투를 신청했을 당시의 기억을 떠올리면서 말했다. 에노라가 잠시 생각해 보더니 말했다.

"…그러고 보니까 그러네요. 아젤 경은 원래 막나가는 사람이지 참."

"어이, 막나간다니? 내가 어딜 봐서?"

"어쩜 이리 뻔뻔하실까. 왕자님께 그런 식으로 굴다니, 다른 사람 같으면 상상도 못할 거예요. 제가 보면서 얼마나 무서웠는지 아세요? 왕자님이 버럭 화라도 내시면서 저놈의 목을 쳐라! 하셨으면 어쩌시려고 그랬어요?"

"그 정도로 도량이 작은 인물은 아니라고 봐서 한 일이야. 사실 어지간하면 피하고 싶기도 했고."

아젤 입장에서 세이가는 그리 배려할 필요성을 느끼지 못하는 인물이었다. 함께 생사고락을 한 인물도 아니니 당연하다. 그저 카이렌의 제자이며 아리에타의 동생, 그 이상도 이하도 아니었다.

그래서 딱히 자기가 주목을 끌어가면서 그의 인식을 고쳐주려고 하지 않았다. 용마왕 숭배자들이 그를 노리는 게 꺼림칙하기는 하지만 지난번 일이 있었으니 알아서 조심하지 않겠는가?

카이렌이 은근히 두 사람을 한 번쯤 붙여보려고 하는 것에 불쾌해한 것도 그런 이유다. 뼈저린 경험을 한 뒤 직접 두 눈으로 보고도 아집을 버리지 못하고 성가시게 구는 놈을 뭐 예쁘다고 봐줘야 하는가?

에노라가 말했다.

"아젤 경은 정말… 높으신 분들을 하나도 안 무서워하는 것 같아요."

"실제로 안 무서우니까."

예전 같으면 좀 몸을 사렸을지도 모르겠다. 권력을 가진 사람들과 부딪침으로써 자기 주변에 피해가 갈 수 있었으니까.

'아니, 딱히 그렇지도 않은가?'

생각해 보니 용마전쟁 후에는 나딕 제국에서 감히 그의 심기를 건드릴 수 있는 이가 없었다. 칼로스를 비롯해서 황실을 좌지우지할 수 있는 권력자 친구들이 잔뜩 있었고 온 세상의 민중이 그를 사랑했으니.

'생각해 보니 예나 지금이나 막 산다는 소리를 들어도 할 말이 없군.'

왕실 시녀로 일하는 에노라 입장에서 보면 아젤의 태도를 보고 기겁할 만도 하다.

에노라가 혀를 내둘렀다.

"전설의 영웅이라서 그런 거예요?"

"흠. 에노라 양은 그 말을 믿어?"

"글쎄요?"

아젤이 스스로의 정체에 대해서 이야기했을 때, 에노라는 놀란 토끼눈을 하고 있었다. 그때 그녀는 무슨 생각을 하고 있을까? 아젤은 그런 의문을 품은 채 실소했다.

"뭐 대답이 그래?"

"잘 모르겠어요. 상식적으로 생각해 보면 그냥 말도 안 되는 이야기잖아요? 그쵸?"

"나한테 확인할 이야기가 아니지 않아?"

"음. 그런가? 어쨌든… 만약 사실이라면, 전 좀 실망할 것 같아요."

"왜?"

"저도 어려서부터 영웅 아젤 카르자크에 대한 이야기는 귀가 따갑도록 듣고 자랐거든요."

역사에 기록된 영웅은 많다. 하지만 만인이 그 이름을 알고 칭송하는 영웅은 몇이나 될 것인가?

지금 이 시대까지도 아젤 카르자크는 가장 유명하고 인기 있는 영웅이었다. 많은 아이가 용마전쟁 당시 그의 영웅담을 듣고 자랐으며 소녀들은 언젠가 그와 같은 백마 탄 왕자님이 자기 앞에 나타나 주길 꿈꾸었다. 흘러간 시간 속에서 우상이 된 영웅의 이미지란 그런 것이다.

"근데 아젤 경은 뭐랄까……."

에노라가 고개를 갸웃하며 표현을 고민했다. 그러다가 말했다.

"왠지 그냥 이웃집 오빠 같아요."

"그건 좀 신선한데?"

아젤이 웃었다. 이웃집 오빠라니, 살면서 처음 들어 보는 평가다.

에노라가 말했다.

"하긴 그 이웃집 오빠가, 왠지 신비롭고 비밀스러운 과거를 가지고 있고 용도 혼자서 쓰러뜨리는 사람이라는 점에서 이미 많이 비현실적이네요. 음유시인이 꾸며낸 이야기도 이렇지는 않을걸요."

"때때로 현실은 사람이 상상하는 것보다 앞서 가게 마련이지."

"그러게요. 만약 정말이라면, 진짜 대단한 것 같기는 한데 그러면서도 차암 별거 없는 기분?"

"그게 뭐야?"

아젤은 실소하고 말았다.

문득 에노라가 말했다.

"만약 그렇다고 치면요."

"뭐가? 내가 영웅 아젤 카르자크 본인이라는 거?"

"네. 그렇다고 가정하고요."

"차라리 안 믿는다고 하지, 가정하는 건 또 뭐야?"

"꼬치꼬치 따지지 마세요. 그런 태도를 보이는 남자는 여자한테 인기 없답니다."

"입 다물고 들을 테니 계속 말씀해 보시지요? 아가씨."

"그 영웅 아젤이 살았던 시대는 어땠을까요? 사람들이 그토록 용마족에게 고통 받고, 사람들을 위해 기꺼이 희생하는 고결한 정신의 소유자들이 그렇게 많았다는 그 시절의 사람들은 지금하고 어떻게 달랐어요?"

그 물음에 아젤이 쓴웃음을 지었다.

"의외로 지금하고 크게 다르지는 않았어, 사람들은."

"정말요?"

"응."

"하지만 옛날이야기들을 보면 그렇지 않은 것 같은데……."

"시간이 지나고 나면 모두들 인상적이었던 일들만을 기억하지. 아름다워서 눈부신 순간, 추악해서 눈을 뗄 수 없었던 순간… 하지만 그게 그 시대의 전부는 아니야."

그 시절, 사람들은 자신들의 미래를 위협하는 거대한 적을 상대로 힘을 모았다. 그러나 그 속에서도 사람들은 자기가 속한 집단의 이익을 따져 가며 싸웠고, 함께 힘을 합쳐야 할 이들의 죽음을 외면하는 이들이 있었으며, 신분 고하로 인해 차별받는 부조리가 끊이지 않았다.

"그 시절에는 그저 모든 사람이 다 궁지에 몰려 있었을 뿐이야. 더 이상 물러날 곳이 없는 상황에 몰렸을 때 사람의 진가가 보이게 마련이지."

어떤 인물의 진가가 추악한지 고결한지는 정말 그 상황이 되기 전까지는 모르는 법이다. 평소에 도덕적이고 청렴한 모습을 보이던 이라도 극단적인 상황에 몰렸을 때 비열한 선택을 할 수도 있고 인간 망종처럼 보이던 이가 고결하게 희생할 수도 있다. 아젤은 그런 경우를 너무 많이 봐왔다.

"신분이 높은 자도, 낮은 자도, 어린 자도, 늙은 자도, 힘 있는 자도, 약한 자도… 모두가 마찬가지였어. 오직 행동만이 사람의 가치를 증명하는 시절이었지."

아젤은 수많은 사람을 보았다. 추악한 자가 있는가 하면 고결한 자도 있었으며, 확신을 갖기에는 너무 약해서 갈대처럼 세파에 흔들리는 이들도 있었다.

'용마왕 숭배자라.'

이 시대에 깨어난 후, 아젤에게 가장 충격적으로 다가온 사실은 바로 용마왕 숭배자들의 존재였다. 용마왕을 추종하던 무리가 지금 이 시대까지 잔존해 있다는 사실 때문이 아니다. 세월의 흐름 속에서 세상을 위협하던 용마왕 신격화되고, 용마족도 용마인도 아닌 '인간'이 그를 숭배한다는 사실을 이해할 수가 없었다.

'왜 이 시대에 그를 숭배하지? 그들에게는 모두 다 끝나 버린 먼 옛날의 악(惡)일 텐데…….'

차라리 용마전쟁 시절이라면 그런 인간들의 존재를 이해할 수 있었다. 그 시절에는 살기 위해 인간을 배신하고 용마왕군 밑으로 기어들어 가는 자들도 흔했고, 진지하게 용마왕을 살아 있는 신이라고 믿는 자들도 있었으니까.

하지만 지금은 왜 그런 인간들이 생겨나는 걸까? 아젤은 그 점을 이해하기 어려웠다.

에노라가 말했다.

"정말 그 시대를 산 사람처럼 말씀하시네요."

"그렇다고 가정하기로 한 거 아니었어?"

"그랬죠. 음. 하지만 그럼 아젤 경은 200살도 넘은 거네요? 앞으로 어르신이라고 불러드려요?"

"한 40년쯤 후에 그래주면 고맙겠어."

아젤은 쓴웃음을 짓고 말았다.

9

인간이면서도 어둠의 설원에 거하는 것을 허락받은 용마왕 숭배자, 흑검사 듀랑은 자신이 위대한 믿음을 갖게 된 그날을 기억한다.

인간은 태어나면서부터 귀하고 천함이 결정된다. 인격이 어떤지 능력이 얼마나 뛰어난지는 상관이 없다. 천하게 태어난 자는 아무리 유능해도 태생적인 굴레를 벗지 못하고 귀하게 태어난 쓰레기들의 부림을 받아야만 하는 처지다.

듀랑은 그 부조리한 구조의 가장 밑바닥에 위치한 노예였다.

대륙을 지배하는 일곱 왕국 중에 노예 제도가 있는 나라는 두 개뿐이다. 그리고 그곳에서 노예에 대한 인식은 그야말로 시궁창이었다.

듀랑은 어렸을 때부터 기골이 장대하고 힘이 장사라는 소리를 들었다. 또래보다 머리 하나 이상 훌쩍 컸고 힘쓰는 일이라면 당할 이가 없었다.

자라면서 온갖 궂은일이 자연스럽게 그의 차지가 되었다. 주먹 쓸 일이 생기면 그를 불렀고, 그러다 보니 나중에는 좀 더 요긴하게 써먹고자 조금씩 무예를 가르치기까지 했다.

그래도 듀랑은 우쭐해하지는 않았다. 자기가 아무리 강해봤자 스피릿 오더를 익힌 기사들에 비하면 보잘것없는 존재임을 알았기 때문이다.

동시에 듀랑은 그들이 정말 대단한 존재라고 여기지는 않았다.

'우리가 강해지는 걸 무서워하는 놈들.'

그런 인식을 갖게 된 것은 무예를 배우면서부터였다. 그들이 독점하고 있던, 체계화된 기술을 배우는 순간부터 새로운 세계가 열렸다.

듀랑은 무예에 천부적인 자질을 가졌다. 그들이 갖은 구박을 해가면서 생색내듯이 조금씩 가르쳐 주는 것만으로도 제대로 배우는 놈들보다 훨씬 탁월하게 성장했다.

그때 듀랑은 깨달았다.

'저놈들은 그저 물려받은 게 많을 뿐이다.'

무예도, 스피릿 오더도 마찬가지다. 지식을 독점하고 있기 때문에 대단한 존재가 될 수 있을 뿐이다. 저 비술이 모두에게 공평하게 주어진다면 저들이 과연 우위를 유지할 수 있겠는가?

실수를 저지른 것은 그런 마음가짐 때문이었을 것이다.

"고마워. 이름이 뭐라고 했지?"

나들이를 나갔다가 마물의 습격을 받은 주인집 아가씨를 몸을 던져 구했다. 호위하는 기사들이 어이없이 죽어나간 상황이라 듀랑이 중상을 입어 가면서 싸우지 않았더라면 그녀도 목숨을 잃었으리라.

하지만 이 일로 듀랑은 포상을 받기는커녕 벌을 받을 처지에 놓였다.

"노예 주제에 검을 만지다니! 용서할 수 없다!"

듀랑이 죽은 기사의 검을 써서 마물을 쓰러뜨렸기 때문이었다.

노예는 무기를 쥐는 것이 허락되지 않는다. 주인이 허락하는 한계는 몽둥이 정도였다.

특히 검은 실수로 만졌다는 이유로 죽임을 당해도 다들 당연하게 여길 정도다. 검을 명예의 상징으로 여기는 기사들에게 비천한 노예 따위가 만진다는 것은 용서할 수 없는 모욕이었다.

말도 안 되는 일 같지만, 듀랑이 살던 곳에서는 당연한 상식이었다. 귀한 신분을 가진 자들은 노예를 결코 같은 인간으로 보지 않는다. 그들에게 노예란 값싼 물건 이하의 존재였다.

듀랑은 절망했다. 그때는 정말 선택지가 없었다. 맨손으로는 싸워 이길 수 없었고, 맨몸으로는 그 상황을 타파할 수 없었고, 홀로 도망쳤다면 귀하신 분이 죽었는데 감히 혼자 살아남았다는 이유로 처형당했으리라.

"이 간악한 것! 비천한 네놈을 어여삐 보아서 무예까지 가르쳤더니 주제도 모르고 감히 검술을 훔쳐 배워?"

억울했다. 검술은 익힌 적도 없었다. 그저 무예를 한두 수배울 때 눈으로 기억해 두었을 뿐이다. 그것만으로도 처음 쥐어 보는 검으로 마물을 무찌를 수 있었다.

딸의 목숨을 구했는데도 마치 천인공노할 악행이라도 저지른 것처럼 얼굴이 시뻘개져서 자신을 비난하는 그들을 보면서, 듀랑은 마음속으로 용서받지 못할 생각을 하고 말았다.

"병신 새끼들."

기사라는 것들은 처음 검을 쥔 자기보다도 못한, 덜떨어진 놈들이었다. 그놈들이 못한 일을 해준 것을 갖고 죄라고?

그런 듀랑을 구원한 것은, 그가 구원한 주인집 아가씨였다.

"그를 용서해 주세요."

그녀는 부친에게 간청해서 듀랑의 죄를 용서해 주었다. 비록 순순히 풀려난 것은 아니고 알몸으로 쇠사슬에 전신이 묶인 채 닷새 동안 지하의 독방에 물조차 마시지 못하고 갇혀 있어야 하는 형벌을 받기는 했지만 말이다.

그 후로 그녀는 듀랑에게 관심을 가졌다.

"듀랑이라니, 아무리 봐도 노예 이름 같지는 않아."

그녀는 듀랑을 자기 하인으로 삼아서 데리고 다녔다.

하지만 그녀는 별로 성격 좋은 주인은 아니었다. 별거 아닌 일로도 히스테리를 부렸고 당연한 듯이 아랫사람들에게 화풀이를 했다.

듀랑도 수도 없이 화풀이 대상이 되었다. 그러던 어느 날, 듀랑을 회초리로 때려가면서 화풀이를 하던 그녀가 전혀 생각지도 못한 행동을 했다.

"흥. 그 비리비리한 놈하고 비교하면 차라리 네가 낫겠어."

사귀던 남자와 헤어진 뒤, 그 분풀이를 하듯이 듀랑을 침대로 끌어들였던 것이다.

그때 듀랑의 나이는 열아홉 살이었다. 하지만 첫 경험은 아니었다. 이때 이미 듀랑은 키가 2미터가 넘는 탄탄한 근육질의 거한이었고 얼굴도 시원스럽게 잘생겨서 여자들에게 수도 없이 야릇한 눈길을 받았던 것이다.

격렬한 하룻밤을 보낸 뒤로 그녀는 시도 때도 없이 듀랑의
몸을 원하게 되었다.

그녀가 강렬한 독점욕을 보였기에 그전까지 관계를 가졌던
여자 노예들과의 관계를 끊어야 했다. 미련을 버리지 못하고
몰래 듀랑을 유혹하다가 그녀의 눈에 띈 여자 노예는 지독한
꼴을 당했다.

하지만 그 외에는 변함이 없었다. 회초리로 때려가며 화풀
이를 하는 것도, 모욕적인 언사를 서슴지 않는 것도.

듀랑은 담담히 그런 관계를 받아들였다. 좋았기 때문이 아
니다. 선택의 여지가 없었기 때문이다.

문제는… 노예는 피해자라고 해도 가해자보다 더 큰 죄인이
된다는 점이었다.

"네놈이 감히 내 딸을! 그 큰 죄도 용서해 줬더니 은혜도 모르고
내 딸을 건드려?"

그녀가 듀랑의 아이를 임신했다.

당연한 일이다. 그렇게 밤낮없이 몸을 섞었는데 애가 안 생
기면 그게 더 이상하지 않은가?

이 사실이 밝혀지자 온 집안이 뒤집어졌다. 듀랑은 아침에
시종으로서의 일을 하다가 영문도 모르고 뭇매를 맞아 피투성
이가 된 채로 마당으로 끌려나왔다.

그녀도 거기 나와 있었다. 눈물 젖은 눈으로 듀랑을 보는 그녀의 입에서 나온 말은, 더 이상 아무것도 기대하지 않고 살아가던 듀랑의 마음을 산산이 부숴놓았다.

"저, 저는 그저 몸을 던져 저를 구한 일을 어여삐 여겨 곁에 두었을 뿐인데 저자가… 저자가 사람들 눈이 없을 때 저를 덮쳐서 강제로… 으흑. 무서워서 누구에게 말도 못하고……."

그 말에 어이없어한 것은 듀랑만은 아니었다. 비록 그녀가 부모 귀에 안 들어가게 입단속을 하기는 했지만 아랫사람들은 다들 사정을 알고 있었다. 아마 가족들도 눈치채고 있었을 것이다.

하지만 그들에게는 진실이 어떻건 상관없었다. 비천한 노예 주제에 딸과 몸을 섞었다는 것만으로도 듀랑은 죽어 마땅했다.

그들은 듀랑이 곱게 죽여주기에는 너무 큰 죄를 지었다고 했다. 만신창이가 되도록 때리고, 상처에 소금을 뿌린 다음 쇠사슬로 묶어서 지하 감옥에 가둬두었다. 그런 일을 죽을 때까지 매일 반복할 거라고 했다.

사흘째 되는 날, 듀랑은 일찌감치 자살하지 않은 스스로의 어리석음을 저주했다. 온몸이 묶이고 입에 재갈이 물려 있어서 스스로 죽을 수도 없었다.

그런데 나흘째 되던 날, 기적이 일어났다.

아침이 되어도 아무도 그에게 오지 않았다. 대신 밖에서 폭음과 비명이 들려왔다.

무슨 일이 일어난 것일까? 궁금했지만 듀랑에게는 시시각각 다가오는 죽음을 기다리는 것 말고 할 수 있는 일이 없었다.

그런 그의 앞에 용마족 남자가 나타났다.

"정말로 지독한 놈들이군. 죄 없는 자를 대하는 방식이 이따위라니, 너무 편하게 죽였나."

주인 일가를 몰살시키고 듀랑을 구해준 그의 이름은 사이베인, 위대한 용마왕 아테인의 아들이었다.

사이베인이 듀랑의 사정을 알고 있었던 이유는 간단하다. 집안에 용마왕 숭배자들이 있었기 때문이다.

듀랑은 몰랐지만 노예들 사이에는 용마왕 신앙이 은근히 퍼져 있었다. 듀랑이 살면서 느낀 감정이야말로 그 신앙을 받아들이는 토양이었다. 세상은 용마왕 신앙을 용서할 수 없는 악이라며 탄압하지만, 그렇게 부르짖는 자들이야말로 부조리와 악의 집합체가 아니었는가?

"인간은 평등하다. 타고난 신분 따위는 사악한 자들의 기만일 뿐, 진정한 가치를 평가하는 기준이 될 수 없다. 인간보다 뛰어난 존재로 태어난 용마족만이 인간 위에 서서 올바른 길을 제시하는 것이 세상이 갖춰야 할 진정한 모습이다."

부조리한 삶의 끝에서, 듀랑은 기꺼이 자신을 구원해 준 용마왕 신앙에 인생을 바치기로 결의했다.

그렇게 40년이 넘는 세월이 흘렀다.

듀랑은 필사적으로 힘을 길러 인간 용마왕 숭배자로서는 드물게도 어둠의 설원에 거하는 것을 허락받는 신분이 되었다. 귀한 피를 타고난 용마족도, 용마인도 그의 무력과 업적을 존중하여 예의로 대했다.

셀 수 없이 많은 전장에 나섰다. 그때마다 수많은 목숨을 죽여왔다.

피로 물든 인생에 후회는 없다. 올바른 세상을 만들기 위해, 언젠가 위대한 구주가 돌아올 그날을 위해 모든 것을 바칠 것이다.

그런 듀랑이었기에, 부조리한 세상을 옹호하며 위대한 진실을 부정하는 자는 용서할 수 없었다.

10

세상에서 볼 때, 용마왕 숭배자는 악마 숭배자와 다름없는 광신도들의 조직이다. 그들은 용마왕을 신격화하고 이미 죽어 사라진 그가 돌아와 이 잘못된 세상을 바로잡으리라고 철석같이 믿고 있었다.

하지만 그렇다고 해서 용마왕 숭배자 조직에 속한 모든 이가 그 이상에 공감하는 것은 아니다. 용마왕 숭배자들이 진면목을 숨기고 세상에 섞여 들었듯이, 그 사이에도 다른 뜻을 품은 자들이 있었다.

당연하지만 용마왕 숭배자들은 그런 자들을 용서하지 않는다. 철저하게 색출해서 잔혹하게 숨통을 끊어 놓는다.

듀랑은 셀 수도 없을 정도로 많은 배신자를 처단해 왔다. 그렇기에 차라리 죽는 게 더 나아 보일 정도로 처참한 몰골의 배신자를 보면서도 아무런 감흥을 보이지 않았다.

배신자의 멱살을 잡고 들어 올리면서 듀랑이 분노 어린 목소리로 물었다.

"유렌, 죄 깊은 이름을 선택한 그 간악한 반역자는 어디에 있느냐?"

CHAPTER **19**
운명을 찾는 자

魔展
龍劍

1

온 세상을 얼어붙게 만드는 혹독한 겨울도 언젠가는 끝난다. 새해가 밝고 시간이 흐르면서 점차로 눈과 얼음이 녹고 여기저기서 푸른색이 보이기 시작했다.

시기는 4월, 봄의 색채가 완연해졌을 때… 아젤은 마침내 먼 길을 떠나기로 했다.

'생각해 보니 딱 1년이군.'

아젤은 창밖을 보며 생각했다. 발란 숲에서 깨어난 것이 바로 1년 전 오늘이었다.

그 후로 꽤 많은 일이 있었다. 마음 같아서는 일찌감치 떠나서 확인하고 싶은 것들이 있었지만, 그전에 이곳에서 맺은 인연을 위해서 해두고 가야 할 일이 많았다.

지난 3개월간 아젤은 카이렌과 수련에 몰두했다. 그에게 많은 것을 가르쳤고, 그것이 아리에타와 세이가, 자일에게까지 이어졌다.

3개월은 길다면 길고 짧다면 짧은 시간이다. 하지만 그 시간 동안 모두들 현격하게 기량이 향상되었다. 나딕 제국 멸망의 혼란기와 대암흑을 거치면서, 그리고 용마왕 숭배자들에 의해서 잊힌 기술과 개념을 익히는 것은 그들에게는 두 번 다시 만나기 어려운 기회였다.

"그럼 가볼까."

아젤의 짐은 단출했다. 원래 장기간 여행을 하려면 짐을 바리바리 싸들고 다니는 게 보통이지만, 아젤은 반드시 필요하다고 생각하는 것 말고는 챙기지 않았다.

"흠. 정말로 떠나는 건가?"

아젤이 짐을 싸들고 나오자 밖에서 기다리고 있던 자일이 물었다. 아젤이 대답했다.

"그래, 사실 너무 오래 있었던 거지."

"그동안 가르쳐 준 것, 고맙다. 이 은혜를 어떻게 갚아야 할지 모르겠군."

"뭐 새삼스럽게."

예전, 기술의 공유와 교류가 활발하던 용마전쟁 시절이라고 해도 이렇게까지는 해주지 않았다. 그들이 오랜 세월을 뛰어넘어 깨어난 뒤 맺은 소중한 인연이기는 하지만 가족도, 제자도 아니니까.

"분명 그 힘이 필요할 때가 올 거야. 그때까지 믿을 만한 사람을 골라서 전력으로 만들어 두도록 해."

하지만 필요하다고 생각하기에 아낌없이 가르쳤다. 분명 세상의 이면에 도사리고 있는 어둠의 잔재가 다시 일어날 때가 올 것이다. 그때 자신과 함께 싸워줄 수 있는 사람은 한 사람이라도 더 많은 편이 좋았다.

자일이 고개를 끄덕였다.

"최선을 다하겠어."

아젤은 그의 어깨를 한 번 두드리고는 복도를 지났다. 정문 쪽으로 나오자 아리에타와 세이가, 에노라가 기다리고 있었다.

아리에타가 말했다. 약간 뾰로통한 표정이었다. 그 얼굴이 평소의 그녀답지 않게 너무나도 그 연령대의 소녀 같아서 아젤은 자기도 모르게 미소 지었다.

"내가 모처럼 선물한 말도 안 가져가겠다고 했다는 게 정말인가?"

"네. 마음은 감사하지만 말은 너무 느리거든요."

아젤이 씩 웃으며 대답했다. 그의 짐이 단출한 이유가 바로 그것이다. 아젤은 일반 여행자처럼 길을 따라서 이동할 생각이 전혀 없었다. 목적지까지 최단시간에 달려갈 계획이다.

아리에타가 어처구니없다는 듯 실소했다.

"말이 느리다니…모르는 사람이 보면 미쳤다고 할 것이다."

"다행히 공주님은 저를 알고 계시지요."

"그래, 아쉽지만 그대 말이 옳다는 건 인정할 수밖에 없군. 이럴 줄 알았으면 다른 걸 준비할 것을."

"마음만 받겠습니다."

아젤이 씩 웃었다. 뭐, 아리에타가 그렇게 말했지만 받은 게 없는 건 아니다. 여비로 쓰기에 아주 충분하고도 넘칠 정도로 많은 돈을 받았다.

그때 아젤이 문득 시선을 느끼고 옆을 보았다. 세이가 부루퉁한 얼굴로 그를 바라보고 있었다.

다른 사람들과 달리 아젤과 세이가의 관계는 별로 좋아지진 않았다. 세이가는 타란토스 공작령을 찾아온 그날 철저하게 패배한 후로 아젤을 인정하기는 했지만 그렇다고 친근한 태도를 보인 건 아니었다.

그러니 아젤 입장에서도 딱히 그와 친해지려고 노력할 이유가 없었던 것이다.

그래도 아젤에게 많은 것을 배우게 된 만큼 태도에서 존중이 묻어나기는 한다. 세이가 손을 내밀며 말했다.

"무운을 빈다. 다음에 만날 때까지는 설욕할 수 있도록 노력하지."

"기대하지요."

아젤은 미소 지은 채 그의 악수를 받아들였다.

에노라는 그때까지 가만히 대기하고 있었다. 높으신 분들이 허락할 때까지 입을 열지 않는 게 아랫사람의 입장이라는 것이다. 아젤도 그걸 알기에 먼저 말을 걸었다.

"이제 다시 에노라 양 다시 볼 때쯤에는 늘씬한 숙녀가 되어 있겠네. 에노라 양이야 실력파니까 그때쯤이면 왕실 베테랑 시녀장이 되어서 아랫사람들 잔뜩 거느리고 있겠지?"

"그렇게 될 때까지 안 돌아올 생각이에요?"

에노라가 눈을 동그랗게 뜨며 물었다. 해가 바뀌기는 했지만 그녀의 생일은 여름이라 아직도 열세 살이다.

한창 성장기라 처음 만났을 때에 비하면 많이 자라기는 했어도 여전히 젖살이 다 빠지지 않은 어린 소녀다. 그런 그녀가 늘씬한 미녀가 될 때나 다시 보자면 도대체 몇 년이나 안 보겠다는 소린가?

아젤이 웃었다.

"뭐, 그전에 다시 보면 좋은 거고. 어쨌든… 에노라 양한테는 신세 많이 졌어."

"알긴 아시네요."

에노라와 인사를 나눈 아젤은 하스반을 비롯해서 저택에 있는 동안 안면을 익힌 사람들에게도 인사를 했다. 그리고 마지막으로 카이렌을 찾아가려고 하니 하스반이 왠지 쓴웃음을 지으며 밖으로 나가 보라고 했다.

"늦어. 작별인사 하다가 하루가 다 가겠군."

카이렌은 일찌감치 밖에 나와서 아젤을 기다리고 있었다.

문제는 그의 차림새다.

아젤이 물었다.

"…공작님도 오늘 어디 가십니까?"

카이렌은 갑옷을 갖춰 입고 두 자루의 용검을 찬, 완전무장한 모습이었다. 게다가 마법 도구를 이용해서 뿔과 귀, 용마석을 감춰서 인간 기사의 모습으로 위장했다. 거기에 등에는 여행용 배낭까지 메고 있으니 누가 봐도 어디론가 떠나려는 모습이었다.

카이렌이 말했다.

"아마도 과거 카르자크 후작령이라고 불렸던 마경(魔境)으로 갈 것 같은데."

"…공작님?"

"영지야 내가 없어도 유능한 인재들 덕분에 잘 굴러가니까 걱정 말게. 자네도 하스반이 얼마나 유능한지 잘 알겠지? 한동안 떠나 있어도 전혀 문제없어."

"아니, 잠깐만……."

아젤이 눈살을 찌푸렸다. 이건 전혀 생각지 못했다. 일국의 대귀족이며, 음지에서는 이 나라의 용마왕 숭배자들을 막는 방패의 역할을 하는 수호그림자이기도 한 그가 자신을 따라나서겠다고 할 줄이야?

하지만 주변을 둘러보니 아무도 놀라는 기색이 아니었다. 아젤만 빼고는 다들 사전에 카이렌에게 귀띔을 받은 모양이다.

아젤이 한숨 섞인 목소리로 물었다.

"진심이십니까?"

"물론 진심이지. 자네의 그런 표정을 보고 싶어서 숨겼을 뿐이고, 진지한 이유도 있으니까 철없는 애 보듯이 보지 말게."

"…제 심정을 정확히 짚어 내는 절묘한 표현에 감사드립니다."

카이렌은 아젤의 말을 싹 무시하고는 이유를 댔다.

"수호그림자의 일원으로 용마왕 숭배자들과 싸워온 입장에서… 자네와 함께 가야만 한다고 느꼈다."

"……."

"자네의 존재가, 그리고 그동안 겪어온 일들이 더 큰일이 시작될 조짐처럼 느껴지거든. 뭔가가 벌어진 후에 허둥지둥 영문도 모르고 대처하는 건 내 취향이 아니야. 자네와 함께 있으면 일의 핵심에 다가갈 수 있을 거라는 예감이 들어."

카이렌은 거짓 없는 진심을 말했다. 수십 년 동안이나 용마왕 숭배자들과 싸워온 그였지만 그들의 핵심에 다가가 본 적은 한 번도 없었다. 심지어 자신이 속한 수호그림자의 실체조차도 정확히 몰랐다.

그런데 아젤이 나타나면서부터 상황이 격변했다. 조금씩 적들의 실세들이 모습을 드러냈고 전혀 짐작할 수 없었던 수호그림자들의 비밀도 알게 되었다.

이러니 도저히 그를 따라나서지 않을 수 없지 않은가? 그는 싸움에 임하면 뒤에 물러나서 결과가 나오기를 지켜볼 정도로 인내심이 넘치지 않았다. 늘 중심부로 뛰어들어서 스스로 결과를 쟁취해 왔기에 루레인 왕국의 살아 있는 전설, 용검공작이라 불리게 된 것이다.

그의 결의를 들은 아젤은 잠시 동안 가만히 그를 바라보았다. 그러다가 결국 웃고 말았다.

"그런 마음이시라면 말리지 않겠습니다. 하스반 씨에게는 좀 많이 미안하지만."

"공작님께서 이러시는 게 한두 번도 아니니까요. 부디 공작님을 잘 부탁드립니다."

하스반은 한숨 섞인 목소리로 말했다.

그렇게 두 사람은 카르자크 후작령을 향해 여행길을 떠났다. 국경을 두 번이나 넘어야 하는 먼 여로였지만 아젤의 심리적인 거리감은 멀지 않았다.

카이렌과 함께 산을 넘고 들판을 가로질러서 바람처럼 달려간다.

2

그 숲은 한 시간 전까지만 해도 고요와 정적, 그리고 밤의 어둠이 지배하고 있었다. 하지만 한곳에서 폭음이 울리며 불길이 치솟더니 어둠을 불사르면서 사방으로 퍼져 나가기 시작했다.

듀랑은 흑검사의 모습으로 그 숲에서 살육을 저지르고 있었다.

"아악!"

불타는 숲 속에서 듀랑이 변성기조차 지나지 않은 어린 소년을 베어버렸다. 일격에 소년의 숨통을 끊어놓은 듀랑이 곧바로 다음 표적을 향해 나아간다.

그때 시퍼런 뇌격이 작렬해서 그의 전진을 막았다.

꽈과광!

"흠."

보통 인간이었다면 즉사하고도 남았다. 하지만 듀랑은 절연화로 뇌격을 흘려보내고는 적을 노려보았다.

아직 어린 소녀였다. 주근깨가 있는 어린 소녀가 겁에 질린 표정으로 떨고 있었다.

"헛된 저항임을 모르겠느냐? 가만히 받아들이는 편이 편할 것을."

한숨처럼 내뱉은 말에 소녀가 움찔하며 마력을 일으킨다. 아직 어리기는 하지만 그녀는 강한 마력을 가진 마법사였다.

파학!

하지만 듀랑에게는 한없이 미숙해 보일 뿐이다. 집중된 마력이 현상을 일으키기도 전에 그의 검이 소녀의 목을 갈라 버린다. 눈을 부릅뜬 소녀가 피를 뿌리며 쓰러진다.

"이 악마 같은 놈!"

피투성이가 된 청년이 절규하며 옆에서 덮쳐 온다. 그는 마법사가 아니다. 듀랑과 같은 스피릿 오더 사용자였다.

"믿음을 저버리고 제 스승을 살해한 패륜아가 잘도 지껄이는구나."

듀랑은 그의 검을 가볍게 막아내고 말했다. 청년의 눈이 불타올랐다.

"이 미치광이 악마들! 너희에게는 도리와 패륜을 논할 자격이 없어!"

"틀렸다. 미친 것은 너희이다. 올바른 믿음을 따를 기회를 얻었으면서 스스로 그것을 저버리다니."

청년은 용마왕 숭배자들이 육성하는 전투인력 견습생이었다. 어려서부터 줄곧 올바른 사상을 교육받아 왔건만, 무슨 바람이 들었는지 스승을 암습해서 죽이고 주변을 선동해서 탈주를 시도했다.

하지만 진짜 주동자는 이 청년이 아니다. 그도 감언이설에 넘어가 대죄를 저지르고 만 가엾은 존재일 뿐이다. 그것을 아는 듀랑이 물었다.

"유렌, 죄 깊은 이름을 선택한 그 간악한 반역자가 너희에게 대체 무엇을 했나? 도대체 무슨 말로 이런 어리석은 짓을 저지르게 만든 거지?"

유렌은 최근 용마왕 숭배자들 내부의 골칫거리 중 하나였다. 그는 자기가 속한 조직의 동료들을 몰살시키고 도주, 연결된 조직의 기반들을 닥치는 대로 파괴하고 다녔다.

용마왕 숭배자들은 철저하게 점조직이라 가장 위에서 상황을 통제하는 어둠의 설원에서조차도 모든 것을 파악하고 있지는 못하다. 하지만 점과 점을 잇는 연결이 존재하기에 유렌은 그것을 알아내어서 계속해서 용마왕 숭배자들을 공격했다.

이건 용마왕 숭배자들 입장에서는 너무 놀라서 말이 안 나올 정도다.

유렌은 불과 반년 전까지만 해도 용마왕 숭배자들이 비밀리에 건설한 마법사 양성소에 몸담고 있던 견습생이었다. 즉, 정식으로 마법사로 인정받지도 못한 존재였다는 의미다.

게다가 그는 이제야 스물네 살이 된 인간 청년이었다. 용마인과 달리 타고난 마력이 많지 않으며, 심지어 견습생이라 진정한 비의를 전수받지도 못했다. 용마왕 숭배자들이 육성한 전투인력이라고 해도 자질을 인정받고 공을 세우지 않으면 귀중한 지식이 전수되지 않기 때문이다.

그럼에도 그는 벌써 백 단위의 용마왕 숭배자를 죽였다. 그 중에는 용마인도 다수 포함되어 있었다.

'이해할 수 없는 놈.'

듀랑은 아직 유렌을 직접 보지 못했다. 최근에야 상부에서 듀랑을 비롯한 고급 인력을 투입했던 것이다.

유렌의 행적을 쫓으면서, 듀랑은 점점 더 그를 이해할 수 없어졌다.

처음에는 왜 용마왕 숭배자를 배신하고 적으로 돌아섰는지,

그리고 어떻게 그런 전과를 올릴 수 있는지가 궁금했다. 하지만 시간이 지나고 보니 그런 것 따위는 문제가 아니었다.

"우리는 이제 진실을 안다. 너희가 얼마나 악랄한 미친놈들인지!"

눈앞에서 자신을 향해 검을 겨누는 청년 같은 존재가 진짜 문제다.

보통 인간 용마왕 숭배자는 두 부류로 나뉜다. 내부에서 직접 육성한 자들과, 듀랑처럼 외부에서 진리를 접하고 믿음을 갖게 된 자들이다.

내부에서 육성되는 자들은 보통 아무것도 모를 나이의 고아들이다. 그들은 말을 배울 때부터 용마왕 숭배자로서의 마음가짐을 배운다.

철저하게 통제된 환경에서 세뇌교육을 받으며 자라나니 사심이 깃들 여지가 없다.

그런데… 유렌은 무슨 짓을 한 건지 그들의 마음을 돌아서게 만들고 있었다.

'정신에 작용하는 마법이라고 해도, 굳어진 정신을 파괴하려면 아주 오랜 시간 동안 공을 들여야 한다. 어떻게 이런 일이 가능하지?'

"죽어!"

의문을 품고 관찰하던 듀랑에게 청년이 검격을 날렸다. 자기 안위를 도외시하고 같이 죽자는 각오로 친 일격이다. 그러나……

"끝까지 어리석구나."

듀랑은 청년이 채 검을 내지르기도 전에 그 목을 베고 지나갔다.

청년을 쓰러뜨린 듀랑에게 한 용마인 청년이 다가왔다. 듀랑의 것과 똑같은 디자인의 새카만 갑옷을 입은 용마인 청년이 말했다.

"유렌은 냉혈의 여제와 함께 도주 중입니다."

듀랑은 인간으로서는 드물게 지위가 높은 이라 부하들 중에는 인간뿐만 아니라 용마인도 있었다. 모두가 듀랑의 실력과 업적을 알기에 반발 없이 그를 상관으로서 존중했다.

"힘없는 어린 것들을 용의 아가리에 던져 넣고 자기 안위를 챙겼나?"

"꼭 그런 것만은 아닙니다만……."

그 말에 용마인 청년이 쓴웃음을 지었다. 듀랑이 의아해하며 그를 바라보았다.

"음?"

3

유렌은 자기가 정확히 언제 용마왕 숭배자가 되었는지 모른다.

기억하고 있는 가장 오래된 모습은 싸늘하게 식은 어머니의 주검이었다. 정확히는 모르지만 어머니는 병들고 가난해서 지저분한 도시의 뒷골목에서 얼어 죽었던 것 같다.

유렌도 그렇게 되었어야 할 운명이었다. 하지만 누군가 아직 말도 못하는 유렌을 데리고 용마왕 숭배자들의 인재 양성소로 보냈다.

그곳에서 말을 배우고, 용마왕 숭배자로서의 지식과 마음가짐을 주입받으며 자랐다. 교관들은 일찌감치 아이들을 적성에 따라 분류했고 이 과정에서 유렌은 마법사의 길을 걷게 되었다.

어렸을 때는 자신을 둘러싼 환경에 아무런 의문도 없었다. 그곳의 어른들이 가르치는 것을 전부 진실이라 믿으면서 차근차근 광신도가 되어가고 있었다.

첫 살인은 아홉 살 때였다. 용마왕 숭배자들이 도시에 뿌리내리기 위해서, 근방의 상권을 쥐고 놓지 않았던 노부부를 죽였다.

지금 생각해 보면 그들에게는 정말 아무런 죄도 없었고 아이들에게는 자상했다. 그들의 동정심을 이용하기 위해서 추운 날 부랑아로 위장, 집 안으로 들어가서 따뜻한 수프를 얻어먹은 다음 음식에다가 마법의 맹독을 타서 죽였다.

그 일을 한 후에도 아무런 감흥이 없었다. 이미 그때까지 받은 교육으로 인해서 위대한 용마왕의 가르침을 따르지 않는 자들이 같은 '사람'으로 보이지 않았다. 그들은 그릇된 세상을 떠받치고 있는 더러운 쓰레기들에 불과했다.

변화가 찾아온 건 열네 살 때였다.

어느 날, 꿈속에서 누군지 모를 목소리가 속삭이기 시작했다.

'네 핏줄의 이름을 가르쳐 주지. 유렌 리제스터.'

"…음."

유렌은 눈을 떴다. 헝클어진 갈색 머리칼 아래로 옅은 청회색 눈동자가 주변을 살핀다.

시야가 정신없이 흔들리고 있었다. 그도 그럴 것이 누군가 자신을 어깨에 들쳐 메고 이동하고 있었던 것이다.

"여자 어깨에 들쳐 메지는 경험이라니… 신선한데……."

"개소리할 여력은 남아 있으니 다행이군."

날카로운 목소리가 대답했다. 유렌을 들쳐 메고 있는 누군가였다.

유렌보다 체격이 작은 여자였다. 흑발을 가지런하게 단발로 자르고 새카맣게 칠한 가죽 갑옷을 입은 그녀는 황적색 눈동자를 가진 차가운 인상의 미녀였다.

그녀는 용마인이었다. 오른쪽 귀 뒤로 새빨간 빛을 발하는 조각품 같은 뿔이 나 있었고 손등에는 눈동자와 똑같은 색의 용마석이 영롱한 빛을 발한다.

유렌이 힘겨운 목소리로 말했다.

"레티시아, 당신이 기뻐해 주니 좋지만… 방금 그게 내 생애 마지막 개소리일지도… 몰라……."

"정말 그렇게 됐으면 좋겠다는 생각이 떠오르기 시작하니까 관두시지. 바보짓 하다가 피를 그렇게 흘려 놓고도 안 죽었으면 행운에 감사하면서, 닥쳐."

"그 아이는……?"

"죽었어."

"……."

레티시아의 대답에 유렌의 표정이 일그러졌다.

그는 중상이다. 같이 도망 다니던 아이들을 지키느라 발이 묶였고, 그중 한 아이를 구하기 위해 몸을 던졌다가 깊은 검상을 입고 혼절했다.

"차라리… 그대로 두었다면, 그랬다면……."

"다시 말하지. 닥쳐."

"……."

"머리도 좋은 놈이 결과를 상상하지 못했다고는 하지 마. 넌 후회할지도 모른다는 각오를 하고도 저질렀지. 그 아이들이 그대로 광신의 길에 현혹당한 채, 인간으로서의 존엄을 유린당하게 되는 것을 볼 수 없어서."

지금 이 사태는 유렌이 용마왕 숭배자들의 육성기관 중에서 가장 악랄한 곳을 노린 결과였다. 단순히 전투원을 기르는 게 아니라 특정한 체질을 가진 아이들을 모아서 사악한 실험에 쓸 실험체를 '사육'하는 장소임을 알게 되자 그냥 지나칠 수가 없었다.

사전 작업을 하는 동안에 유렌은 레티시아와 알게 되었고, 공동전선을 펼쳤다. 그리고 한 달에 걸친 사전작업 끝에 기관을 파괴하고 아이들을 탈주시킬 수 있었다.

하지만 예상 못한 일이 벌어졌다. 유렌의 뒤를 쫓던 추적자들이 마치 기다렸다는 듯이 모습을 드러낸 것이다.

유렌이 힘겹게 말했다.

"내려줘……."

"걸을 수 있는 상태가 아니야."

"알아, 하지만 당신도……."

유렌은 레티시아 역시 부상을 입었음을 눈치챘다. 여기까지 오면서 그녀와 유렌은 백 명이 넘는 용마왕 숭배자를 쓰러뜨렸다. 지치고 부상 입지 않으면 그게 더 이상한 일이리라.

"인간 애송이 하나 업지 못할 정도는 아니야."

"아니… 그러면서 상대할 수 있는 적이… 아니야……."

"…적?"

그 말에 레티시아가 흠칫했다. 용마왕 숭배자들도 두려워할 정도의 기량을 가진 그녀다. 하지만 적이 접근해 오는 기척을 느끼지 못했는데 유렌은 대체 무엇을 감지했단 말인가?

동시에 레티시아는 자신을 내려다보는 시선을 느꼈다. 그녀는 시선 감지 기술을 터득하고 있었던 것이다.

'시선을 감춰? 아니다. 조금 전까지는 보고 있지 않았어!'

이 자리에 나타난 적은, 계속 이곳에서 매복하고 있었다. 딱히 두 사람을 보고 있지 않다가 자신의 감지영역 안에 들어오자 그제야 시선을 던진 것이다.

레티시아가 그 사실을 깨닫는 것과 동시에 벼락이 쳤다.

꽈과광! 꽈광!

한두 발이 아니다. 숲에서 일어난 불길로 환해진 밤하늘이 찢어지는 것처럼, 뇌격의 섬광이 사방으로 달리면서 망막을 태울 듯한 균열을 그려낸다. 그리고 그로부터 수십 발의 뇌격이 쏟아져 내렸다.

한 인간이 아니라 수십 명의 군대를 멸살시킬 수 있는 파괴력이다. 하지만 잠시 후, 흩어지는 뇌광 속에서 두 사람이 걸어 나온다.

"큭, 이건… 고위 간부가 나왔나?"

"그렇다. 죄인이여. 그 함정을 벗어나다니 제법이군."

나무들 사이에서 한 사람이 걸어 나온다. 강대한 힘을 내포한 어둠을 두른 용마족 여성이었다. 열기로 인해 흐르는 바람에 흑발을 나부끼는 그녀를 본 유렌이 힘겹게 말했다.

"니베리스… 용마왕 직계 혈통……."

"음?"

용마족 여성은 바로 니베리스였다. 어둠의 설원에서도 유렌의 존재가 심각한 문제임을 인지하고 그녀라는 고위 인력을 투입했던 것이다.

니베리스의 표정이 굳었다.

"어떻게 나를 알고 있지? 말단 견습생이었던 주제에?"

용마왕 숭배자 중에서도 어둠의 설원에 거하는 자가 아니라면 니베리스를 아는 이는 별로 없다. 그녀는 외부로 돌아다닐 때는 스스로가 노출되는 것을 피하기 위해 많은 노력을 기울이기 때문이다.

이전에 레지나와 함께 루레인 왕국의 용마공주 아리에타를 납치하려고 시도할 당시에 말단 조직원들의 정신을 마비시켜 가면서까지 자신을 보지 못하게 했던 것처럼.

그런데 유렌은 그녀를 보자마자 정체를 알아맞혔다. 말단 조직원 출신이 그럴 수는 없다.

유렌이 웃었다.

"하하하… 글쎄? 어떻게일까……?"

"다 죽어가는 주제에 내 신경을 건드리는 솜씨가 일품이로구나."

구구구구구구구!

니베리스가 두른 어둠이 광포한 기세로 일어났다. 거기에 접하는 것만으로도 저주를 받는 어둠이다. 그녀가 허락하지 않은 자는 숨 쉬는 것조차 어렵고, 그 속에서 온갖 독과 병마에 의해 죽어가게 될 것이다.

"시답잖군."

인간 마법사라면 보는 것만으로도 얼어붙었을 저주의 어둠이다. 하지만 유렌을 들쳐 메고 있던 레티시아는 차가운 목소리로 말하면서 들고 있던 무기, 기다란 십자창을 한 번 크게 휘둘렀다.

쉬이이이이!

그러자 그녀의 주변에서 시퍼런 한기가 어린 광풍이 일어나 어둠을 몰아내었다. 기온이 급격하게 강하하면서 주변이 얼어붙기 시작한다.

니베리스가 레티시아를 노려보았다.

"과연. 냉혈의 여제라는 허세 넘치는 칭호를 가진 만큼 한 수 재간은 있는가 보구나."

"그 촌스러운 호칭으로 나를 부르기 시작한 건 너희다."

레티시아는 용마왕 숭배자들에게 '냉혈의 여제'라 불리는 존재였다. 8년 전부터 활동하기 시작한 그녀는 수많은 용마왕 숭배자를 죽였으며 그중에는 용마족 간부들도 다수 포함되어 있었다.

니베리스가 말했다.

"그렇군. 그럼 영광으로 알고 여기서 죽어라."

그녀가 두른 어둠으로부터 무수한 마법이 전개되었다. 뇌격이 작렬하나 싶더니 날카로운 바람이 날아들고, 그걸 넘어서자 화염이 비처럼 쏟아졌다.

"시답잖다고 말한 것 같은데, 벌써 잊어먹었나?"

그러나 레티시아는 그 모든 마법을 물리친다. 한쪽 어깨에 유렌을 들쳐 멘 채로도 놀라운 움직임으로 마법의 영향이 미치지 않는 공백지대로 이동하면서 반격해 왔다.

쾅!

폭음이 울리며 니베리스의 방어막이 뒤흔들렸다. 니베리스가 경악했다.

'이 거리에서?'

분명히 충분한 거리를 두었다. 그런데 바로 앞에서 혼신의 힘을 내지른 것처럼 자신의 방어막에 균열이 생기다니? 그리고 그녀가 뭔가 하기도 전에 정확히 그 균열 위에 또 한 방의 일격이 작렬한다.

"으윽!"

그녀가 아슬아슬하게 몸을 피했다. 섬뜩하다. 공들여서 펼쳐 둔 다중방어막이 믿을 수 없을 정도로 정밀하게 한 점으로 집중된 수십 발의 연격에 관통당하고 말았다.

동시에 니베리스는 자신이 착각했음을 깨달았다.

'마법이군.'

조금 전의 그 공격은 레티시아가 아니라 다 죽어가는 걸로 보였던 유렌이 쓴 마법이었다. 그것을 깨달은 니베리스는 충격을 받았다.

'말도 안 돼. 인간이?'

방금 전의 한 수는 니베리스조차 경악할 정도였다. 이런 마법을 인간이 썼단 말인가?

"그럴 리가!"

니베리스는 반신반의하면서도 마법을 날린다. 동시에…….

퍼엉!

폭음이 울리며 재구축한 방어막이 뒤흔들린다. 니베리스가 마법을 발하는 것을 기다렸다는 듯 완벽한 타이밍으로 카운터가 날아들었다. 그녀가 발하는 마법이 완전히 현상으로 구현되기 직전에 구성의 핵을 찔러서 와해시키고, 완전히 감각의 맹점이 된 그 지점을 마치 바늘구멍을 통과시키는 듯한 정확함으로 통과시킨 마법의 화살이 니베리스를 쳤다.

'인간이, 그것도 저런 애송이가 이런 솜씨를 가졌다니……'

이쯤 되자 니베리스는 분노보다도 전율을 느꼈다. 이건 그녀에게 마법을 가르친 어둠의 설원의 대마법사들을 연상케 하는 마법 운용의 경지다.

니베리스가 물었다.

"반역자 유렌이여, 네놈의 뒤에 있는 건 역시 수호그림자인가?"

"글쎄… 그런 게 뒤에 있었으면… 참 편했겠는데……."

유렌이 힘없이 웃는다. 레티시아가 협력관계를 구축하기 전까지 그는 철저히 혼자서 움직였다. 하지만 용마왕 숭배자들 입장에서는 도저히 그가 혼자라고 믿을 수 없었다.

일단 그는 대단히 뛰어난 마법사다. 니베리스조차 놀랄 정도로.

아무리 천재라도 마법은 얼마나 뛰어난 지식을 배울 수 있느냐로 성장도가 크게 좌우되게 된다. 유렌은 기초가 탄탄했으니 고위 마법을 배운다면 순식간에 성장하겠지만 그걸 도대체 누구에게 배웠단 말인가? 자기가 익힌 것들을 기반으로 배우지 않은 것을 만들어 나가는 것에는 많은 연구와 노력이 필요하고, 당연히 이미 확립된 지식을 배우는 것과는 비교도 안 될 정도로 진도를 나가는 효율이 나쁘다.

문득 유렌이 말했다.

"레티시아, 또 누군가… 오고 있어……."

"알겠다."

레티시아는 유렌의 말뜻을 알아들었다.

이미 이 주변은 그들을 쫓는 용마왕 숭배자들이 바글거린다. 그러니 유렌이 말한 '누군가'는 둘에게 위협이 될 만한 전투 능력을 가진 이리라.

"좀 무리하도록 하지. 지원 정도는 할 수 있겠지?"

후우우우!

레티시아가 그렇게 말하며 창을 땅에 꽂는다. 그러자 창의 표면에 살얼음이 끼면서 소용돌이치는 한기를 토해낸다. 어마어마한 마력이 집결되고 있었다.

더 놀라운 것은 그 마력의 정체다. 레티시아가 발하는 용마력에 또 다른 마력이 끼어들어서 복합적인 증폭효과를 일으키고 있었다.

유렌의 마법이다. 그녀가 완벽하게 레티시아의 용마력과 호응하는 패턴의 마력 구성을 짜서 힘을 극대화시키고 있었다. 마법사가 전사들의 마력을 증폭시키는 지원마법을 쓰는 경우는 있지만, 이건 상식을 초월한 증폭효과다.

레티시아가 씩 웃으며 창을 뽑았다가, 다시 내리쳤다.

"멋지군. 내 몸 상태가 정상이어도 이 정도 힘을 내기 힘들텐데."

콰하하하하!

직후 무시무시한 한기 파동이 쏘아져 날아갔다.

차가운 바람이 불거나 눈보라가 몰아치는 게 아니다. 뭔가

새하얀 기운이 달려가나 싶더니 전방 수십 미터가 부채꼴로
얼어붙었다.

'이런……!'

아슬아슬하게 대응한 니베리스가 경악했다. 놀랍게도 시야
가 제약되었다. 자극과 반응하는 방어막 위로 얼음이 두껍게
얼어붙어서 시야를 막아버린 것이다.

그 위로 한층 더 강렬한 한파가 작렬한다.

콰콰콰콰콰!

이번에는 무시무시한 충격이 더해졌다. 방어막이 격하게 뒤
흔들리면서 기온이 급속도로 떨어진다.

그리고 마지막 한파가 작렬하면서 니베리스가 서 있던 자리
가 거대한 얼음기둥으로 화했다.

"…과연 냉혈의 여제라 불릴 만하군."

니베리스가 자신을 가둔 얼음기둥 속에서 나오기까지는 약
간 시간이 걸렸다. 밖으로 나온 그녀는 주변을 보며 중얼거렸
다.

모든 것이 얼어붙었다. 마치 설원에 온 것처럼, 불타는 숲의
일부가 새하얗게 얼어붙고 그 사이사이로 커다란 얼음기둥들
이 솟아나 있었다.

"아가씨!"

그 얼음기둥을 넘어서 한 사람이 날아왔다. 검은 갑옷을 입
은 거구의 남자, 듀랑이었다. 그가 물었다.

"다치신 곳은 없습니까?"

"없다. 하지만 한 방 먹었군. 얕볼 수 없는 자들이야. 아무래도 다음에 볼 때는 여력을 남기지 말아야겠어."

처음부터 니베리스는 레티시아를 얕보지는 않았다. 말은 도발적으로 했지만 그녀가 어둠의 설원에서도 인정하는 강적임을 인정하고 싸움에 임했던 것이다.

하지만 유렌은 예상치 못한 변수였다. 다 죽어가는 상황에서 그런 마법을 선보이다니.

니베리스가 물었다.

"다른 자들은?"

"아직 도착하지 않았습니다."

듀랑은 눈치 빠르게 니베리스의 질문에 담긴 뜻을 알아들었다.

반역자 유렌을 잡는 임무는 그녀 혼자 수행하는 것이 아니다. 다른 인력이 없다는 소리가 아니라 이 일을 지휘하는 게 그녀 혼자가 아니라는 뜻이다. 공을 다투는 경쟁자들이 각지에서 몰려들어서 유렌을 노리고 있다.

이건 어둠의 설원에서도 유렌의 행적을 특정하지 못했기 때문에 벌어진 일이다. 유렌이 신출귀몰해서 추격자들을 따돌리고 모습을 감춘 게 한두 번이 아니었던 것이다.

그래서 어둠의 설원에서는 각지에 고급 인력을 흩어서 배치해 두고 유렌을 잡는 자는 큰 공을 인정하겠노라고 했다. 니베리스가 지금 이 자리에 있는 것은 집요하게 유렌을 추적해 간 듀랑 덕분에 정보를 먼저 입수한 덕분이다.

하지만 약간 앞섰을 뿐이다. 유렌을 추적 중이라는 정보는 상부에 흘러들어 갔다. 이제 곧 경쟁자들이 몰려들 것이다.

니베리스가 말했다.

"라우라나 키르엔이 끼어들 기회는 주지 않겠다."

"네."

듀랑이 고개를 숙였다.

4

아젤과 카이렌은 타란토스 공작령을 떠난 지 불과 보름 만에 목적지에 가까워지고 있었다.

사흘 만에 루레인 왕국과 다이란 왕국의 국경을 돌파, 다시 나흘 만에 다이란 왕국을 가로질러 예전 카르자크 후작령이라 불렸던 땅이 있는 비제스 왕국에 들어섰다.

일주일 만에 두 개의 나라를 건너가다니 누가 들었으면 질 나쁜 농담으로 치부했을 것이다. 하지만 둘은 하루에 지도상의 직선거리로 300킬로미터가량을 주파하고 있었다.

그리고 비제스 왕국에서는 약간 속도를 늦췄다. 카르자크 후작령의 위치는 알았지만 그전에 사전 조사가 필요했기 때문이다. 오래 산 노인들의 이야기를 들어 보기도 하고, 장서를 수집한 귀족들을 찾아가서 역사서를 열람해 보기도 했다.

무단으로 국경을 넘은 입장이기 때문에 신분을 정직하게 밝히지는 않았다. 하지만 기사의 증표를 가졌기 때문에 적당한 거짓말로도 귀족가에 하룻밤 손님으로 대접받기에는 충분했다.

이 과정은 카이렌이 주도했다. 그는 예전에 정체를 감추고 대륙 각지를 여행해 본 경험이 있어서 정체를 감춘 귀족 여행자로 행세하는 데 능숙했다.

카이렌이 말했다.

"오후까지는 도착하겠군."

그렇게 정보를 수집한 둘은 카르자크 후작령 근방에 있는 마을에 들렀다. 마경이라 불리는 땅 근처에 있어서 그런지 별로 번성하지는 않았지만 제대로 된 잠자리에서 휴식을 취하고 식사를 하기에는 충분했다.

"그렇겠군요."

아젤은 카르자크 후작령이 가까워질수록 말수가 적어지고 있었다. 카이렌은 그런 아젤의 모습이 낯설었지만, 귀찮게 굴지 않고 내버려 두었다.

카르자크 후작령은 아젤에게 있어서 안주의 땅이었다. 용마 전쟁을 끝내고 나서 지친 몸을 쉬면서 새로운 인생을 시작할 수 있었던……

물론 그것도 짧고 덧없는 꿈이었다. 용마왕 아테인이 건 저주 때문에 불과 2년 만에 그 땅을 떠나서 잠들어야 했으니까.

그래도 아젤은 그 땅에 가 보고 싶었다. 자신이 잠든 지 220년이 지났음을 알면서도 추억을 떠올릴 만한 것들이 남아 있는지, 그리고 그가 일궈놓은 것을 물려받은 후예들이 어떻게 살고 있을지 보고 싶었다.

"……."

그 소박한 희망은 이미 깨졌다. 가봤자 얻을 수 있는 것은 아무것도 없겠지만 그렇다고 하더라도… 직접 두 눈으로 봐두어야만 했다.

아젤은 말없이 카르자크 후작령이 있다고 여겨지는 방향을 바라보았다. 머릿속에 그동안 들은 이야기들이 스쳐 갔다.

'대암흑이라…….'

정말로 이 시대의 무엇을 논하든 빠지질 않는 사건이다.

카르자크 후작령이 멸망한 것은 대암흑 말기의 일이다. 수많은 목숨을 앗아간 전염병의 여파가 현자 바이언의 활약으로 조금씩 진정되어 갈 무렵, 미쳐 버린 용들이 그 땅을 덮쳤다.

기록된 바에 의하면 열세 마리의 용이 미쳐 날뛰면서 카르자크 후작령을 닥치는 대로 공격했다. 그리고 그 뒤를 따라서 마치 홀린 것처럼 어마어마한 수의 마물이 모여들었다.

영웅 아젤 카르자크 이후로 카르자크 후작령의 병력은 강하기로 유명했다. 기사들의 수준도 높은 것은 물론이고 뛰어난 마법사가 많았으며 병사들도 잘 훈련되어 있었다.

하지만 그런 그들조차도 이 사태 앞에서는 대책이 없었다. 삽시간에 카르자크 후작령은 궤멸했으며 마물들은 그 너머를 노리고 뛰쳐나왔다.

다행인 것은 용들은 그 대열에 합류하지 않았다는 점이다. 카르자크 후작령은 정말로 처절한 전투를 벌여서 폭주하는 용의 수를 절반으로 줄여놓았으며, 나머지 용들은 카르자크 후작령에서 나오지 않았다.

비제스 왕국군은 대암흑으로 피폐해져 있어서 마물들에게 엄청난 피해를 입었다. 아젤에게 이야기를 들려준 노인들은 그때가 정말 왕국이 끝장날 뻔한 위기였다고 회고했다.

하지만 결국 그들은 그 위기를 버텨냈으며, 마경으로 지정된 카르자크 후작령의 접경 지역에 요새를 전설했다. 마치 루레인 왕국의 서부 국경요새 같은…….

5

당연하지만 카르자크 후작령은 이제는 출입이 금지된 지역이다. 수비대 측에서 접경지역에 상시 병력을 돌리고 있었다.

하지만 아젤과 카이렌은 전혀 어렵지 않게 그들의 눈길을 피했다. 국경을 몰래 넘을 때도 아무런 부담이 없었던 둘이다 보니 이 정도는 일도 아니었다.

카이렌이 중얼거렸다.

"예전에 왔을 때랑 별로 다르진 않군. 요새도 그대로고."

"언제쯤 와보셨습니까?"

"30년은 좀 안 된 것 같은데? 다칸이 이끄는 어둠의 대동맹을 쳐부순 후였으니까."

"…흠. 살아온 세월의 격차가 느껴지는 대답이군요."

그러고 보니 카이렌은 대암흑 시절을 직접 겪은 역사의 산

증인이었다. 당시에도 그는 타란토스 공작이었을 테니 대암흑이 어떻게 사회를 뒤흔들었는지도 알고 있으리라.

카르자크 후작령 안을 걸으면서 아젤이 물었다. 정말 궁금하다기보다는 마음이 심란해져서 좀 주의를 돌리고자 던진 질문이었다.

"대암흑 때는 어땠습니까?"

"그때는… 정말 모든 게 엉망이었지."

대륙 전역을 휩쓴 전염병은 정말 무시무시했다. 현자 바이언이 해법을 내놓을 때까지는 아무도 대책이 없어서 걸렸다 하면 격리해 놓고 죽기를 기다리는 게 유일한 선택지였다.

"그건 누구도 피해 갈 수 없었다."

전염병 앞에서는 용마족이나 용마인, 이름난 기사나 마법사들도 속수무책이었다. 다들 전염되고 나면 죽음을 기다릴 수밖에 없었다.

"물론 용마족이나 용마인, 혹은 기사들은 육체가 강건한 만큼 병에 저항하는 힘이 뛰어나기는 했지만……."

그것도 한계가 있었다. 결국 조금씩 체력이 깎여 나가다가 몸져눕게 되고, 그렇게 되면 끝이다.

오히려 그들의 존재가 전염병의 확산을 더 촉진시킨 이유이기도 했다. 일반인에 비해서 병에 저항하는 능력이 높다 보니 자기가 병에 걸렸다는 걸 자각하기까지 시간이 걸렸고, 그동안 아무 경계심 없이 사람들을 만나서 전염을 가속화시키기도 했던 것이다.

카이렌이 말을 이었다.

"내 기억으로는 그전까지는 신전의 콧대가 정말 높았지. 아마 대암흑 이전의 나에게 지금의 성직자들이 얼마나 겸허한지를 말해주면 절대 믿지 않을걸."

그전까지 신전은 절대적인 권위를 갖고 있었다. 신이 내려주신 신성한 지식과 기술을 이용해서 병마와 상처를 치유할 수 있다면서 얼마나 의기양양했던가.

하지만 대암흑 때, 그들은 철저하게 무능하고 무력했다. 이따위 병은 자기들이 금방 해결할 거라고 거들먹거리면서 나섰다가 오히려 전염되어서 죽은 교단의 사제들의 수가 얼마나 되는지 세어보고 싶을 정도다.

"그래서 대암흑은 주제를 잊고 오만에 빠진 인간들에게 신이 내린 철퇴라고 지껄여 대는 자들도 있다. 사제 중에도 종종 있지."

"왠지 공작님 앞에서 그렇게 말한 사람들이 사지 멀쩡하게 돌아갔을 것 같지는 않군요."

"그건 자네의 상상에 맡겨두지."

씩 웃은 카이렌이 먼 곳을 바라보며 말했다.

"어쨌든 정말 끔찍한 시절이었다. 돌이켜 보면 그 시절이 끝났다는 게 믿어지지 않을 정도로……."

어제까지만 해도 웃고 떠들던 사람이 다음 날에는 병마에 사로잡혀 죽어가고, 그를 좋아했던 많은 이웃을 괴물을 보는 듯한 시선으로 격리시키던 것이 일상이었다. 손쓸 도리가 없는 병마의 재앙 속에서 당연히 존재한다고 믿었던 인간성이 파괴되며 오만가지 추악한 일이 줄을 이었다.

아젤이 말했다.

"…마치 전쟁 같군요."

용마전쟁 시절에도 인간은 본성을 시험받았다. 모두가 궁지에 몰려 있었고 거기서 사람들이 당연히 갖추고 있는 것처럼 떠들어 대던 인간성과 도덕을 지키는 이들이 얼마나 되었던가?

카이렌이 쓴웃음을 지었다.

"난 대암흑이 전쟁보다도 더 지독했다고 생각하네. 왜냐하면 전쟁과 달리 맞서 싸울 대상조차 없었으니까."

모두가 믿고 있던 가치가 속수무책으로 무너져 가면서 세상은 어둠에 잠겼다. 모두가 필사적으로 싸웠지만, 동시에 무엇과 어떻게 싸워야 하는지도 모르는 채였다. 살아남기 위해서, 아니, 그저 파멸을 뒤로 미루기 위해서 발버둥치고 있었다.

아마 그 시대에 '적'을 명확히 알고 싸움에 임한 것은 오직 한 사람이었을 것이다.

"바이언만은 알고 있었지. 자기가 이 병마 그 자체와 싸워야 한다는걸."

"직접 만나보셨습니까?"

"그뿐만 아니라 나도 의료 협회 설립 때 많이 협력했었다네. 그는 유력한 귀족들을 찾아다니면서 협력을 구했거든. 그런 일을 하기 위해서는 정치적으로, 그리고 금전적으로 많은 것이 필요하지."

"그랬군요. 그 사람은 지금도 살아 있습니까?"

"아니. 죽었겠지."

"음? 왜 가정형입니까?"

"의료 협회를 설립하고 제대로 잘 굴러갈 때쯤부터 행적이 묘연해졌거든. 정치적으로 이래저래 시달리는 게 싫어서였는지……."

바이언은 대암흑 때 이미 중년의 나이였다. 지금까지 살아 있다면 100살을 훌쩍 넘었으리라.

"그렇군요."

그렇게 대화하면서도 두 사람은 보통 사람이 전력 질주하는 정도의 속도를 유지하고 있었다. 그러다 보니 풍경이 금세 휙 휙 지나가다가 마침내 사람이 살던 흔적이 눈에 들어온다.

한때 마을이었던 폐허가 그곳에 있었다.

모든 것이 철저하게 파괴되어서 온전한 형상 따위는 찾아볼 수 없다. 오래전에 불타고 무너진 건물들 사이로 나무와 풀들이 자라나 있었다.

문득 아젤이 중얼거렸다.

"디골… 이었던가."

"음? 무슨 소린가?"

"이 마을의 이름입니다."

아젤은 뭐라고 말할 수 없는 감정에 사로잡혔다.

영주로서 카르자크 후작령을 돌본 기간은 정말 얼마 되지 않는다. 하지만 초반에 영주로서 자리 잡기 위해서 영지를 돌아다니는 동안 구석구석을 알게 되었다.

폐허 위로 오래전의 풍경이 겹쳐지면서 아젤의 기억이 먼 옛날로 되돌아간다.

자신을 보고 환호하던 사람들, 천진난만하게 뛰어다니던 아이들······.

디골은 영지 끝단에 위치해서 다른 영지에서 카르자크 후작령으로 들어올 때 관문 역할을 수행하던 마을이다. 규모도 제법 컸고, 용마전쟁 후로 급속도로 인구가 늘어서 활기가 있었다.

"자네······."

카이렌은 망연히 서 있는 아젤을 보며 뭐라고 말하려다 그만두었다. 어느새 무섭도록 일그러진 아젤의 표정을 보고 있노라니 아무런 말도 할 수가 없었다.

무거운 침묵을 깬 것은 아젤이었다.

"마침 화풀이 대상이 필요하던 참이었는데······."

어느새 주변에서 마물들이 모습을 드러내고 있었다. 황소처럼 커다란 덩치의 블러드 울프를 거느린 오크들이었다.

당연한 일이다. 이곳은 마경으로 지정된 땅, 마물들이 득시글거리니 비제스 왕국에서도 영토 수복을 포기한 게 아닌가? 여기까지 오는 동안 아젤과 카이렌도 주변을 살피면서 마물들의 눈길을 피하고 있었다.

"크우, 겁도 없는 인간들이군."

어눌하고 거친 발음이 들려왔다. 오크 중 하나가 두 사람을 보며 말을 걸어오고 있었다.

"잘됐군."

아젤의 시선이 자신에게 향하는 순간, 말을 건 오크는 흠칫했다.

"혹시나 해서 묻는 거지만 우리와 대화를 나누고 싶다거나 하는 온건한 목적으로 다가오고 있는 건 아니겠지?"

푸른 눈동자 속에서 형언할 수 없는 분노가 타오른다. 강건하고 흉포하기로 이름난 오크였지만 그 눈을 보는 순간 몸이 얼어붙었다.

오크는 검을 들며 외쳤다.

"쳐라!"

그리고 그들이 이곳에 자리 잡은 후로 한 번도 상상해 보지 못한 학살극이 벌어졌다.

6

그런 일이 몇 번이나 반복되었다.

카르자크 후작령은 꽤나 넓은 땅이다. 당연히 카르자크 후작성을 중심으로 여러 마을과 도시가 속해 있었다.

아젤은 폐허가 된 마을들을 거닐었다.

성벽부터 모든 것이 철저하게 파괴된 도시를 지나쳤다.

그의 추억 속에 남아 있던 모든 풍경이, 언제까지고 아름답

게 남아 있기를 원했던 장소들이 가장 바라지 않던 모습으로
파멸해 있었다. 그곳을 지나칠 때마다 아젤의 얼굴은 점점 분
노조차 사라져 무표정하게 변해갔다.

이런 일을 각오하고 있었다. 여기까지 오는 동안 몇 번이나
최악의 경우를 상상하면서 마음을 다잡았다.

하지만 직접 두 눈으로 봤을 때의 충격은 상상 이상이었다.

"분명 예전에……."

아젤은 익숙한 냄새를 맡고 있었다. 바로 자신이 베어넘긴
마물들의 피 냄새다.

"비슷한 일을 겪어보았지. 몇 번이나. 분명 그런데도… 견
디기 어렵군."

그의 주변에 수많은 마물의 시체가 쓰러져 있었다.

여기까지 오는 동안 아젤은 아예 존재를 감추지 않았다. 현
명하게 판단했다면 마을이나 도시는 피해 가야 했다. 폐허가
되었다고는 해도 마물들이 보금자리로 삼기에는 충분했기 때
문이다. 예전에 사람이 살았던 모든 곳에서 마물들이 주인 행
세를 하고 있었다.

아젤은 그들을 피해가지 않았다. 보란 듯이 폐허로 걸어 들
어가서 마물들을 끌어들인 다음 격전을 벌였다.

어리석기 짝이 없는 짓이다. 하지만 아젤의 분풀이에 휘말
려든 입장인 카이렌은 화를 내는 대신 식은땀을 흘리고 있었
다.

'이렇게까지 압도적이라니.'

그동안 아젤의 기량을 진저리 쳐질 정도로 잘 알게 되었다
고 생각했다. 하지만 그게 착각이었음을 깨닫는다.

난폭한 놈도, 신중한 놈도, 작은 놈도, 큰 놈도… 심지어 무
리를 짓건 말건, 다가오든 도망가든 아젤에게는 아무런 상관
도 없었다. 눈에 띄는 거리에 다가와서 적대관계를 확정 짓는
순간 살육이 시작된다.

싸움을 벌일수록 소동이 커졌다. 각지에 흩어져 있던 마물
들이 동요하면서 소동의 중심지로 몰려든다.

카르자크 후작령에 들어온 지 반나절이 지났을 때, 아젤과
카이렌은 소도시의 폐허에서 수백 마리의 마물을 상대하게 되
었다.

쿵쿵쿵쿵쿵!

육중한 소음이 울리며 땅이 뒤흔들린다. 그리고 반쯤 부서
진 건물 너머에서 집채만 한 덩치를 자랑하는 오우거가 나타
났다.

크우어어… 어……?

습관처럼 적을 위압하기 위한 포효를 내지르던 오우거는,
눈 깜짝할 사이에 숨통이 끊어졌다. 어느새 코앞까지 다가간
아젤이 발로 흥부를 쳐서 충격을 내부로 전달, 심장을 터뜨리
고 검으로 두꺼운 목을 푸딩 자르듯이 갈라 버렸기 때문이다.

푸화하하학!

피 보라가 일었다. 그 속에서 아젤의 모습이 환영처럼 사라
지면서, 오우거를 뒤따라온 마물들을 덮친다.

"크악!"

"크워어어!"

마물들은 무슨 일이 일어났는지조차 파악할 수 없었다. 눈앞에 뭔가 번쩍 한다 싶더니 죄다 치명상을 입고 쓰러진다. 20여 마리의 마물 떼를 참살하는 것은 그야말로 찰나.

쿠우우웅!

숨이 끊어진 오우거의 시체가 쓰러지기도 전에 벌어진 일이었다.

아젤의 몸에는 핏방울조차 묻지 않았다. 피가 솟구치는 것보다도 아젤이 이동하는 속도가 더 빠르다. 허공으로 떠올랐던 핏방울들이 사방으로 떨어져 내리는 동안 아젤은 유유히 장소를 옮기고 있었다.

그런 아젤을 카이렌은 전율과 호기심을 담은 채 관찰했다.

'분노로 이성이 흐려진 게 맞긴 한가?'

굳이 마물들을 자극해서 싸움을 벌이는 걸 보면 그런 것 같다.

그런데 싸우는 모습을 보니 확신이 안 생긴다. 보통 분노에 미쳤다면 합리적이고 세련된 기술 따위는 내팽개치고 날뛰어야 하지 않을까?

아젤이 싸우는 모습은 예지능력이 있는 게 아닐까 의심스러울 정도로 빼어난 통찰과 신기에 가까운 기술이 어우러져 있었다. 소리와 현상을 이용해서 적들을 원하는 곳으로 불러들이고, 정신파로 감각에 혼란을 일으키며, 최소한의 힘만을 사용해서 몰살시킨다.

일부러 몇 놈을 살려서 보내는 경우도 있다. 공포에 빠진 놈들일수록 스피릿 오더로 환상을 심어주기 쉽다. 잘못된 정보를 퍼뜨려서 혼란을 확충하거나, 아니면 의도적으로 함정을 판 곳으로 적들을 유인해서 처리한다.

"하늘을 나는 놈들이 있었으면 좀 피곤했을 텐데… 거기까지는 통제하는 놈이 없는 것 같군요."

반쯤 무너진 성벽에 올라선 채 아젤이 말했다.

까악, 까악…….

슬슬 해가 저물어간다. 석양의 붉은빛이 내리쬐는 가운데… 수백 마리의 마물이 시체가 되어 널브러져 있었다.

소도시에 자리 잡은 채로 영역다툼을 하던 마물들 모두가 몰살당했다. 아젤은 단 한 마리도 살려 보내지 않았다.

문득 아젤이 말했다.

"…죄송합니다."

"자기가 뭘 했는지는 알고 있으니 다행이군."

카이렌이 쓴웃음을 지었다.

정말 바보 같은 짓이다. 하지만 아젤로서는 그렇게 하지 않고서는 견딜 수가 없었다.

카이렌은 석양의 빛 속에서 허탈함에 젖어 있는 아젤을 바라보았다.

'왜일까?'

또다시 아젤의 정체가 궁금해진다. 아젤이 영웅 아젤 카르자크의 후손이라면 분명 카르자크 후작령의 참상을 보면서 분노할 만하다. 하지만 이렇게까지 처절하게 분노할 수 있을까?

'설마 정말로……?'

카이렌은 아젤이 스스로의 정체를 이야기할 때, 처음에 들려주었던 이야기를 떠올렸다. 자신이 대마법사 칼로스의 위대한 마법에 의해 기나긴 잠을 자고 깨어난 아젤 카르자크 본인이라는 이야기.

들을 가치도 없는 이야기다. 묘하게 디테일한 이야기라는 점이 뭔가 걸리기는 했지만, 그런 일이 가능할 리가 없지 않은가? 대마법사 칼로스는 마법사들 사이에서는 신처럼 추앙받는 존재이기는 하지만, 왕국 최고의 마법사라 불리는 버레인조차도 있을 수 없는 일이라고 단정 지었다.

하지만 보면 볼수록 왠지… 그럴지도 모른다는 느낌이 든다.

'그렇다기보다는… 정말 그렇다고 해도 이상하지 않을 것 같다 쪽이 정확하겠군.'

카이렌은 아리에타나 자일과 비슷한 기분을 느끼고 있었다. 아젤을 보면 볼수록 그런 기분이 강해진다.

그런 그를 돌아보며 아젤이 말했다.

"여기에 있는 놈들을 다 처리하기는 했지만, 시간을 끌면 몰려드는 놈들이 있을 겁니다. 일단 쉴 곳을 찾아서 이동하지요."

"음. 그래야겠지."

그 말에 카이렌은 퍼뜩 상념에서 깨어났다. 다시 아젤과 함께 이동하던 중, 그가 참지 못하고 물었다.

"왜 그랬나?"

"글쎄요."

아젤은 쓴웃음을 지었다.

소중하게 간직하고 있던 추억이 파괴당했다. 220년이라는 시간을 뛰어넘어 먼 미래로 유배당한 아젤은 이 땅을 자신이 과거와 연결될 수 있는 끈이 되어주리라 기대하고 있었다. 그러나 그를 기다리는 것은 파멸의 흔적뿐이었다.

이 땅을 파괴하고 더럽힌 마물들이, 예전 이곳에서 살아가던 사람들의 시체를 짓밟고 주인인 양 행세하는 것을 참을 수가 없었다. 아젤에게 있어서 이 싸움은 죽은 자들을 위한 진혼제(鎭魂祭)였다.

'이것으로 당신들의 넋을 달랠 수는 없겠지만… 그래요. 약속하겠습니다.'

아젤은 한때 이곳을 다스렸던 영주로서, 살아 있을 때는 자신의 백성이었고 그 아들딸이었던 자들에게 맹세했다.

'이 모든 일을 자행한 자들을 용서하지 않을 겁니다. 그리고… 반드시 이 땅을 사람의 손에 되돌려 놓겠습니다.'

이 땅을 파멸시킨 자를 찾아내어 지옥으로 보내 버리겠다. 그것이 용마왕 숭배자든, 아니면 다른 무엇이든 상관없다. 아젤은 반드시 그렇게 하리라고 맹세했다.

하지만 이걸 카이렌에게 그대로 말할 수는 없는 노릇이다.

아젤은 대충 얼버무렸다.

"그냥 왠지… 성지를 짓밟힌 기분이었습니다."

"그런가."

별로 납득할 수 있는 이유는 아니다. 카이렌이 말했다.

"그저 분노에 몸을 맡겼다고 하기에는 너무 머리가 잘 돌아가더군. 그래서 내게 말하지는 않았지만 뭔가 다른 이유가 있는 게 아닌가 생각했는데……."

"저도 차라리 그랬으면 좋겠군요."

"합리적인 이유 따위는 없다 이거지?"

"네."

"그런데도 참… 하긴, 너무 화가 나면 오히려 침착해지는 경우가 있지. 자네는 고위 스피릿 오더 수련자니 마인드 컨트롤도 능숙할 거고."

"말씀하신 게 틀리지는 않지만, 그것만은 아닙니다."

"그럼?"

"분노로 미쳐 날뛰다가 어이없이 죽는 사람을 너무 많이 봤기 때문이죠."

"……."

"필요했습니다. 분노가 아무리 커져도 냉정해지는 것이."

아젤은 옛일을 떠올렸다. 그도 분노로 앞뒤 가리지 않고 폭주했다가 죽을 고비를 넘긴 적이 많았다. 그런 경험이, 그리고 동료들이 죽어간 경험이 그에게 감정에 휘둘리지 않을 것을 강요했다.

"음?"

문득 아젤이 고개를 들었다. 옆에서 달리던 카이렌도 표정을 굳히며 중얼거렸다.

"누군가 '보고' 있군."

7

자신들을 보는 시선이 있었다. 먼 곳에 아주 교묘하게 몸을 숨긴 채였지만 보고 있다는 사실 그 자체를 감출 수는 없었다.

아젤이 목소리 대신 위스퍼링으로 말했다.

─여기 수비대는 아닌 것 같군요.

─만약 일개 수비대원의 수준이 이렇다면 우리는 비제스 왕국이 놀라운 군사력으로 대륙정복이 나설 것을 두려워해야겠지.

─설마 제 뒤를 스토킹하는 예언지킴이 변태들은 아닐 거고…….

그럴 가능성도 없지는 않지만, 예언지킴이들은 세이가를 구출한 사건 이후로는 접근해 오지 않았다. 그저 수호그림자들만이 조직의 일원인 카이렌을 표식으로 삼아 위치를 파악하고 있으리라.

어쨌든 누군가 자신들을 관찰하고 있다는 걸 알면서 그냥 넘어갈 수는 없다. 아젤과 카이렌은 전혀 상관없는 대화를 나누면서 시선이 느껴지는 지점을 향해 걷기 시작했다.

그러면서 아젤은 확신했다.

─마법입니다.

─어떻게 알지?

─우리를 내려다보는 각도를 보면 압니다. 하늘에 마법의 눈이 떠 있어요.

마법과 스피릿 오더, 용령기에는 공통적으로 '멀리보기'라 불리는 기술이 존재한다. 그저 눈이 좋아서 먼 곳까지 보는 게 아니라 시선 그 자체를 먼 곳으로 보내서 그곳을 살피는 기술이다.

이 기술에 국한해서 봤을 때, 마법은 스피릿 오더와 용령기보다 훨씬 우월하다.

스피릿 오더와 용령기의 멀리보기는 자신의 시선을 확대하는 방식이었다. 즉 사용자의 시야가 무언가에 막혀 있다면 그 너머를 볼 수 없다. 아젤의 경우는 분신을 이용해서 이 제약을 뛰어넘지만, 그래도 한계가 뚜렷하다.

그에 비해 마법의 멀리보기는 마법의 눈을 만들어서 날리는 방식으로 보고자 하는 곳을 자유자재로 살필 수 있었다. 고위 마법사라면 아주 먼 곳, 벽 너머까지도 볼 수 있을 정도다.

카이렌도 납득했다.

─과연. 그런 식으로 판단하는 거군.

─적의나 살의는 느껴지지 않지만… 저런 식으로 마법의 눈을 띄워둔 채라면 원래부터 감정을 느끼기 어렵죠. 공격에 나서지 않는 한은.

한동안 이동하던 아젤과 카이렌은 좀 놀랐다.

—흠. 뭐지? 이 정도로 멀리까지 시선을 보내올 수 있나?

꽤 빠른 속도로 거의 5킬로미터를 나아갔는데도 여전히 상대가 있는 곳에 당도하지 못했다. 카이렌의 상식을 뛰어넘는 관측거리다.

아젤이 말했다.

—중계식 마법의 눈을 쓰고 있군요.

—중계식?

—상당한 고위 마법사만 쓸 수 있는 방법입니다. 출중한 마력과 기술 양쪽을 다 요구하니까요.

마법사가 마법의 눈을 보낼 수 있는 거리는 고작 수백 미터 정도다. 그래서 하늘에서 내려다보는 식으로 시야를 확보하지만 그것도 한계가 있었다.

중계식 마법의 눈은 그런 한계를 극복하는 마법이다. 근방에 장거리에서 마법의 눈을 유지하기 위한 마법의 표식을 박아 넣고, 가장 먼 곳의 마법의 눈이 본 것을 그보다 가까운 곳에 있는 마법의 눈이 받아서 좀 더 가까운 마법의 눈으로 중계하는 방식으로 아주 먼 거리까지 관측하는 게 가능했다.

'깨어난 후로는 처음 보는군.'

용마전쟁 때는 종종 사용되었던 마법이지만 깨어난 후로는 처음 본다. 아젤은 기묘한 기분이 휩싸였다.

—이래서야 적의 눈을 벗어날 수 없을 테니… 방법을 바꾸죠.

―어떻게?

―그야…….

잠시 후, 아젤과 카이렌은 무시무시한 속도로 질주하기 시작했다.

동시에 숲 곳곳에서 아젤의 모습이 나타난다. 아젤이 구현한 분신들이 존재감을 드러내는 가운데, 본체는 마법의 눈이 보지 못하는 나무 그늘 속에서 들어가는 순간 은신술로 사라져 버린다.

그리고 더욱 속도를 높여서 분신들보다 앞서 나간다. 분신들도 충분히 빠른 속도로 움직이고 있지만, 소리조차 죽인 채 나아가는 아젤의 속도는 비교를 불허한다. 상대가 아직 거리가 있다고 여기고 방심하는 틈을 찔러서 단번에 붙잡는다.

하지만 그 계획은 다음 순간 벌어진 일로 인해 완전히 망가졌다.

'시선이 사라졌다?'

곳곳에 펼쳐져 있던 마법의 눈이 사라졌다. 아예 그들을 관측하는 것을 포기한 것처럼.

콰아앙……!

그리고 저편에서 폭음이 울리면서 불길이 치솟아 어둑어둑해지는 주변을 환하게 밝혔다.

8

니베리스는 폐허가 된 고성을 걷고 있었다. 해가 저물고 주변이 어두워지는 가운데, 그보다도 한층 더 깊은 어둠이 물결치면서 니베리스의 몸을 감싸며 긴 흑단 같은 머리칼이 물결친다.

"그대에 대한 자료를 읽으면서… 한 가지 묻고 싶은 게 있었다."

전신에 힘이 충만하다. 마법사로서 니베리스의 기원은 어둠. 해가 지고 밤이 찾아올 때 그녀의 힘은 더욱 강해진다.

"그런데 그걸 물어보기도 전에 질문하고 싶은 게 하나 더 늘었군."

"대답하면… 살려주기라도 할 건가……?"

힘겨운 목소리로 대꾸한 것은 유렌이었다.

니베리스가 물었다.

"그럴 거라고 기대하는가?"

"아니. 하지만 보통 여기서는 그럴 거라고 말하지 않나?"

"고작 그대를 상대로 거짓을 말해 가면서 스스로의 격을 떨어뜨릴 생각은 없다."

"와… 정말이지… 용마왕 직계다운 자부심이군……."

"묻겠다. 왜 이 죄 깊은 땅으로 도망쳐 왔지?"

"그런 식으로 지칭하는 것도… 진저리가 나는군. 이 땅이 왜… 죄 깊은 땅이지……?"

유렌이 키득거렸다. 니베리스가 눈살을 찌푸렸다.

"모르면서 묻는 것은 아닐 텐데? 대죄인 아젤 카르자크의 땅으로 온 것에 어떤 의도가 있는가?"

그들은 카르자크 후작령에 있었다. 심지어 이 무너진 고성의 폐허야말로 그 중심부인 카르자크 후작성이었다.

니베리스가 말했다.

"설마 용들의 영역으로 들어오면 추적을 피할 수 있다고 여겼나? 그 정도로 어리석어 보이지는 않는데……."

카르자크 후작령이 마경으로 지정된 이유는 단순히 마물이 많아서가 아니다. 이곳을 멸망시킨 열세 마리의 용 중 살아남은 일곱이 자리 잡고 있기 때문이었다. 그렇기에 비제스 왕국은 이토록 넓고 풍요로운 영토를 포기할 수밖에 없었던 것이다.

유렌이 말했다.

"지식에는… 대가가 따르지……. 마법사라면… 그 정도 상식은… 있어야 하지 않겠나……?"

"문답은 결렬이로군. 좋아. 그토록 일찍 끝을 보고 싶다면……."

니베리스의 몸을 둘러싼 어둠이 불길처럼 일어나기 시작했다. 동시에 겨우 서 있던 유렌의 몸에서도 강렬한 마력 파동이 퍼져 나갔다.

문득 그가 말했다.

"…내가 도달할 끝은 여기가 아닐 거야. 아니, 다시 말하지. 여기가 아니다."

"뭐라고?"

니베리스가 놀랐다. 반시체 같은 몰골이었던 유렌의 상태가 급격하게 변하고 있었다. 목소리에 힘이 깃들고 전신에 활력이 넘친다.

'재생능력인가? 아니, 그런 게 있었다면 여태 안 썼을 리가 없다. 그럼 어떻게… 음?'

곧 그녀는 유렌의 상태를 눈치챘다. 그리고 한층 더 경악했다.

"마족을 자기 몸에 불러들이다니… 제정신인가?"

유렌의 뒤에 검은 연기가 모여들어서 어떤 형상을 이루고 있었다. 인간의 실루엣을 흉하게 일그러뜨린 듯한 모습이다. 동시에 그저 접하는 것만으로도 숨이 턱 막힐 정도로 사악한 기운이 퍼져 나갔다.

흑마법으로 생명과 영혼을 갖고 노는 니베리스조차도 몸이 떨릴 정도로 이 기운에 서린 악의(惡意)가 깊다. 만물에 대한 증오가 너무 커서 세상 모든 걸 파괴하고 싶어 하는 것 같았다.

그것이 바로 마족이다.

흑마법사들조차도 접하기를 꺼리는, 하지만 흑마법의 비의를 얻기 위해서는 반드시 만나야만 하는 존재. 특정한 상황이 아니고서는 세상에 목소리를 전하는 것마저도 할 수 없는, 실체 없는 존재. 그들에 대해서 알려진 것은 별로 없지만 분명한 것은 그들이 사악함과 증오로 가득 차 있고 근원을 알 수 없는 지식을 가졌다는 점이다.

"웃기는군."

갈색 머리칼이 휘날리면서, 그 아래서 유렌의 청회색 눈동자가 붉게 변했다.

"용마족인 네가 마족을 보고 거부감을 표하다니 난센스야. 용마족은 용과 마족이 융합되어 탄생한 존재이니 마족 역시 너희의 아버지이자, 어머니다."

그렇다. 지혜를 갈구하는 용과 실체를 갈구하는 마족, 양쪽이 융합되어 용마족이 탄생했다. 최초의 용마족 아테인이 탄생한 후로 수많은 1세대 용마족이 탄생했으며, 어쩌면 지금 이 순간에도 세상 어디선가 그런 탄생이 이루어지고 있을지 모른다.

니베리스가 유렌을 노려보았다.

"옳은 말이다. 그러나 위대한 용마왕께서는 말씀하셨지. 마족은 우리의 아버지지만, 모든 아버지가 존경하고 사랑해야 할 대상인 것은 아니라고."

"하지만 너희는 그걸 이용하고 싶어 했지. 지금 이 순간에도 실험체들을 마족에게 던져줘 가면서 더 많은 지식을 얻고, 그리고 괴물을 탄생하려고 하는 주제에 그런 소리를 늘어놓는가?"

마족과 접한다는 것은 그 자체로 파멸의 늪을 향해 기어들이 가는 것과 같다. 보통 인간은 마족과 접하는 순간 그 무시무시한 악의와 증오가 담긴 기운을 버터 내지 못하고 미쳐 버린다. 충분히 대비를 한 마법사조차도 마족에게 지식과 지혜를 구할 때마다, 자기도 모르는 새 정신이 오염되어서 믿을 수 없을 정도로 어리석은 짓을 반복하다 파멸하는 경우가 많았다.

마족들은 힘 있는 영혼을 사랑한다. 그들은 자신들이 이 세상에 불려 왔을 때 자연스럽게 발하는 악의와 증오의 기운을 버텨 내는 자들을 타락시키고 파멸시킨 뒤, 최후에 그 영혼을 양식으로 취하는 것을 지고의 쾌락으로 삼았다.

하지만 그 과정에서 정말 가치 있는 지식을 얻을 수 있는 건 사실이다. 그래서 용마족 숭배자들은 인간이나 용마인을 마족과의 거래에 쓸 소모품으로 '사육'했다.

유렌이 말했다.

"이것이 너희가 만들어낸 괴물의 모습… 이라고 하기에는 난 딱히 실험체로 자라지는 않았군. 뭐, 상관없어. 용마왕 직계를 죽일 수 있다고 생각하니 상상만 해도 신 나는걸?"

유렌은 마족을 불러내어 그로부터 힘을 공급받고 있었다. 곧바로 미쳐 버려도 이상하지 않은 짓이지만, 그는 놀랍게도 마족의 힘을 자신의 마력으로 변환해서 통제해 내는 데 성공했다.

니베리스의 표정이 싸늘해졌다.

"주제를 모르는구나."

꽈광!

폭음이 울리며 유렌과 니베리스가 서로 한 발짝씩 뒤로 물러났다.

폐허가 된 고성이 뒤흔들리면서 천장에서 돌가루가 떨어져 내린다. 둘은 바닥을 미끄러지듯이 이동하면서 현란한 마법 공방을 벌이기 시작했다.

팟! 파밧! 파파파팟!

막대한 마력으로, 상대방을 천 번이고 만 번이고 죽여 버릴 수 있는 위력의 공격을 쏟아붓는다. 그럼에도 그들 사이에서 일어나는 현상이라고는 공기가 떨리거나 미약한 스파크가 일어나는 게 전부였다.

하지만 이것이야말로 고도의 마법공방이 빚어내는 현상이다. 서로의 마법이 현상으로 구현되기 전에 그 맥을 끊어버리고 있는 것이다.

콰콰쾅!

마침내 폭발이 일어나면서 벽에 구멍이 뚫렸다. 유렌과 니베리스가 고성의 폐허 밖으로 뛰쳐나왔다.

니베리스는 냉정하게 유렌의 전력을 판단했다.

'마력만으로 보면 나 이상이다.'

놀랍게도 유렌의 마력이 용마왕 직계혈통인 그녀를 능가한다. 용마력이 마력보다 훨씬 마법 효율이 뛰어나다는 걸 감안해도 그렇다.

'그리고 기술적으로는 거의 동수. 젊은 인간이 이렇게나……'

정확히는 작은 힘을 세세하게 통제하는 기술은 유렌이 우위, 보다 큰 힘을 넓은 범위에서 조작하는 기술은 니베리스가 우위다.

이것만으로 보면 니베리스가 밀려야 정상일 것 같지만, 실제로는 팽팽했다. 유렌의 상태가 불안정했기 때문이다.

"큭……!"

유렌이 신음했다. 분명히 작은 범위에서는 그의 기술이 위다. 그걸 차근차근 쌓아가면 전체적인 국면을 압도하는 것도 가능한 일이다.

하지만 때때로 그의 마력 제어가 흐트러진다. 마족 때문이다.

애당초 마족을 불러내어 그로부터 힘을 공급받아서 통제한다는 발상 자체가 말도 안 되는 것이다. 미치지 않고 그 일을 해내는 것만으로도 찬사를 받을 만하지만, 동시에 계속해서 스스로를 갉아먹는 걸 피할 수 없었다.

니베리스가 차갑게 미소 지었다.

"완전히 통제할 수도 없는 힘에 기대어서 우쭐해하다니… 마법사로서 실격이다."

"그 말을 부정하지 못하는 게 슬프군. 하지만 그래도 용마왕 직계, 너는 여기서 죽는다."

오오오오오!

동시에 유렌의 뒤에 어른거리던 마족의 형상이 두 배로 커졌다. 몇 배로 증폭된 사악한 마력이 니베리스의 어둠을 집어삼키며 밀려든다.

"파멸을 앞당기면서까지 승부수를 던지겠다는 것인가?"

유렌이 스스로에게 가중되는 부담을 높이면서 더 큰 힘을 끌어냈다. 그 위력은 막대하지만, 대신 니베리스는 방어에 치중해서 버텨내기만 해도 그가 자멸하는 걸 볼 수 있을 것이다.

"아무래도 네놈에게는 격이 다르다는 게 뭔지 보여줄 필요가 있겠구나. 어리석은 반역자여."

니베리스의 눈이 빛났다. 동시에 그녀를 감싼 어둠이 소용돌이치면서 위로 솟구쳤다.

동시에 그녀가 위엄 있는 목소리로 말했다.

"오거라! 정당한 주인의 손으로! 용마기(龍魔器) 암혼(暗魂)의 서(書)."

쿠쿠쿠쿠쿵!

그리고 그녀 앞에 검은 벼락이 내리꽂히며, 밀려들던 사악한 마력이 갈가리 찢겨 흩어졌다.

9

그때 레티시아는 성 밖에서 듀랑과, 그가 이끄는 병력을 상대로 격전을 치르고 있었다.

유렌과 떨어지는 게 꺼림칙했지만 선택의 여지가 없었다. 유렌의 상태가 너무 안 좋아서 그를 감춰두고 싸움에 나섰던 것이다.

하지만 유렌이 깔아 두었던 마법의 눈들이 거두어지고, 성 안에서 마력이 폭발하면서 그가 전투에 들어갔음을 알 수 있었다. 마족 소환이라는 금단의 기술을 쓴 것도 어쩔 수 없는 선택이었으리라.

사태가 이렇게 됐으니 다급하고 혼란스러울 만도 하지만, 레티시아의 냉정함은 전혀 무뎌지지 않았다. 분신으로 감각을 현혹시키며 짓쳐 드는 듀랑의 검을 십자창으로 막아낸다.

파아아앙!

폭음이 울렸을 때, 레티시아는 이미 듀랑의 검을 튕겨내는 것과 동시에 절묘한 힘의 가감으로 카운터를 날린 후였다. 듀랑의 어깨 보호대가 찢겨 나가면서 냉기가 휘몰아친다.

"흠."

이미 격전을 치르는 동안 주변이 겨울의 한 장면처럼 변해 있었다. 냉혈의 여제라 불리는 그녀는 지닌 용마력만으로도 어둠의 설원에 기거하는 고위 용마족 간부들과 필적한다.

"정말이지 용마왕의 개답게 후각이 예민하군. 유렌 그놈이 숨는 솜씨 하나는 뛰어난데……."

"곧 개처럼 끌려가는 신세가 될 것이다."

"글쎄? 지금 맞서는 너희의 주인이 시체가 될지도 모르지."

얼마 떨어지지 않은 곳에서 무시무시한 힘이 격돌하는 게 느껴진다.

이 사태 앞에서 초조해하는 것은 레티시아가 아니라 듀랑 쪽이었다. 니베리스의 힘을 믿는다. 하지만 동시에 그를 구원해 준 은인 사이베인의 딸이며, 고귀한 용마왕의 혈통을 이은 그녀가 해를 입을까 걱정한다.

그에 비해 레티시아는 차분했다.

'유렌, 네가 여기서 죽으면… 너를 인도하는 꿈이라는 건 그저 파멸을 종용하는 마족의 술책일 뿐이겠지.'

그녀는 어쩔 수 없는 일에 안달복달하지 않는다. 그저 눈앞의 문제에 최선을 다할 뿐이다.

용마왕 숭배자들과 격렬한 추격전을 벌이던 둘이 카르자크 후작령으로 들어선 것은 그리 현명한 선택은 아니었다. 용마왕 숭배자들은 늘 이곳에 감시의 눈을 깔아두고 있었으며 유렌과 레티시아도 그 사실을 알았다.

그래도 유렌은 반드시 이곳으로 가야 한다고 주장했다.

"내 꿈의 인도자가 이곳에서 운명을 만나게 될 것이라고 했어."

…그 말을 들은 레티시아는 이놈이 진짜 미친 게 아닐까 진지하게 고민했다. 워낙 유능한 데다가 서로의 목표가 일치했기에 손을 잡기는 했지만 과연 이놈의 정신 상태를 믿어도 될까?

하지만 유렌은 자신이 용마왕 숭배자를 배신하게 된 계기자체가, 어렸을 때부터 지속적인 세뇌교육으로 영혼까지 사로잡은 광신에서 벗어날 수 있었던 것이 그 꿈의 인도자 덕분이라고 말했다. 함께하지 않으면 혼자서라도 갈 기세라서 레티시아는 미친 척하고 한번 도박을 걸어보기로 했다.

'아무리 생각해도 정신 나간 짓이긴 하지만… 애당초 나도

제정신으로 이놈들과 대적하고 있는 건 아니지.'

잘 생각해 보면 아무리 용마왕 숭배자를 배신했다고 해도 유렌은 가까이해서는 안 될 존재다. 아무리 용마족에게 대적할 힘이 필요하다고 해도 스스로의 몸에 마족을 불러들여 그 힘을 사역하는 시점에서 흑마법사 중에서도 망종이라고 하리라.

하지만 놀랍게도 사악한 금기를 저지르는 유렌의 목적은 선했고 행동 역시 그러했다. 그래서 레티시아는 그를 동료로 받아들인 것이다.

"음?"

문득 레티시아는 전율했다.

격전의 한가운데서, 한껏 부풀어 오르던 유렌의 마력이 갈가리 찢겨 나가면서 압도적인 용마력이 폭발했다. 그 정체를 깨달은 레티시아가 신음했다.

"…니베리스가 용마기 보유자였나?"

예상 밖의 사태다. 그냥 봐도 충분히 무서운 상대였건만 용마기를 가졌을 줄이야? 이래서는 유렌에게 승산이 없다!

카앙!

그런 레티시아에게 듀랑이 돌진해서 검을 내려쳤다. 검과 창을 맞댄 가운데 듀랑이 웃었다.

"어느 쪽의 믿음이 옳은지 결과가 나온 것 같지 않나?"

"흠. 확실히……."

하지만 레티시아는 금방 놀람을 가라앉혔다. 듀랑을 튕겨낸 그녀가 시큰둥하게 말했다.

"뭐, 저기서 죽으면 자기 팔자지."

"……."

듀랑은 당혹감을 느꼈다. 이놈들 동료가 맞나? 자기 동료가 위험에 처한 게 뻔히 보이는데 뭐 이리 태평하단 말인가?

레티시아가 웃었다. 육식동물 같은 흉포한 미소였다.

"전사로서 싸움에 임한 이상, 살고 죽는 건 스스로의 몫이다. 물가에 내놓은 애 보듯이 안달복달하다가 내가 죽으면 그야말로 주객전도."

동료로 인정한 이상 그 죽음조차도 받아들인다. 죽는다면 복수해 주면 그만이다.

레티시아는 늘 그런 마음가짐으로 싸워왔다.

"그 녀석이 말한 운명이 파멸이었는지, 아니면 희망이었는지… 곧 알게 되겠지."

그리고 잠시 후, 먼 곳으로부터 감각을 자극하던 용마력의 폭풍이 거짓말처럼 멎었다.

10

"……."

니베리스는 눈앞의 사태를 이해할 수가 없어서 당혹감에 젖어 있었다.

그녀의 앞에 모든 페이지가 새카만 어둠으로 덧칠된 한 권의 책이 떠 있었다. 이것이 바로 용마전쟁 시절부터 이어져 내려온 용마기 암혼의 서다.

이 위대한 유산을 손에 넣은 그녀는 이전과는 격이 다른 마법의 힘을 휘두를 수 있었다. 그 결과 팽팽하게 맞서던 유렌을 순식간에 압도해서 만신창이로 만들었다.

그런데 그를 구속하려는 순간, 한 자루 검이 그 자리에 날아들었다.

후우우우우……!

벼락처럼 내리꽂힌 검이 그녀가 구현한 어둠을 갈가리 찢었다. 뭔가 위압적인 힘이 폭발해서 그렇게 된 것이 아니다. 그저 그 검이 날아드는 것만으로도 휘몰아치던 마력 파동이 거짓말처럼 끊겼다. 마치 종잇장을 칼로 베어낸 것처럼……

오싹하다. 이런 일이 가능한 존재가 있었단 말인가?

'이 검은……'

새하얀 칼날을 가진 검이었다. 척 봐도 금속이 아닌 다른 소재로 만들어졌음을 알 수 있는 질감이다.

"오랜만이군."

그리고 귀에 익은 목소리가 들려왔다. 두 번 다시 잊을 수 없는 남자의 목소리.

니베리스는 천천히 걸어오는 남자를 본 니베리스가 분노 어린 목소리로 말했다.

"아젤 제스트링어……!"

분노와 함께 당혹감이 밀려들었다. 어째서 이 남자가 여기에 있단 말인가? 그런 정보는 전혀 없었는데?

용마왕 숭배자들은 아젤의 행보에 촉각을 곤두세우고 있었다. 하지만 타란토스 공작령을 떠난 뒤, 아젤과 카이렌의 이동 속도는 상상을 초월했다. 그래서 감시자들의 정보가 끊기고 말았다.

"……."

둘 사이에 침묵이 내려앉았다. 그러는 동안 땅에 꽂혀 있는 용검이 저절로 뽑혀 나와 허공으로 떠오르더니 아젤 앞으로 돌아갔다.

'용검공작까지…….'

니베리스는 아젤의 뒤쪽에 서 있는 카이렌을 발견했다. 좋지 않은 상황이다.

문득 아젤이 말했다.

"못 보던 새 용마기를 손에 넣었군. 너처럼 어린 용마족이 용마기를 가졌다는 건 원래 존재하던 것을 계승받았다는 거겠지. 그 용마기, 기억에 있어."

아젤은 차분하게 니베리스를 살폈다. 지닌 용마력은 별로 달라지지 않았다. 마법사로서의 기량은 직접 부딪쳐 보기 전에는 파악하기 어려운 부분이다. 그러나 용마기를 손에 넣었다는 것만으로는 이전과는 격이 다른 힘을 휘두를 수 있으리라.

아젤이 말했다.

"무슨 볼일로 여기 온 건지 묻기 전에… 하나 궁금한 게 있다."

"서로 차분하게 문답을 나눌 처지였던가?"

"이 땅을 파멸시킨 건 너희의 짓인가?"

아젤은 니베리스의 비아냥거림을 무시하고 물었다. 니베리스는 무시무시한 분노로 타오르는 아젤의 눈을 똑바로 마주하며 대답했다.

"그렇다."

"역시 그랬군……."

예상했던 사실이다. 갑자기 열셋이나 되는 용들이 미쳐서 날뛰고, 대규모의 마물이 준동한 것 자체가 비정상적인 사태다.

그러나 아젤이 이 모든 일이 용마왕 숭배자들에 의한 것임을 확신한 것은 그것 때문만이 아니다. 바로 카르자크 후작가의 모든 혈통이 끊겼다는 사실을 알았을 때였다.

아무리 카르자크 후작령이 파멸했다고 해도 그럴 수는 없다. 당연히 여자와 노약자들은 피신시켰을 것이고, 당시에 영지 밖에 있던 자들도 있었으리라. 그런데 그들 모두가 철저하게 몰살당했다고?

대암흑과 카르자크 후작령의 파멸, 이 거대한 혼돈 속에서 누군가 악의를 갖고 손을 쓰지 않았다면 있을 수 없는 일이다. 그리고 그럴 만한 놈들은 용마왕 숭배자들밖에 없었다.

잠시 눈을 감았던 아젤이 말했다.

"고맙다."

"뭐라고?"

생각지도 못한 말에 니베리스가 당혹감을 내비쳤다. 아젤이 눈을 뜨며 말했다.

"너희를 마음껏 증오할 수 있게 해줘서."

우우우우우!

그리고 아젤에게서 강렬한 마력 파동이 퍼져 나갔다. 감각을 묵직하게 때리는 듯한 마력 파동을 접하는 순간, 니베리스는 전율했다.

'그동안 무슨 짓을 한 거지?

아젤의 마력이, 마지막으로 봤을 때와는 아예 비교를 불허하는 수준으로 성장해 있었다.

용마족이나 용마인처럼 강대한 힘을 타고나지 않는 인간은 대신 일정 수준까지는 고속으로 성장한다. 스피릿 오더 수련자도, 마법사도 마찬가지다.

하지만 아무리 빨리 성장해도 한계는 있다. 마지막으로 본 지 1년밖에 안 지났거늘, 어떻게 이 정도로 마력이 커질 수 있단 말인가?

'이 정도면 최저 셉터플 마스터(생명의 고리 일곱 개) 이상!'

식은땀이 흐른다. 아젤은 이해할 수 없을 정도로 빈약한 마력을 가졌던 때도 위협적이었다. 그런데 불과 1년 만에 이 정도의 마력을 손에 넣다니?

니베리스는 통신마법으로 부하들을 불러들이면서 결전을 준비했다.

그때였다.

"아, 정말로⋯⋯."

아젤의 발치에 쓰러져 있던 유렌이 다 죽어 가는 목소리로 말했다.

"인도자의 말은⋯ 틀림이 없군⋯⋯. 솔직히 이 정도로 잘 맞으면⋯ 아무리 득보는 입장이라도⋯ 기분이⋯ 나쁜데⋯⋯."

"말을 아끼는 편이 좋을 텐데."

아젤이 그를 보지도 않고 말했다. 눈앞에서 니베리스가 전의를 불태우는 상황이라 허점을 보일 수 없었다.

"하하하⋯ 걱정해 줘서, 고맙⋯ 군⋯⋯."

"누군지 모르겠고, 솔직히 사악한 기운을 풀풀 풍기는 꼬라지가 많이 꺼림칙하긴 한데⋯ 그래도 저들의 적으로 보이니 살려서 말을 들어보기로 하지."

아젤이 한 걸음 앞으로 나섰다. 잠자코 있던 카이렌이 유렌을 들어서 뒤로 빠지는 것을 확인한 후 니베리스에게 말한다.

"자, 그럼 빚을 갚을 시간이다."

"그건 내가 할 말이다. 죄 깊은 이름을 가진 자."

"이제 그 길고 쓸데없는 호칭으로 불리는 건 지겨워. 더 이상 말하지 않아도 되게 해주지."

흉흉한 살기가 폭발하며 아젤과 니베리스가 격돌했다.

魔展
龍劍

1

용마전쟁 당시, 아젤은 수많은 용마기를 보았다. 아군이 휘두르는 것도, 적이 휘두르는 것도.

그것들은 제각기 다른 형상과 능력, 이름을 가졌으며 하나같이 무시무시한 위력을 자랑했다. 그래서 아젤은 한 번 본 용마기는 잊지 않고 기억해 두고 있었다.

"암혼의 서라니, 허당왕자 사이베인의 용마기가 아직 너희 사이에서 계승되고 있었나?"

용마왕의 아들 중 한 명, 사이베인.

니베리스가 불러낸 용마기 암혼의 서는 바로 그가 쓰던 용마기였다. 어둠을 지배하며 온갖 고위 마법을 각인해 두어서 융단폭격을 날릴 수 있게 만들어주는 경이로운 도구.

그 말에 니베리스가 분노했다.

"이놈! 새파란 인간 애송이가 감히 아버님을 모욕하다니!"

"음? 너 허당왕자 딸이었나? 그 작자, 결국 살아서 자손을 본 거야? 하긴 허당이긴 했어도 명줄은 질겼지."

용마전쟁 당시, 인간들은 사이베인에게 허당왕자라는 별명을 붙여 조롱했다. 사이베인이 약해서 그런 건 아니다. 용마왕의 아들답게 그는 무시무시한 용마력, 그리고 탁월한 마법 실력을 가졌다.

문제는 정작 결정적인 전과를 올린 적이 없다는 점이다. 아젤의 세 번째 스승, 리글렌을 함정으로 끌어들이는 미끼가 됐을 때도 그랬지만 중요한 국면에 들어서면 꼭 패퇴해서 자존심을 구겼다.

그런 일이 용마전쟁이 끝날 때까지 몇 번이나 계속되었다. 그 직전의 전투에서 중상을 입어서 마지막 전투 때는 아예 모습을 보이지도 않았는데 살아남아서 어둠의 설원에 가 있었던 모양이다.

니베리스가 폭발했다.

"백 년도 못 산 인간이 감히 아버님을 아는 것처럼 떠들어대다니! 죽지도 살지도 못하는 몸으로 만들어주마!"

"알고 있는데? 혹시 그 양반 살아 있나? 그럼 만나보고 싶군. 두 번쯤은 목을 벨 뻔했는데 다른 놈들이 목숨을 초개같이 던져 가면서 귀찮게 해서 결국 못 잡았거든?"

"어디까지 헛소리를 해야 만족할 셈인가!"

사방을 잠식한 어둠 속에서 온갖 마법이 폭발적으로 쏟아졌다. 니베리스 자신의 기량도 1년 전보다 늘었고, 거기에 용마기 암혼의 서까지 더해지자 이전과는 비교도 할 수 없는 위력이 나온다.

콰콰콰콰콰!

어둠이 해일처럼 일어나면서 그 속에서 굉음이 천둥처럼 터져 나온다. 암혼의 서는 어둠의 마력을 지배하는 데 있어서는 거의 용이 스스로 타고나는 원소를 다루는 것과 필적하는 성능을 가졌다. 또한 거기에 각인된 마법들은 하나같이 탁월하지 않은 것이 없어서 사용자가 그것을 발하는 것만으로도 일인군단이라 할 수 있는 힘을 발휘할 수 있었다.

그 힘이 일거에 개방되었다. 밀려오는 어둠이 아젤을 집어삼키고 온갖 저주와 파괴의 마법이 쏟아진다. 아무리 탁월한 스피릿 오더 수련자라도 이런 화력 앞에서는 무사하지 못하리라.

"…확실히 귀찮은 물건이지, 암혼의 서. 성능이 뛰어난 건 인정해. 넘치는 화력만으로도 상대를 아무것도 못하게 짓눌러 버릴 수 있으니까."

그러나 굉음을 헤치고 아젤의 목소리가 들려온다. 니베리스는 자기도 모르게 헛숨을 삼켰다.

동시에 어둠을 가르며 푸른 뇌전이 뿜어져 나왔다.

자연적으로는 있을 수 없는, 무섭도록 집중된 뇌전은 마치 한 자루 검 같았다. 거대한 어둠을 둘로 갈라놓는 뇌전의 뿌리

부분에 붉은 머리칼을 휘날리는 아젤의 모습이 있다.

경악하는 니베리스에게, 상상도 못 해본 말이 들려왔다.

"용마검(龍魔劍) 초래(招來)!"

아젤의 외침과 함께 하늘이 울부짖었다.

꽈르릉! 꽈광!

먹구름도 없는데 하늘 한구석에서 뇌전이 터지면서 밤의 어둠이 찢겨져 나간다. 그리고 뇌전이 아젤의 손에 들린 검에 내리꽂히면서 하늘과 땅을 하나로 잇는다. 폭발하는 섬광 속에서 육성이 아닌 의념의 외침이 터졌다.

—하늘을 가르는 검!

그 이름처럼 하늘을 가르며 떨어진 뇌전이 한 자루 검으로 화한다. 뇌전이 응집되어 나타난 푸른 검은, 바로 아젤이 예전 발란 숲에서 지룡을 쓰러뜨릴 때 썼던 용마검의 모습을 하고 있었다.

하지만 그것은 실체 없는 환영이다. 믿을 수 없을 정도로 막대한 힘의 집약체지만 결국은 현세에 실체로 고정되지 못하고 스러질 운명이었다.

아젤은 그 운명을 바꿨다. 새하얀 용골의 칼날을 가진 용검이 용마검의 환영과 겹쳐진다. 그러면서 그 형상이 용마검의 그것으로 변화했다.

그것을 본 니베리스는 혼비백산했다.

"말도 안 돼! 그 검일 리가⋯⋯!"

그녀의 놀람은 아젤이 용마기를 가졌다는 사실 때문만이 아니다. 그것만이라면 일순간 사고가 정지해 버릴 정도로 놀라지는 않았을 것이다.

문제는 그 이름이다. 아젤이 의념으로 발한 저 용마기의 진정한 이름. 그것은 용마왕 숭배자라면 꿈에도 잊지 못할 악몽의 이름이었다.

용마기의 이름은 사용자가 지어주는 것이 아니다. 모든 용마기는 태어나는 그 순간부터 진정한 이름을 갖고 있었다.

우우우우우……!

경악으로 얼어붙은 니베리스의 앞쪽에서 암혼의 서가 반응한다. 니베리스가 아무것도 하지 않았는데 부르르 떨리더니 책장이 파르르륵 넘어가기 시작했다. 그것을 본 니베리스는 왠지 암혼의 서가 무언가 감정을 표출하고 있다고 느꼈다.

그 앞에서 용마검을 쥔 아젤이 웃었다.

"자, 이제부터 하는 말은 헛소리로 치부하든 말든 네 자유다. 이 용마검은 허당왕자와 싸우면서 암혼의 서를 두 번이나 찢어놓았던 전적이 있지. 세 번째는 어떻게 될지 볼까?"

2

머나먼 북방 어둠의 설원에 위치한 용마궁. 위대한 마법의 어둠 속에 잠겨 있던 용마왕의 첫 번째 비, 아인세라는 놀라서 눈을 떴다.

그녀가 항시 펼쳐 두고 있는 위대한 어둠은 용마왕 아테인에게 이어받은 마법이었다. 어둠의 설원에서 한 발짝도 벗어나지 않은 채로 모든 용마왕 숭배자의 뜻을 전해 듣고, 대륙 곳곳을 살필 수 있으며, 공허의 길을 비롯한 위대한 유산을 유지하고 은닉할 수 있는 초월적인 마법.

그 마법의 한복판에 있는 아인세라는 무수한 신도의 기도를 듣는 신과도 같다. 아니, 정확히는 신에게 인간의 기도를 전하는 대행자라고 하리라.

이 마법의 효용은 그저 의사전달에 국한되지 않는다. 최초에 아인세라가 이 마법을 품을 때 정해둔 정보를 찾는 데는 예지와도 같은 힘을 발휘한다.

어둠에 연결된 용마왕 숭배자들이 보고 들은 것, 그리고 생각한 것들이 하나로 엮인다. 그리고 그녀가 설정해 둔 조건에 해당하는 정보를 끄집어낸다.

그 결과 용마왕 숭배자들은 인간들로부터 원하는 지식을 말소할 수 있었다. 스피릿 오더와 용령기의 비술, 용마기, 그리고 용살의 의식에 대한 것까지 모두…….

아인세라가 신음처럼 중얼거렸다.

"하늘을 가르는 검, 어째서 저 저주 받은 용마기가 다시 나타났는가?"

위대한 어둠을 품은 그녀는 대가를 치러야 했다. 마치 신의 권능 그 일부를 훔쳐 낸 것 같은 힘을 갖는 대신 개인으로서는 반쯤 죽은 것 같은 신세가 되어버렸다.

아인세라라는 개인의 자아는 망망대해 같은 의념의 홍수 속에 파묻혀서 희미해졌다. 오로지 생전의 집착과 원칙만이 그녀를 움직이고 있었다.

당연히 감정은 거세된 것처럼 희미해졌다. 어떤 일을 접해도 무심하게 흘려 버릴 뿐이다.

그러나… 지금 2백여 년 전에 각인되어 결코 지워지지 않는 공포가 떠오르고 있었다.

"하늘을 가르는 검이라고?"

"대죄인의 용마기가 나타났다는 건가?"

"그럴 리가 없다."

대륙 곳곳에서 경악의 목소리들이 날아들었다. 머나먼 거리를 격하고 그들은 마치 한자리에 모인 것처럼 같은 감정을 공유하고 있었다.

공포.

아인세라는 용마기가 태어나는 순간을 알 수 있다. 그리고 위대한 어둠에 속한 자가 용마기를 접한다면 그 사실도 알게 된다.

그렇기에 아인세라는 니베리스가 만난 용마기의 정체를 알아보았다.

하늘을 가르는 검.

그것은 바로 영웅 아젤 카르자크가 용마전쟁에서 휘둘렀으며, 결국 용마왕 아테인의 숨통을 끊어놓을 때 썼던 용마검의 이름이었다.

3

아젤은 세 번째 스승 리글렌에게 받은 것을 비롯해서 여러 개의 용마기를 갖고 있었다. 그러나 본인 스스로 벼려낸 용마기는 오직 '하늘을 가르는 검' 하나뿐이었다.

지금 아젤이 손에 쥔 용마검은 새로 만들어낸 것이 아니다. 바로 그때의 그 용마검을 복원한 것이다.

칼로스는 놀라운 마법으로 아젤이 잠들어 있는 동안 그 검을 보존해 두었다. 그러나 그 검도 아젤이 발란 숲에서 지룡과 용살의 의식을 치렀을 때, 존재를 유지하기 위한 힘을 다 소모하고 사라져 버렸다.

그러나 두 번째 용살의 의식을 거친 뒤, 아젤은 그 파편들이 영맥에 잔존해 있는 것을 발견했다. 발견하지 못한 이유는 간단했다. 아젤의 용마력이 부족했기 때문이다.

용마기는 용마력이 없으면 구현은커녕 존재를 유지하는 것조차 불가능하다. 그렇기에 아젤의 영맥에 파편이 남기는 했지만 그뿐, 아무런 의미도 없이 서서히 녹아버릴 운명이었다.

아젤이 두 번째 용살의 의식을 치름으로써 그 운명이 바뀌었다. 그 사실을 알아챈 아젤은 타란토스 공작령에 머무르는 동안 세 번째 용살의 의식에 도전했고, 승리해서 더 강한 용마력을 손에 넣었다.

그 결과 영맥에 존재하던 파편들이 하나로 모여 용마검으로 부활했다.

문제는 그 부활이 완전하지 않았다는 점이다. 하늘을 가르는 검은 용마기 중에서도 최고급으로 손꼽혔다. 아젤이 세 번의 용살의 의식을 치러서 상당한 용마력을 손에 넣었어도 온전히 구현할 수 없었다.

용살의 의식을 더 치른다면 가능할 것이다. 하지만 용살의 의식은 단기간에 마구 치를 수 있는 게 아니었다. 그랬다면 아젤은 전국 방방곡곡의 용들을 찾아다니면서 무시무시한 기세로 용살의 의식을 치러 댔을 것이다.

용마전쟁 때, 용마기를 손에 넣은 자들이 용살의 의식을 마구 치르지 않았던 이유는 두 가지였다.

첫째. 이미 취한 용의 힘을 제대로 소화하지 않은 채 용살의 의식을 치른다면, 용에게 그 힘을 강탈당한다.

둘째. 용살의 의식에 도전하는 인간의 용마력이 강하면 강할수록 용은 거기에 호응하듯이 강해진다. 즉, 용살의 의식을 여러 번 치르고 용마기를 만들었다고 해도 용과 싸우는 난이도는 낮아지지 않는다.

칼로스는 그 이유를 다음과 같이 추측했다.

"용마력의 근원이 용이기 때문일 거야. 용마력은 의념만으로도 현상을 지배할 수 있는데, 그건 용이 자신이 타고난 원소력을 자유자재로 다루는 것과 일맥상통하니까."

용살의 의식은 용과 인간이 목숨을 걸고 나누는 싸움이며 영혼의 대화다. 승자가 패자의 지혜, 혹은 힘을 취하는 것부터가 상식을 초월한 마법의 영역이지 않은가?

"용살의 의식을 치를 때, 초월적인 마법이 인간과 용의 영혼을 하나로 잇는 거야. 그리고 이 과정에서 용마력이 자신을 통제하는 인간의 의념보다 근원에 가까운 용의 의념에 끌려가는 거지."

어디까지나 입증되지 않은 가설이다. 하지만 용살의 의식에서 벌어지는 현상을 그럴싸하게 설명할 수 있는 이론이라는 것은 분명했다.

그래서 아젤은 세 번째 용살의 의식을 치른 뒤, 그것을 소화해내는 데 전력을 기울였다. 그러면서 계속 용마검을 완전히 실체화시킬 수 있는 방법을 궁리했는데, 거기에 답을 제시한 것은 카이렌이었다.

"힘을 가진 환영으로 구현하는 게 한계라면, 실체를 담을 그릇을 따로 마련해 두면 되지 않겠나?"

그 말을 듣는 순간 아젤의 머릿속에 벼락이 쳤다.
용마기에 대한 불완전한 기록을 보고 용검을 만들어낸 카이렌이기에 할 수 있는 발상이었다. 아젤은 카이렌의 아이디어를 지침으로 삼아서 용검을 통해 용마검을 구현하는 작업에 들어갔고, 결국에는 성공하고 말았다.

그 결과가 바로 이것이다. 그 옛날, 용마왕군에게 공포의 대명사였던 아젤의 용마검이 그 위세를 자랑하고 있었다.

니베리스가 물었다.

"…죄 깊은 이름을 가진 자여, 그대의 정체는 대체 무엇인가?"

"다시 묻지. 사이베인은 살아 있나?"

아젤은 대답 대신 질문을 던졌다. 니베리스가 눈살을 찌푸렸다.

"무슨 뜻으로 묻는 거지?"

"그냥 궁금해서. 아니, 군이 사이베인에 국한된 질문은 아니야. 너희 중에 용마전쟁 당시부터 살아남은 자들이 얼마나 있지?"

긴 수명을 가진 용마족이라면 지금까지 살아 있을 가능성이 충분하다. 아젤은 그런 생각으로 물어보았다.

물론 니베리스는 대답하지 않았다. 잠시 그녀를 바라보던 아젤이 말했다.

"하긴 쉽게 말해줄 수 없는 정보겠지. 그럼 이렇게 말하마. 아직까지 살아 있는 자들에게 전해라. 내 정체가 궁금하면 무거운 엉덩이를 움직여서 만나러 오라고. 그럼 너를 혼란케 하는 그 답을 구할 수 있을 테니."

푸른 스파크가 섞인 돌풍이 휘몰아친다. 아젤이 차가운 목소리로 말했다.

"아, 미안. 말하고 나서 보니 쓸데없는 소리였어. 허당왕자의 딸, 너는 여기서 죽을 테니 말이야."

"죽는 건 그대다. 수수께끼를 끌어안은 채 죽어라, 죄 깊은 이름을 가진 자여!"

용마기와 용마기가 격돌한다. 용마족인 카이렌조차 숨 막힐 정도로 강대한 용마력의 파동이 휘몰아치면서, 어둠이 해일처럼 주변을 집어삼키고 전광이 세상 전부를 갈가리 찢어놓을 듯 흉포하게 울부짖는다.

4

꽈과과광! 꽈과광!

어둠과 섬광이 격돌, 서로 뒤엉켜서 폭발하면서 지축을 뒤흔들었다. 단 한 번의 격돌로 반경 100미터 휩쓸렸다. 유렌을 들쳐 메고 뛰던 카이렌이 경악했다.

"큭! 말도 안 되는 힘이군!"

다른 건 몰라도 일순간 발하는 파괴력에 있어서는 누구에게 뒤진다고 생각해 본 적이 없는 카이렌이다. 하지만 용마기끼리 격돌한 여파는 상상을 초월했다.

장대하게 일어 오르는 흙먼지 속에서 니베리스의 외침이 쩌렁쩌렁 울려 퍼진다.

"끝없는 나락의 어둠을 부유하는 영(靈)이여! 태양을 가리는 천공의 어둠을 달리는 혼(魂)이여!"

주문을 외치는 목소리만으로도 주변이 변한다. 마력으로 스스로를 보호하지 않으면 심령이 압도당하고 정신이 부서져 버릴 것 같은 혼쇄(魂碎)의 저주다.

흐으으으으……!

안개처럼 퍼져 나가는 어둠에 닿는 모든 생명이 죽는다. 그리고 그로부터 괴로워하는 무수한 망령이 떠올라서 통곡한다.

카이렌이 숨을 삼켰다.

"맙소사."

지금까지 많은 흑마법사와 싸워왔다. 강력한 힘을 자랑하는 용마왕 숭배자와 싸워본 경험도 풍부하다. 또한 친우인 버레인 미르켈이 왕국 최고의 마법사이기에 고위 마법이 얼마나 강력한 힘을 발휘하는지도 익숙했다.

그러나… 지금 눈앞에서 벌어지는 사태는 그의 백 년 인생 동안 경험해 본 모든 마법을 압도한다.

'아젤은?'

상대가 이런 어마어마한 마법을 쓰는 걸 가만히 지켜보기만 한단 말인가? 그런 의문을 품고 어둠 속을 살피던 카이렌은 왜 아젤이 니베리스의 마법 발동을 저지하지 않았는지 알 수 있었다.

파아아아아아!

주변을 잠식한 어둠 한복판을 꿰뚫고 격렬하게 타오르는 섬광이 치솟았다. 뇌광처럼 보이기도 하고 새하얀 불길처럼 보이기도 하는 그것은 실로 위압적인 기세로 어둠을 갈라놓았다.

그 속에서 아젤이 모습을 드러낸다. 그가 삐딱한 어조로 말했다.

"시간끌기로는 훌륭했어. 지난번보다 부정체를 일으키는 솜씨가 훨씬 늘었군."

그의 주변에서 어둠으로 이루어진 몸에서 보랏빛 불꽃을 피워 올리는, 온갖 괴물의 형상을 가진 기괴한 괴물들이 박살 나서 쓰러지고 있었다. 죽은 자들이 남긴 고통과 원념, 그리고 죽음으로써 발생한 부정한 기운을 기반으로 그 육체를 녹여 일으키는 흑마법의 권속 부정체(不正體)였다.

니베리스는 무수한 부정체를 일으켜서 아젤의 발목을 잡았다. 아젤이 부정체들을 쓰러뜨리는 시간은 그리 길지 않았지만, 니베리스가 의도한 마법을 완성하기에는 충분했다.

"어둠의 여왕."

우우우우우우!

나직한 읊조림과 함께 주변을 집어삼켰던 어둠이 그녀에게 집중된다. 수백의 망령이 강대한 지배자의 탄생을 축복하듯이 하늘로 떠오르며 울부짖는 가운데…….

파학!

여왕이 왕관을 머리에 쓰기 전, 푸른 검이 그녀의 몸을 베고 지나갔다.

"이런, 어떻게 이럴 수… 가……?"

니베리스가 경악했다.

아무런 조짐도 없이, 어둠 속에서 아젤의 용마검이 솟아나서 그녀를 베어버렸다.

있을 수 없는 일이다. 그녀는 어둠을 기원으로 삼는 마법사. 또한 어둠을 지배하는 용마기 암혼의 서의 주인이다. 주변으로 뻗어나간 어둠 속에 존재하는 것은 작은 벌레들조차도 그녀의 인식에서 벗어날 수 없었다.

그런데 아젤이 코앞에 다가와서 자신을 공격할 때까지 몰랐다. 심지어 아젤은 저 멀리서 부정체를 상대하고 있었는데 어떻게 100미터 이상의 거리를 뛰어넘었단 말인가?

실체 있는 분신을 만들어내는 비술 '그림자의 춤'이었다. 용령기 사용자들이 인카네이션이라 불리는 그 기술이 니베리스의 눈을 감쪽같이 속여 넘겼다.

"역시 사이베인에 비해 암혼의 서를 다루는 솜씨가 한참 서투르군. 하긴 용마기를 손에 넣은 지 얼마 되지도 않았지?"

아젤이 그리 말하며 용마검을 내려친다. 벼락이 내리치듯이 푸른 섬광이 어둠을 갈가리 찢으면서 떨어져 내린다.

투학!

그 앞을 무언가가 가로막았다. 세상 모든 것을 갈라 버릴 것 같았던 검이 그것과 충돌해서 튕겨 나갔다.

"여전하군. 책 주제에 주인을 지키고자 하는 마음은 갸륵하구나."

암혼의 서였다. 허를 찔린 일격으로 중상을 입은 니베리스를 지키기 위해 암혼의 서가 아젤의 검을 막았다.

"하지만 몇 번이나 버틸 수 있을까?"

이미 겪어 본 일이기에 아젤은 놀라지 않는다. 전혀 멈칫하지 않고 재차 공격을 날린다.

우우우우우!

검격을 받아낼 때마다 암혼의 서가 너덜너덜해진다. 아젤은 암혼의 서를 우회해서 니베리스를 칠 생각은 하지 않았다. 암혼의 서는 이 어둠이 펼쳐진 곳에서는 자유자재로 실체화를 해제했다 구현하면서 공간을 뛰어넘는 듯한 효과를 낼 수 있기 때문이다.

그러니 힘으로 부술 뿐이다. 그런 아젤을 니베리스가 급습했다.

구구구구구……!

격통을 이겨낸 것은 완성되지 못한 대마법 '어둠의 여왕' 덕분이다. 강대한 어둠이 그녀의 상처를 지혈하고, 끊어졌던 생체 기능을 유지한다.

니베리스는 아득해지는 정신을 붙잡자마자 곧바로 공격에 나섰다. 주변의 어둠이 극도로 농밀하게 응축된 저주가 되어 아젤에게 쏟아진다.

동시에 그녀는 믿을 수 없는 광경을 보았다.

'인간이 어둠으로 변해?'

아젤이 자신에게 쏟아지는 저주의 어둠과 동일하게 변화,

육체는 물론이고 영혼까지도 부쉬 버리는 공격을 가볍게 흘려 버린다.

사라진 것은 오로지 용마검뿐이다. 다시 원래의 모습으로 돌아온 아젤이 맨손으로 암혼의 서를 붙잡는다. 미친 짓이다. 아무리 아젤이라도 적의 용마기를 맨손으로 붙잡다니, 자해나 마찬가지였다.

파지지지직!

과연 강력한 반발이 일어나면서 아젤의 몸이 뒤흔들린다. 그 몸이 부서지면서 빛의 입자로 화하는 것을 본 니베리스의 눈이 찢어져라 크게 떠졌다.

"아, 내가 본체인 줄 알았어? 보기보다 순진한 아가씨로군."

"뭐… 라고……?"

니베리스는 너무 놀란 나머지 말도 나오지 않았다.

그리고 저편에서 일어난 격렬한 섬광이 어둠을 찢어발겼다. 사방에 깔린 저주의 산물들을 종잇장처럼 찢어발기면서 순동 법으로 날아드는 또 한 명의 아젤을 보는 순간, 니베리스는 모든 것을 깨달았다.

'처음부터 끝까지… 저자의 의도대로였단 말인가!'

아무리 아젤이 절연화처럼 마력을 특정한 속성으로 변화시킬 수 있다고 해도 한계는 있다. 방금 전 공격을 받아넘긴 것처럼 자기 자신을 통째로 저주의 어둠으로 바꾸는 건 불가능하다.

하지만 마력으로 만든 분신이라면 가능하다.

아젤은 분신을 이루는 마력을 저주의 어둠과 동일한 속성으로 변환시킨 뒤, 니베리스가 마법을 완성하기 위해 그러모으는 어둠 속에 숨겨서 접근시켰다. 그 솜씨가 너무나도 교묘하여 니베리스는 전혀 알아차리지 못하고 당했다.

용마검은 니베리스를 치는 바로 그 순간에 분신의 손에 들려주었다. 암혼의 서가 어둠 속에서 자유자재로 실체화를 해제하고 구현할 수 있는 것처럼, 하늘을 가르는 검 역시 아젤과 분신의 손을 자유자재로 오갈 수 있었던 것이다.

"용마족으로서는 짧지만, 그래도 충분히 오래 살았지? 이제 너희가 그토록 숭배하는 아테인과 저승에서 만날 시간이다."

아젤의 분신이 스스로의 소멸을 담보로 암혼의 서를 붙잡아서 그 힘을 봉했다. 그리고 겨우 그러모은 마력을 허망하게 방출해 버린 니베리스의 머리 위에서 아젤이 마지막 일격을 내려친다.

아무것도 할 수 없다. 절망한 니베리스의 위로 죽음의 일격이 떨어져 내렸다.

5

"니베리스!"

…잠시 의식이 끊겼던 것 같다.

니베리스는 깜빡깜빡하는 의식 속에서 익숙한 목소리를 들었다. 진심으로 자신을 걱정하는 목소리. 어린 시절부터 늘 불편하게 여겨 왔던 목소리.

"니베리스! 정신 차려! 제발!"

"키르… 엔……."

니베리스는 흐릿한 눈으로 그의 모습을 보았다. 그녀의 경쟁자이며, 고귀한 네 명의 용마장군 중 한 명의 피를 이어받은 용마족 청년 키르엔 발타자크. 그가 당장에라도 울음을 터뜨릴 것 같은 얼굴로 그녀를 부르고 있었다.

'어째서 그가 여기에…….'

우우우우우…….

동시에 그녀는 주변 공간이 일그러져 있는 것을 알아차렸다. 그녀가 아는 한 이런 현상을 일으킬 수 있는 것은 단 한 명. 그 사실을 눈치채는 순간 다 죽어가는 상황인데도 왠지 울컥 짜증이 솟는다.

"라우라……."

"그래, 나도, 라우라도, 알마릭 공도 왔어! 정신 차려! 네가 죽으면, 그러면 난……!"

"발타자크 공."

눈물을 쏟을 듯한 키르엔의 말을 자르면서 라우라가 말했다. 언제나 그렇듯이 고저가 별로 없는 목소리였지만, 키르엔은 그 속에 초조함이 담겨 있다고 느꼈다.

이 공간은 라우라의 용마기 비탄의 잔에 의해서 구현된 격리공간 비탄의 미궁이다. 공간왜곡으로 만든 장소이기에 외부에서는 아예 이곳에 닿을 수도 없었다.

즉 비탄의 미궁을 펼쳐 낸 시점에서 절대적인 안전함이 보장된다. 나갈 때가 문제이기는 하지만, 이곳에 있는 동안만큼은……

그런데 비탄의 미궁을 펼쳐 낸 라우라의 표정이 굳어 있었다. 그녀가 말했다.

"당신도 어서 용마기를."

"뭐?"

"얼마 못 버텨."

쿠구구구구……!

그리고 그들을 현세에서 격리한 비탄의 미궁이 뒤흔들리기 시작했다. 키르엔이 경악했다.

"뭐야? 설마 비탄의 미궁에 간섭한다고?"

"추적당했어."

"어떻게 그럴 수가 있지?"

"있을 수 있는 일이야. 설명하고 있을 시간 없어. 빨리……!"

"큭! 부모 없이 대지를 걸은 자의 정통한 계승자가 부르노라! 내 부름에 응하라, 용마기(龍魔器) 피 흘리는……!"

키르엔은 영문도 모르는 채 그 말에 따랐지만, 그가 용마기 초래를 완료하기 전에 섬광이 폭발했다.

콰아아아아아!

그들을 안전하게 격리시키고 있던 공간왜곡장이 갈라지면서 뇌격을 닮은 재앙의 빛이 하늘과 땅을 잇는다. 그리고 밤하늘의 어둠을 난폭하게 찢어발기면서 푸른빛 검이 내리꽂혔다.

키르엔이 비명을 질렀다.

"하늘을 가르는 검……!"

어둠의 설원에 전승된 그대로의 모습이었다. 용마왕 아테인의 목숨을 거둬간 무기, 부모 없이 태어나 세계의 운명을 바꾸고자 했던 네 명의 용마장군조차도 두려워했던 이적의 산물.

비탄의 미궁이 붕괴하면서 주변 풍경이 정상으로 돌아온다. 그리고 그 뒤쪽에서 붉은 머리칼을 휘날리는 아젤이 모습을 드러낸다. 그가 비탄의 미궁 속에 있던 용마족들을 바라보며 말했다.

"솔직히 감탄했어. 완벽한 타이밍이었거든."

아젤이 니베리스에게 마지막 일격을 가하는 순간, 비탄의 미궁이 펼쳐지면서 그녀를 격리시켰다. 라우라와 키르엔이 아직 그 자리에서 1킬로미터 이상 떨어진 지점에 있었다는 것까지 감안하면 정말 감탄스러운 솜씨였다.

"하지만 공간을 왜곡시켜서 격리공간을 만든다는 것은, 그것이 어딘가에는 반드시 존재하는 공간이라는 이야기지."

공간 왜곡은 아공간을 형성하는 것과는 다르다. 비탄의 미궁의 원리는 공간좌표를 뒤틀어서 외부에서 이곳에 오고자 하면 영원과도 같은 미로를 헤매게 만들어놓는 것이다.

아젤은 용마전쟁 때 아운소르와 싸워보았다. 그리고 난공불락이라 불리던 비탄의 미궁을 몇 번이나 깨부순 전적이 있었다.

라우라가 신음처럼 중얼거렸다.

"광속……."

"하늘을 가르는 검에 대해서도 전승된 모양이군?"

"온 세상의 빛을 지배하는 재앙의 검. 태양의 빛이며, 활화산의 불길이며, 폭풍 속에서 울부짖는 뇌광."

"거창하기도 하셔라. 하긴, 너희의 신을 죽인 검이니 그 정도 포장은 해줘야지?"

하늘을 가르는 검은 아젤의 성장과 함께 완성되어 간 용마기다. 처음 아젤이 용마기를 만들었을 때는 그가 장기로 삼던 뇌격을 지배하는 힘만 있었다. 그러나 용마전쟁 속에서 격전을 거듭하면서 그 검은 용마왕을 쓰러뜨릴 수 있는 절세의 무기로 성장했다. 아젤 자신의 노력으로, 그리고 동료들의 희생으로 인해서…….

하늘을 가르는 검은 빛을 지배한다.

뇌격을 지배하는 것은 물론이고 지배영역 내에 존재하는 모든 빛을 그러모아서 공격 에너지로 바꾼다. 또한 검 자체가 빛으로 변하여 일순간 모든 제약을 초월할 수 있었다.

키르엔이 물었다.

"무슨 말이지?"

"비탄의 미궁은 내 인식 한계를 넘지 못해."

라우라가 식은땀을 흘리며 대답했다.

아무리 비탄의 미궁으로 공간을 장대하게 왜곡하더라도 그것은 라우라가 인식할 수 있는 한계영역 안에서 벌어지는 일이다. 사나흘은 달려야 도달할 수 있는 왜곡된 공간의 성벽을 만들더라도, 빛으로 화한 하늘을 가르는 검은 그 공간을 단번에 내달려 온다.

그 문제를 알아차린 라우라는 빛이 직진한다는 특성을 이용, 공간좌표를 연속적으로 바꿈으로써 하늘을 가르는 검을 막아 내고자 했다. 하지만 부질없는 노력이다. 하늘을 가르는 검은 영역 내에 무수한 빛을 흩뿌리고 그 빛이 닿은 곳에 있는 존재를 파악하고 추적할 수 있었던 것이다.

한 박자 늦게 그 과정을 이해한 키르엔이 떨리는 목소리로 말했다.

"정녕 그 하늘을 가르는 검이란 말인가……."

"음? 혹시 발타자크의 후손인가?"

아젤이 그를 보고 고개를 갸웃했다. 니베리스는 사이베인과 성별이 달랐고, 라우라는 아운소르와 생김새가 달랐다. 하지만 키르엔은 생긴 것도, 심지어 목소리조차도 발타자크와 판박이였다.

키르엔이 놀라서 물었다.

"어떻게 알았지?"

"생긴 거 보고. 그럼 이 자리에 사이베인의 딸, 아운소르의 자손, 그리고 발타자크의 후손… 그리고 뭔지 모를 용마족 하나에 기타 등등이 모여 있는 건가?"

비탄의 미궁이 깨어지고 세 명의 젊은 용마족이 통상공간으로 돌아왔다. 그리고 그곳에는 수많은 용마족 숭배자가 모여 있었다.

레티시아와 싸우고 있던 듀랑이 이끄는 무리들, 그리고 라우라와 키르엔이 이끌고 온 무리들까지. 그 수가 무려 120명에 달하는 데다 하나같이 상당한 전투력의 소유자였다.

수적으로는 절대적인 열세다. 하지만 아젤은 조금도 긴장하지 않은 채로 물었다.

"공작님. 우리 편은 언제 옵니까?"

"글쎄? 여기 사람 눈길이 별로 없는 땅이라 그런지 좀 굼뜨군. 필요 없을 때는 잘도 나타나면서……."

"그러게요. 변태같이 스토킹이나 하는 주제에 왜 이런 때는 늦는 거야? 진짜 쓸모없네."

아젤과 카이렌이 말하는 것은 바로 수호그림자들이었다. 카르자크 후작령에 인적이 없어서 감시망이 옅기는 하지만 카이렌은 수호그림자의 일원이다. 그가 용마왕 숭배자들을 목격했으니 그들도 알게 되었으리라. 수호그림자들이 이곳에 도달하는 것은 시간문제다.

카이렌이 겉으로는 전혀 티를 내지 않고 위스퍼링으로 물었다.

―여력은 얼마나 남았나?

아젤이 무시무시한 신위를 보이기는 했지만 그 힘도 무한하지는 않으리라. 아젤이 말했다.

―용마검 초래는 슬슬 한계군요. 용검이 삐걱거리고 있어요.

변칙적인 용마검 초래는 한계시간이 따라붙는다. 그릇이 되는 용검이 그 힘을 무한히 버텨주지 못하기 때문이다.

그리고 아젤 자신에게도 꽤 많은 부담을 준다. 이런 힘을 펑펑 휘둘러 대기에는 아직도 아젤의 그릇이 완성되지 못했다.

─하지만 이놈들을 처리하기에는 충분할 겁니다.

─흠. 그럼 난 이 녀석을 지키는 데 주력하기로 하지.

카이렌은 그렇게 말하며 쌍검을 빼 들었다. 그의 발치에는 유렌이 쓰러져 있었다.

문득 그는 자연스럽게 한 사람이 자신들에게 등을 보이고 있는 걸 깨달았다. 검은 단발을 찰랑거리는 용마인 여성, 레티시아였다. 그녀가 카이렌에게 물었다.

"혹시 그놈, 죽었나?"

"이 마법사라면 아직 살아 있다."

"죽을 팔자는 아니었나 보군. 그럼 다음 질문을 하지. 누군지는 모르겠지만, 아군이라고 생각해도 되나?"

"같은 질문을 대답으로 던져 주고 싶은데… 뭐, 일단 이놈들 적이라면 적어도 이 싸움이 끝날 때까지는 우리 편 해도 된다. 그 후의 관계는 그때 가서 논의하도록 하지."

"참으로 관대한 대답에 눈물이 날 것 같은데. 일단은 그렇게 하지."

레티시아가 코웃음을 쳤다. 그러더니 한쪽을 바라보며 흉흉한 살기를 피워 올렸다.

"하지만 여기서 알마릭 공을 보게 될 줄이야. 상상도 못했는데. 유렌이 말한 운명이 이건 아니겠지?"

그녀의 시선이 향한 곳에는 길게 늘어뜨린 블루블랙의 머리칼, 검은 수소의 그것을 연상시키는 뿔에 황갈색 눈동자와 용마석을 가진 용마족 청년이 있었다. 키르엔, 라우라와 마찬가지로 4대 용마장군 중 한 명인 '폭풍을 가르는 검' 알마릭의 후예라 불리는 제퍼스 알마릭이었다.

그 말에 아젤이 고개를 갸웃했다.

"음? 이 녀석이 알마릭의 후손이라고?"

"천한 인간 주제에 그 이름을 함부로 입에 담지 말라."

제퍼스가 불쾌감을 드러내며 말했다. 그는 비탄의 미궁 속에 있지 않았기에 아젤이 보여준 신위를 목격하지 못했다. 그랬다면 이런 태도를 취하지는 못했으리라.

아젤이 이를 드러내며 웃었다.

"용마족다운 용마족이로군. 근데… 너, 알마릭하고 안 닮았는데?"

"뭐?"

"저기 발타자크의 후손이라는 놈은 발타자크의 재수 없는 기생오라비 같은 면상을 쏙 빼닮았는데, 넌 하나도 안 닮았어."

"무슨 헛소리를 지껄이는 것이냐?"

"생각해 보니 성별이 달라서 그렇지 아운소르의 후손도, 허당왕자의 딸도 생김새가 닮은 구석이 많아. 하지만 넌 아냐. 혼자서 이렇게까지 안 닮은 건 좀 이상한데?"

"이노오옴! 비천한 것 주제에 삿된 말로 나를 모욕할 셈이냐?"

제퍼스가 격노했다. 하지만 아젤은 비아냥거리려는 의도가 전혀 없었다. 그가 기억하고 있는 알마릭은 백발을 지저분하게 늘어뜨리고 흉흉한 붉은 눈에 용암석 같은 재질의 굴강한 뿔을 가진, 마치 사자처럼 흉포한 인상의 중년 용마족이었다. 아무리 봐도 제퍼스는 알마릭과 눈곱만큼도 닮은 구석이 없다.

다른 놈도 다 안 닮았으면 그러려니 하겠다. 하지만 니베리스, 라우라, 키르엔은 분명히 아젤이 기억하는 옛 용마족들을 닮았다.

'이 차이는 뭐지?'

그냥 넘길 수도 있는 차이지만 왠지 석연치 않다. 아젤이 눈살을 찌푸릴 때, 키르엔이 말했다.

"알마릭 공. 저자는 강하다. 용마기를 써야 한다."

"무슨 소리를 하는 건가? 이런 비천한 인간 상대로 용마기를 쓰라고?"

"내 말을 들어. 니베리스가 용마기를 쓰고도 저자에게 패했다."

"무슨 얼토당토않은 소리를……!"

"온다."

순간 라우라가 손을 뻗어 방어막을 펼쳤다. 간발의 차이로, 날카로운 섬광이 검을 겨누고 있는 방향과는 전혀 다른 방향에서 쏟아져 내렸다.

파아아아아!

"큭!"

제퍼스가 경악했다. 아젤은 움직이지도 않았는데 섬광이 하늘 위에서 비스듬하게 내리꽂혔다?

라우라가 나서지 않았다면 직격 당했을지도 모른다. 그 사실을 깨닫고 전율하는 제퍼스 앞에 아젤이 환상처럼 나타났다.

"이놈!"

제퍼스가 놀라서 검을 내질렀다. '폭풍을 가르는 검'이라 불렸던 알마릭의 후손답게 그는 마법사가 아니라 용령기를 쓰는 검사였다. 강맹한 용마력이 실린 검격이 아젤을 베어 넘긴다.

'분신!'

하지만 가짜였다.

파아아아!

아젤은 순간적으로 셋으로 분화하면서 라우라, 키르엔, 제퍼스를 동시에 덮쳤다. 그리고 세 용마족은 모두 아젤의 실체를 파악하지 못하고 전력으로 대응했는데 그중 키르엔을 덮친 아젤이 진짜였다.

…라고 그들은 착각했다.

파학!

"크악!"

섬뜩한 파육음이 울려 퍼지면서 피 보라가 몰아쳤다. 첫 비명의 여운이 사라지기도 전에 연속적으로 쇳소리, 뭔가가 부서지는 소리, 그리고 비명이 잇달아 울려 퍼진다.

"우릴 노린 게 아니었어?"

한 박자 늦게 키르엔이 사태를 파악했다. 키르엔을 덮친 아젤조차도 분신이었다. 아주 교묘하게 마법과 반발하도록 만들어서 실체로 착각하게 만든 뒤, 세 용마족의 주의가 거기에 쏠린 틈을 타서 부하들을 덮친 것이다.

키르엔은 더 이상 주저하지 않았다.

"용마기(龍魔器) 피 흘리는 별!"

붉은 섬광이 뿜어지면서 4대 용마장군 중 한 명, 발타자크에게서 계승된 용마기가 모습을 드러내었다. 그것은 언뜻 어린아이 머리통만 한 수정구로 보인다. 하지만 그 중심부에서 수천 겹의 빛의 실들이 어지럽게 얽혀서 꿈틀거리고 있었으며, 그 표면에서 피처럼 새빨간 빛이 뿜어져 나와서 주변을 휘감고 빠르게 흐른다.

"알마릭 공!"

"알겠다. 위대한 이름에 걸고 명한다! 영원의 전장에서 돌아오라! 용마기(龍魔器) 폭풍우의 칼날이여!"

돌풍이 휘몰아치면서 커다란, 하지만 유리처럼 투명한 재질의 기묘한 검이 모습을 드러내었다. 제퍼스가 쥐자 그 속에서 푸른 불길이 타오르기 시작한다.

아젤은 그가 용마기를 초래하든 말든 아랑곳하지 않고 적들 사이를 종횡무진 누비고 있었다. 이 자리에 있는 전투원들은 다들 상당한 무력을 보유했지만 지금의 아젤 앞에서는 허수아비 인형이나 마찬가지다.

용마기를 쥔 세 용마족은 곧바로 아젤을 막으려고 했다. 하지만 곧 그들은 혼란에 빠지고 말았다.

"어느 게… 진짜지?"

라우라가 신음처럼 중얼거렸다.

아젤의 수가 점점 불어나고 있었다. 한 번 순동법으로 모습을 감출 때마다 분신의 수가 계속해서 늘어난다. 그 모두가 실체와 같은 존재감을 가졌으며, 심지어 물리적인 공격력으로 적을 쓰러뜨리기까지 한다.

그렇다면 용마기의 유무로 실체를 분간하면 어떨까?

이 또한 어리석은 발상이었다. 용마기 하늘을 가르는 검은 아젤의 본체와 본신 사이를 자유자재로 오갈 수 있었다. 아젤은 그 특성을 철저하게 이용해서 계속해서 자신과 용마기의 위치를 바꾸면서 학살극을 펼쳤고…….

"…이 정도면 충분히 모였군."

어느 순간 조용히 읊조리는 목소리가 용마왕 숭배자들에게 섬뜩함을 느끼게 했다. 그리고 아젤의 분신들이 한순간에 스러지면서, 용마왕 숭배자들의 포위망 바깥에서 나타난 아젤이 무시무시한 뇌광을 발했다.

키르엔이 경악했다.

"당했다! 모두 흩어져!"

아젤이 수십의 분신을 만들어 가면서 폭풍 같은 맹공을 가한 것은 이들을 전부 쓰러뜨리기 위해서가 아니다. 아무리 아젤이라고 해도 이토록 많은 분신을 만들어내면서 부여할 수 있는 공격력에는 한계가 있다.

용마왕 숭배자들의 정예병은 아젤의 경악스러운 맹공을 잘 버텨 냈다. 전투 불능에 빠진 것은 용마검에 공격당한 10명 정도였고 나머지는 부상을 입었을 뿐이다.

아젤이 원한 것은 혼란이다. 그리고 그 혼란을 이용해 적들의 움직임을 통제하는 것이다.

그 의도는 완벽하게 맞아떨어졌다. 키르엔은 포위망을 구축하고 있던 아군이 어느새 한곳으로 밀집되었다는 사실을 깨달았다.

"이미 늦었어."

아젤이 회심의 미소를 지으며 검을 내려쳤다.

—천둥용의 뿔!

용의 포효를 연상시키는 격렬한 뇌광이 용마왕 숭배자들을 집어삼켰다.

꽈과과과과광!

6

격렬한 뇌광에 시야가 새하얗게 불타오르는 가운데, 라우라는 기시감(旣視感)에 사로잡혀 있었다.

이전에 아젤과 만나 임무에 실패했을 때, 그녀는 가문에 돌아가기 전에 한 사람을 찾아갔다. 어둠의 설원에서도 가장 나이가 많은 어르신으로, 용마전쟁 당시에 인간들에게 모습을 보이는 것만으로도 공포와 혼란을 확산시키던 장본인이다.

그에게 아젤의 이야기를 했을 때 그는 말했다.

"어쩌면 운명의 재귀(再歸)가 시작된 것인지도 모르지."

라우라는 그가 말하는 의미를 온전히 이해할 수 없었다. 용마족을 기준으로 봐도 장구한 세월을 살아온 존재라서 그런가, 그는 세상을 보는 시각이나 사고방식이 이질적이었다.

그는 혼란스러워하는 라우라를 보며 미소 지었다.

"불행하게도 아운소르의 후예가 되기 위해 모든 것을 빼앗긴 아이야, 모두가 기다리는 날이 와서 내가 잠에서 깨어나게 된다면, 그때는 알 수 있을 것이다. 아직은 모든 걸 말해줄 때가 아니구나. 대신 네게 필요한 기억을 보여주마."

그리고 그는 머나먼 용마전쟁의 기억을 보여 주었다.

말로 들려준 것이 아니다. 기록을 보여준 것도 아니다.

자신의 머릿속에 있는 그 당시의 기억을, 라우라에게 백일몽의 형태로 체험시켰다. 그로써 라우라는 자신이 태어나기도 전의 일을 마치 직접 겪은 것처럼 생생하게 접할 수 있었다.

그 경험이 지금, 겪지도 않았던 일을 다시 겪는 것 같은 기시감을 불러일으키고 있었다.

붉은 머리칼을 휘날리는 저 남자도, 그가 들고 있는 검도, 그리고 이 압도적인 뇌격조차도……

용마전쟁의 기억 속에서 본 것과 똑같았다.

"아젤 카르자크… 왕의 운명을 되돌릴 기회를 부여한 자."

그 중얼거림은 뇌격의 폭발에 묻혀 그녀 자신에게도 들리지 않았다.

쿠구구구구……!

새하얗게 폭발하던 뇌광이 사그라진다.

"큭… 젠장."

키르엔이 주먹을 떨었다. 겨우 막았다. 만약 용마기를 불러내지 않은 채였다면, 그리고 방어 측면에서는 비상식적인 힘을 발휘하는 라우라의 비탄의 잔이 없었다면 이 일격으로 전멸당할 수도 있었다.

하지만 그럼에도 손닿는 곳에 있는 약간을 지키는 게 전부였다. 이 시점에서 키르엔은 파악하지 못했지만, 백 명을 넘던 인원의 절반이 시체조차 남기지 못하고 소멸해 버렸다. 그리고 생존자 중에서도 전투 수행이 가능한 인원은 채 반이 안 된다.

키르엔이 믿을 수 없다는 듯 중얼거렸다.

"…정말 아젤 카르자크가 되살아나기라도 한 건가?"

그는 어린 시절부터 지긋지긋할 정도로 용마전쟁에 대한 이야기를 들으며 자랐다. 자신의 조부인 발타자크가 얼마나 위대한 존재였는지, 그리고 그를 살해한 아젤 카르자크가 얼마나 끔찍하고 공포스러운 존재였는지…….

지금 대적하는 아젤은 그 이야기 속에 등장했던 아젤 카르자크를 연상케 한다. 이 어처구니없을 정도로 강력한 무위를 이루는 요소 하나하나가 진정 그 시절의 아젤이 되살아 나온 것 같았다.

쾅!

그때 옆에서 폭음이 울렸다. 키르엔이 놀라 바라보니 아젤이 제퍼스와 격돌하고 있었다.

"흠. 정신 상태는 괜찮은데?"

아젤은 재앙 같은 공격을 막아낸 적들의 긴장이 풀어지는 틈을 노렸다. 생존했지만 넋이 나가 있던 적들 몇을 소리 없이 죽여 버리면서 접근, 제퍼스를 급습했다. 그런데 제퍼스는 이런 기습을 대비하고 있던 것처럼 공격을 막아냈다.

"감히 내게 이런 기습 따위를 하다니! 통할 것 같으냐?"

"그렇게 말하는 것치고는 표정이 말이 아니군."

아젤이 제퍼스를 조롱한다. 실제로 제퍼스는 위축된 기색을 숨기려고 허세를 부리고 있었다. 위세 넘치는 목소리와 달리 얼굴은 굳어졌고 식은땀이 흘러내린다.

"그런데……."

문득 아젤이 고개를 갸웃하며 물었다.

"정말 궁금해서 묻는 거니까 오해하지 말고 들어. 다시 한

번 확인하지. 너 정말로 알마릭의 후손인가?'

"또 무슨 헛소리로 나를 모욕하려는 것인가?"

"아무리 봐도 거짓말을 하고 있는 건 아닌 것 같은데… 적어도 본인은 그렇게 믿고 있다, 이거지? 이상해. 너희가 대체 무슨 꿍꿍이인지 이해가 안 가."

"뭣이라고?"

키르엔은 그런 아젤을 보면서 생각했다.

'진짜인가 분신인가?'

제퍼스와 격돌한 아젤이 푸른 용마검을 들지 않았다. 그 손에 들린 것은 새하얀 용골의 칼날을 가진 용검이다.

하지만 지금까지 농락당한 경험이 빠른 판단을 막는다. 키르엔은 스스로 신중한 태도를 취했다고 생각했지만, 실은 그 망설임조차도 아젤이 의도한 바였다.

그가 판단을 내리기 전에 아젤이 한발 앞서 움직인다. 실체 있는 분신들이 나타나서 그들을 덮치는 순간, 키르엔은 최악의 선택을 강요받았다.

'이런! 용마기마저 분신으로 만들 수 있었나!'

나타난 아젤의 분신들이 전부 용마검을 들고 있는 게 아닌가? 용마력 파동까지 흩뿌리고 있기에 언뜻 보고는 도저히 진위를 구분할 수 없었다.

그리고 그중 하나는, 쓰러져서 부하 하나의 보살핌을 받고 있던 니베리스를 노리고 있었다.

"니베리스!"

키르엔은 앞뒤 가리지 않고 몸을 날렸다. 자신에게 향한 공격은 용마기에게 맡겨 두고 니베리스의 앞을 가로막는다.

파악!

화끈한 통증이 키르엔을 덮쳤다. 깊숙이 맞았다. 키르엔은 비명조차 지를 수 없는 격통 속에서 앞뒤 가리지 않고 용마력을 폭발시켰다.

"으아아아아아!"

제대로 된 마법을 구현할 여유가 없었다. 그저 강한 이미지만으로 용마력을 폭풍처럼 방출한다. 이 선택이 죽음을 부를 수도 있었지만 앞뒤 가릴 때가 아니었다.

콰콰콰콰콰……!

동시에 원래 자리에서 공격을 막고 있던 용마기를 불러들인다. 이것으로 아젤이 연속공격을 가해온다고 하더라도 막을 수 있을 터!

하지만 기다려도 후속타가 날아들지 않는다. 잠깐 사이에 감각을 회복한 키르엔은 마법으로 상처를 지혈하고는 상황을 살폈다.

챙! 채챙! 카아아앙!

아젤이 제퍼스와 검투를 벌이고 있었다. 제퍼스의 용마기와 아젤의 용검이 현란한 궤도를 그리면서 서로 닿는 지점에서 불꽃이 튀고 약한 충격파가 터진다.

일견 대등해 보였지만 조금만 자세히 들여다봐도 그게 아님을 알 수 있으리라. 애당초 저 둘이 저런 식으로 검투를 벌이는 것 자체가 이상하다.

'알마릭 공, 왜 용령기를 쓰지 않는 거지?'

제퍼스는 강력한 용령기 수련자이며, 그의 손에는 용마기가 들려 있다. 그러니 저런 검투를 벌이는 게 아니라 검을 휘두를 때마다 태풍이 휘몰아치듯 주변을 휩쓸어 버려야 정상이다.

그런데 그러질 못한다. 마법사인 키르엔은 속사정을 꿰뚫어 보지 못했지만 제퍼스의 표정만으로도 뭔가 상황이 안 좋다는 걸 알 수 있었다.

아젤이 그의 움직임을 완벽하게 통제하고 있었다.

검투는 어떻게든 따라가고 있지만 그 이외의 부분에서 완전히 압도당한다. 용령기를 일으키려고 하면 기다렸다는 듯이 힘의 맥을 끊어버리고, 용마기의 힘을 발하려고 하면 또 그러지 못하게 방해한다. 힘의 흐름, 증폭 과정이 낱낱이 읽혀서 한 번에 발할 수 있는 힘의 총량 중 대부분을 봉하는 솜씨는 제퍼스에게는 악몽 그 자체였다.

'흠. 이놈, 정말 뭐지?'

아젤은 풀리지 않는 의문에 눈살을 찌푸렸다.

제퍼스와 검투를 벌이는 것은 일종의 확인 작업이다. 실전 중에 적을 해치우는 것보다 의문을 푸는 것에 집착한다니, 어리석기 짝이 없는 행동이지만 아젤은 하지 않을 수 없었다. 용마왕 숭배자들이 대체 어떤 꿍꿍이속을 품고 있는지 알아야 한다고 여겼기 때문이다.

하지만… 아무리 싸워봐도 모르겠다. 제퍼스 알마릭의 존재는 아젤에게 풀리지 않는 수수께끼였다.

그런 아젤에게 카이렌의 위스퍼링이 날아들었다.

―언제까지 놀고 있을 셈인가? 놀고 있을 때가 아닌 것 같은데?

7

카이렌은 유렌을 보호하면서 용마왕 숭배자들과 격전을 벌이고 있었다. 아젤이 적의 전력 대부분을 날려 버려서 상대하기가 어렵지 않지만, 뒤에서 조금씩 지원에 나서는 라우라 때문에 난감하다.

그 말에 아젤이 한숨을 쉬었다.

"그래, 여기서 풀 수 없는 의문인 거군. 결국."

"무슨 소리를 하는 거냐?"

제퍼스가 눈살을 찌푸리는 순간, 아젤이 크게 뛰어 뒤로 물러났다.

용마검 초래는 끝났다. 적어도 이 전투 중에는 다시 꺼내 들 수 없으니 압도적인 힘으로 몰살시키는 것은 불가능하다. 차근차근 혼란을 유도해서 허점을 야기한 다음 쓰러뜨려야…….

그때 아젤을 지나쳐서 제퍼스에게 뛰어드는 이가 있었다. 레티시아였다.

"이자는 내가 맡는다. 이자에게, 아니, 정확히는 저 빌어먹을 혈통에 청산할 빚이 좀 있어서."

"음?"

"어차피 너는 상대가 따로 있을 것 같군."

레티시아는 더 말할 것도 없다는 듯 고개를 돌려 버린다. 아젤이 황당해할 때, 누군가 아젤에게 뛰어들면서 새카만 검을 내려쳤다.

쩡!

새하얀 용검과, 어둠의 마력이 집결된 흑검이 격돌하며 맑은 소리가 울려 퍼진다. 아젤은 무시무시한 살기를 발하는 흑검사 듀랑을 바라보았다.

"아, 그러고 보니 당신한테도 갚을 빚이 있었지."

이전에 니베리스와 싸웠을 때 그에게 당했던 것도 잊지 못할 기억이다. 아젤은 전의를 불태우며 그의 전력을 파악했다. 첫 격돌 직후, 순식간에 다섯 합을 나누고 떨어지는 동안 그의 힘을 읽어낸다.

'셉터플 마스터(생명의 고리 일곱 개)라. 이 시대에 만난 스피릿 오더 수련자 중에 가장 강하다.'

카이렌에게 들은 바로는 루레인 왕국에도 고위 스피릿 오더 수련자가 있다고 한다. 왕국 제일의 검호(劍豪)라 불리는 하벤 자작으로, 카이렌도 인정할 정도의 실력자라고 했다.

하지만 그와 만나 볼 기회는 없었고, 타란토스 공작령에 머무는 동안 만나본 가장 뛰어난 실력자가 섹터플 마스터(생명의 고리 여섯 개)였다. 그리고 생명의 고리는 하나가 늘어날 때마다 또 하나를 늘리기까지의 난이도가 기하급수적으로 올라가

니, 듀랑의 수준은 아젤이 이 시대에 만난 스피릿 오더 수련자 중에서는 최고다.

한편 듀랑은 아젤을 보며 큰 혼란을 느꼈다.

'이 애송이는 그동안에 뭘 한 건가? 아무리 용살의 의식을 치렀다고 해도 마력이 이렇게까지 급성장할 수 있는가?'

듀랑은 용살의 의식 경험자는 아니다. 하지만 어둠의 설원에서 거하는 것을 허락받은 간부로서 용살의 의식에 대한 지식을 가졌으며, 용마인 간부가 용살의 의식을 치르는 것을 참관한 적도 있었다. 그 경험에 비추어봐도 아젤의 성장은 도저히 이해할 수가 없다.

'아무리 그래도 나와 필적하는 수준이라니… 아니, 어쩌면 그 이상인가?'

듀랑은 아젤의 전력을 읽어내지 못했다. 하지만 아젤이 자신을 꿰뚫어 본 것을 모르는 그는 그 점을 이상하게 여기지는 않는다. 비슷한 수준의 스피릿 오더 수련자들끼리는 흔한 일이기 때문이다.

듀랑이 혼란을 떨쳐 내며 노성을 질렀다.

"감히 죄인 주제에 아가씨의 귀하신 몸에 손을 대다니! 지옥으로 보내주마!"

"감탄스러울 정도로 멋진 노예근성이군."

"진리를 모르는 어리석은 놈. 용서하지 않겠다!"

"…그러고 보니 당신에게 묻고 싶은 게 있었어."

아젤은 듀랑의 맹공을 받아내며 물었다. 몰리기는커녕 전혀 긴박해 보이지 않는 태도에 듀랑의 눈썹이 꿈틀거렸다.

"당신은 혹시 용마왕 숭배자들이 내부에서 기른 인재인가?"

아젤은 왜 이 시대의 인간이 용마왕 숭배자가 되는지 이해하지 못하고 있었다. 하지만 애당초 용마왕 숭배자 조직 내부에서 자라났다면 그럴 수도 있으리라.

아젤의 추측에 듀랑이 코웃음을 쳤다.

"나는 은인에게 목숨을 구원받고 올바른 진리를 접하는 은혜를 입어 올바른 길을 추구하게 되었느니라."

"흠. 즉, 원래는 아니었다가 스스로 용마왕 숭배자가 되었다는 건가? 왜지? 왜 용마전쟁도 오래전에 끝나서 인간이 지배하는 이 시대에 용마왕이라는 과거의 망령을 숭배하지?"

"그분의 가르침이야말로 올바른 진리이기 때문이다. 지상에 역사한 신께서 죽음을 맞이하셨어도 신앙은 끝나지 않는다. 구주께서 다시 돌아오실 때까지 어둠 속에서 싸우는 것 역시 그분을 믿는 우리가 감내할 시련이지."

"무슨 가르침이 그리도 올바르다는 거야? 용마족이 인간을 지배하는 게 그렇게 좋아 보이나?"

"웃기는군. 인간이 세상을 지배하는 것이야말로 바로잡아야 할 죄악 아닌가?"

"…뭐?"

"능력의 유무도, 선악도 상관없다. 그저 혈통을 타고났다는 이유로, 그저 좋은 부모를 두었다는 이유만으로… 구제할 수 없는 쓰레기들이 다른 인간을 내려다보고 짓밟지. 그게 올바르다고 여기느냐? 진정 다르게 태어나지 않은 존재가, 자신과 같은 존재를 지배하고 착취하도록 운명 짓는 세상이 올바른 것인가!"

"……."

아젤은 듀랑의 말을 들으면서 결코 좁힐 수 없는 거리감을 느꼈다. 그의 목소리에는 평생 지워지지 않을 증오와 울분이 담겨 있었다.

그가 어떤 삶을 살아왔는지는 모른다. 그러나 스피릿 오더 수련자는 정신을 다루는 자들. 고위 스피릿 오더 수련자끼리는 서로의 의념만으로도 진심을 엿볼 수 있었다.

'광신도이기 때문인가?'

아젤은 인간이 드러내는 약한 모습을 수도 없이 보아왔다. 살기 위해 인간을 배신하는 자도 보았고, 견딜 수 없는 현실 앞에서 정신이 무너져서 도피처를 찾는 자도 보았다.

'아니, 달라. 이자는…….'

듀랑 같은 존재 역시 보았다.

용마전쟁 당시의 환경은 인간이 인간을 증오하기가 너무 쉬웠다. 인간들의 행각에 염증을 느끼고 그들을 경멸하고, 증오하고, 그리고 포기해 버린다 해도 이상할 게 없다. 극한 상황에서 인간은 얼마든지 나약하고 추악해질 수 있는 존재니까.

아젤도 많은 인간을 경멸하고 포기했다. 오히려 그 속에서 사랑할 수 있는 인간을 찾았다는 것이 기적이 아니었을까?

그러니 인간을, 인간이 만든 세상을 사랑하지 못하는 자가 나온다고 해도 이상할 게 없다.

용마전쟁 때 아젤은 자신이 속한 시스템과, 자신의 위에 서 있는 우둔하고 이기적인 자들을 보면서 분노했다. 그 부조리함 속에서 난관을 타파할 방법을 찾아 발버둥 쳤다.

하지만 만약 아젤이 처한 부조리가 극복할 수 없을 정도로 컸다면 어땠을까?

아젤 자신에게 힘도 재능도 운도 없고, 그저 운명에 유린당할 수밖에 없는 상황이었다면… 그랬다면 어땠을까?

'…그렇군.'

아젤은 비로소 의문의 답을 얻었다.

용마전쟁 때는 인간을 사랑해서, 용마왕의 뜻에 동조하지 않아서 동족을 배신하고 인간 편에 선 용마족들이 있었다.

반대로 인간을 증오해서, 용마왕의 뜻에 동조해서 용마왕군에 들어간 인간들도 있었다.

용마왕이 죽고 용마전쟁이 끝난 지 200년이 넘게 지났건만 그 구도는 변하지 않은 것이다. 여전히 인간이 인간을 증오하기는 너무 쉽고, 자신이 속한 세상의 부조리함에 질식해 가다가 용마왕 숭배라는 답에 도달하는 것도 이상한 일이 아니다.

"듀랑이라고 했나? 당신 같은 사람은 오랜만이야."

"오랜만이라. 나는 너 같은 놈은 처음 본다. 죄 깊은 애송이!"

"그런 말을 하는 게 아냐. 그저… 조금 슬프군. 우스운 일이지만."

"무슨 소리를 하는 거냐?"

"당신을 이해시키려면 아마 긴 대화가 필요할 거야. 그리고 우리는 그럴 수 없지. 더 이상 사람들이 절망하지 않는 세상을 만들고 싶어서 그토록 열심히 싸웠는데, 눈앞의 재앙을 치운 다고 해서 세상이… 아니, 인간이 변하는 건 아니었어."

쓴웃음을 짓는 아젤의 검세가 변했다. 거의 위치를 옮기지 않은 채로 듀랑의 공세를 받아내던 철벽수비에서 조금씩 공세로 전환한다.

어느 순간, 하얀 칼날과 검은 칼날이 서로 얽히면서…….

파각!

듀랑의 어깨 보호대가 날아간다.

'이 애송이는 대체 뭐냐?'

듀랑이 경악했다. 방금 전, 그는 아젤의 검격을 보지 못했 다. 분명히 서로 거의 동시에 검을 쳐 내서 맞부딪칠 수밖에 없는 궤도였다. 그런데 그의 검격이 허공을 치고, 다음 순간 마 치 시간 일부를 잘라낸 것처럼 중간과정이 생략되고 아젤의 검이 목을 노리고 있었다.

반사행동에 의존했다면 목이 날아갔을 것이다. 하지만 그에 게는 어둠의 설원에서 전승되어 온 비술이 있었다. 적에게 당 해서 의식이 끊기자 몸에 미리 입력시켜 둔 방어행동이 발동 해서 목숨을 구했다.

즉 아젤은 초고속 공방을 벌이는 와중에 듀랑의 정신을 공 격, 의식을 뒤틀었다. 그런 시도는 남김없이 차단했다고 생각했는데 아젤의 기술이 너무나도 교묘했다.

채채채채챙!

불꽃이 튀면서 검투의 국면이 변한다.

수비에 치중할 때, 아젤의 움직임은 그보다 느렸다. 그저 놀라운 통찰력으로 그가 스피릿 오더의 비술을 쓰려고 할 때마다 맥을 끊고, 검이 도달할 지점을 미리 파악해서 최소한의 움직임으로 막고 흘려낼 뿐이었다.

그런데 아젤의 움직임이 조금씩 빨라지고 있었다. 모든 국면에서 듀랑을 아슬아슬하게 앞서 가면서 다음 국면의 선택권을 가져간다.

'아니, 그게 아니야! 이건⋯⋯!'

듀랑은 곧 자신이 착각했음을 깨달았다. 아젤이 빨리 움직이는 게 아니다. 그가 느려진 것이다.

조금 전, 정신공격을 당했음을 깨닫고 정신방벽을 더 단단하고 교묘하게 걸어 잠갔다. 육체의 움직임이 조금 느슨해질지언정 쉴 새 없이 방어패턴을 변경하면서 정신을 지키고자 했다.

그런데⋯ 아젤이 그의 감각을 조금씩 현혹하고 있었다.

모든 상황의 반응이 아주 약간씩 늦어진다. 분명히 눈으로 보고, 머리로 인식하고, 어떻게 할지 결정해서 대응하는데⋯ 생각했던 것보다 조금씩 늦어서 수세에 몰린다.

'어딜 공격당하고 있는 거지?'

분명히 정신 어딘가를 공격당하고 있다. 막을 수 있는 곳은

다 막았다고 생각했는데 도대체 어떤 수법을 쓰고 있는 것인가? 혼란에 빠진 듀랑에게 아젤이 말했다.

"확실히 내가 모르는 기술들이 있군. 의식의 활성화와는 관계없이 반사행동을 이용하는 기술, 이건 용마전쟁 때 있었던 기술들이 아니야. 잊힌 비술이 아니라 이후에 개발된 기술이겠지?"

자일과 보어도 이런 기술을 썼다. 머리에서 내리는 명령과 상관없이 몸에 각인한 반사행동들, 흔히 무심(無心)의 경지에서 이루어진다고 하는 효율성의 극에 달한 움직임… 그것을 이용하는 기술들은 아젤이 모르는 것들이다.

"당신은 훌륭해. 아주 오랜만에 옛날 생각나는 스피릿 오더 수련자를 봤어. 하지만 유감스럽게도 '본다'는 것의 의미를 다 알지 못했군."

"뭐?"

파악!

그리고 거짓말처럼 듀랑의 옆구리가 갈라지면서 피가 솟구쳤다.

듀랑은 어느새 자기 시야가 극도로 좁아져 있었다는 사실을 깨달았다. 시야뿐만이 아니다. 모든 감각이 눈앞의 아젤을 살피는데 매몰되어 있었고, 그래서 평소라면 있을 수 없는 감각의 사각지대가 발생했다. 그 허점을 옆에서 나타난 아젤의 분신이 찔렀다.

분신을 거둔 아젤이 쓰러지는 그의 옆을 지나치면서 말했다.

"눈앞의 상대에게만 집중한다. 그게 당신이 죽는 이유야."

"…본다, 그렇군. 시각… 아니, 나의 주의를 조작한 거였나……."

듀랑은 주저앉은 채 신음처럼 중얼거렸다. 그도 고위 스피릿 오더 수련자였다. 아젤이 던진 작은 단서만으로 패배의 과정을 깨달았다.

사람은 눈앞의 일에 몰두하면 시야가 좁아진다. 평소 주변을 넓게 살피던 사람이라도 눈앞에서 날아드는 칼을 정신없이 막다 보면 옆이나 뒤에서 무슨 일이 일어나는지 알 수 없게 마련이다.

아젤은 그런 특성을 이용했다. 서로 눈을 마주하고 있다는 점을 이용, 환영을 섞어서 듀랑의 눈에 보이는 것과 실제 움직임 사이에 아주 미미한 오차를 만들었다.

그것을 통해 듀랑에게서 여유를 빼앗으면서 동시에 정신과 로 감각을 야금야금 갉아먹듯이 공격해서 듀랑의 주의를 온통 자신의 공격을 막는 데만 집중시켰다. 그리고 듀랑의 감각에 커다란 공백지대가 생겼음을 확신했을 때 분신으로 치명타를 날린 것이다.

'이자는 괴물이다. 손쓸 도리가 없는…….'

듀랑은 아젤과 자신의 격차를 깨닫고 전율했다. 하지만 이대로 쓰러질 수 없다. 아무리 절망적인 상황이라도 일어나야만 한다.

"이런, 여기서 쓰러질 수는… 아가씨를, 아가씨는……."

너무 깊숙이 맞았다. 뼈를 가르고 심장조차 찢어졌으니 답이 없다.

심지어 아젤의 검에 저주와도 같은 힘이 담겨 있어서 체내의 마력 흐름이 엉망진창이 되었으며, 스피릿 오더로 지혈하는 것조차 뜻대로 되지 않는다.

"사이베인 님, 제가 불민하여… 당신의 따님을… 지켜 드리지 못했습니다. 죄송……."

듀랑은 말을 끝마치지 못하고 그대로 무너져 내렸다.

8

니베리스는 손끝 하나 까딱할 수 없는 상태로 누워 있었다. 부상이 워낙 커서 아무리 회복에 전념해도 이 전투 중에 거동할 수 있는 정도로 회복될 수는 없으리라. 그러는 동안에도 사태는 시시각각 악화되어 갔다.

'듀랑.'

니베리스는 듀랑의 죽음을 알았다.

그녀의 부친 사이베인에 의해 구원 받은 인간. 무수한 전공을 세워서 용마족들에게도 존중받는 지위에 오른 듀랑은, 사실 니베리스가 하대하면서 부하처럼 대해서는 안 되는 인물이다. 하지만 그는 사이베인에게 받은 은혜를 갚겠다면서 그녀의 아랫사람 같은 태도를 자처했으며, 무슨 일이든 도움을 주려고 노력했다.

고귀한 혈손으로 태어나 대접받고 자란 니베리스는 그런 그의 헌신을 당연하게 받아들였다. 때로는 마치 물가에 내놓은 애를 보는 듯한 그의 태도에 짜증을 내고 성가시게 여기기도 했다.

하지만 지금은 가슴이 아프다. 어쩌면 성인이 된 후로는 처음일 것이다. 누군가를 잃어서 눈물이 나는 것은.

'미안해하지 마. 당신이 미안해할 일은 아무것도 없다.'

그녀는 태어나서 처음으로 스스로의 무능함을 경멸했다.

능력이 부족함을 느낀 게 처음은 아니다. 전에 아젤 때문에 임무에 실패했을 때 자존심에 큰 상처를 입었고, 자신의 능력이 아직 부족함을 자각하여 뼈를 깎는 기세로 재단련에 임했다.

하지만 부족했다. 이번에도 그녀는 패배하고 말았다.

예전 같았다면 자존심에 상처입고 화를 냈을 것이다. 그런데 지금은 스스로의 부족함이 싫어서 견딜 수가 없었다. 자신을 위해 헌신한 누군가를 잃는 동안 아무것도 할 수 없다는 사실에… 곧 다가올 죽음보다도 더 아프다.

'수호그림자… 저들마저 왔는가.'

아젤이 폭풍처럼 그들을 휩쓰는 동안, 용검공작 카이렌을 표식으로 삼아 수호그림자들이 등장했다. 이미 너덜너덜해져 있던 용마왕 숭배자들은 수적인 우위마저 빼앗기고 유린당하고 있었다.

"…니베리스."

그런 사태 속에서도 아무것도 할 수 없는 그녀에게 속삭이는 목소리가 있었다.

키르엔 발타자크. 위대한 용마장군 발타자크의 후예. 어둠의 설원에서 배출한 젊은 세대 중에 가장 뛰어난 인물로 꼽히며 그녀의 입지를 위협하는 경쟁자.

"너만은… 너만이라도 반드시……."

그의 목소리가 그토록 고통스럽고 힘겹게 들리는 이유를 안다. 그가 자신을 위해 눈물 흘리는 것을 보았다. 자신을 지키기 위해 주저 없이 몸을 던지는 것도 알았다.

말할 수 있다면 이렇게 말해주고 싶었다.

'발타자크 공, 그대는 예나 지금이나 울보로구나.'

성인식을 치른 이후로 니베리스는 그를 야멸치게 대했다. 어른들이 경쟁심을 유발하기 위해 사사건건 그와 비교하는 게 짜증나서 견딜 수가 없었다.

하지만 키르엔이 자신을 보는 눈에 어떤 감정이 담겨 있는지는 알고 있었다.

그토록 노골적인데 모를 수가 있을까? 게다가 성인식을 치르기 전만 해도 두 사람의 관계는 지금과는 완전히 달랐다.

"울지 마, 바보 같으니. 그대는 위대한 발타자크의 후손이다. 그대가 이러는 것은 고귀한 피를 물려받은 자로서의 격을 더럽히는 짓이야."

지금은 탁월한 능력자로 평가받지만, 어릴 때의 키르엔은 나약한 울보였다. 니베리스와 달리 그에게는 발타자크의 후계자 자리를 두고 다투는 많은 형제가 있었다. 나약한 울보라도 재능만은 탁월했기에 키르엔은 그들에게 온갖 괴롭힘을 당했다.

그때마다 니베리스는 그에게 호통을 쳐서 마음을 바로잡게 했다. 어린 시절의 둘은 함께 마법을 연구하고 언젠가 다가올 미래를 이야기하며 친밀함을 키워 나갔다.

'키르엔, 그대가 진짜로 미웠던 적은 한 번도 없다.'

그저 서로의 입장이 적대감을 강요했을 뿐이다. 어쩌면 후계구도가 정리된 후에는 두 사람이 함께하는 미래가 있을 수도 있을 것이다. 하지만 세상에 대한 공포와 용마왕에 대한 광신에 사로잡힌 어른들은 그 과정을 상처투성이로 만들었다.

"니베리스."

문득 니베리스는 또 다른 목소리를 들었다. 동시에 울컥 짜증이 치솟았다.

'라우라.'

어느 날 갑자기 자기 앞에 모습을 드러낸 경쟁자.

키르엔과 달리 그녀는 어린 시절에는 단 한 번도 니베리스와 만난 적이 없었다. 성인식을 치르고 나서 몇 년이 지났을 때 갑자기 수호그림자와의 싸움에서 전사한 선대의 뒤를 잇는 계승자로서 모습을 드러냈다.

두 사람은 한 번도 사이가 좋았던 적이 없다.

단지 경쟁자이기 때문은 아니다. 물론 그 점도 그녀에게 짜증을 낼 수밖에 없었던 요소이기는 하지만, 도무지 무슨 생각을 하는지 알 수 없다는 점이 싫었다.

니베리스는 그녀의 눈이 기분 나빴다. 어떤 감정으로 대해도 무시해 버리는 라우라의 눈은 자신에게 아무런 가치를 부여하지 않는 것만 같았으니까.

"부디 죽지 마. 나는 네가, 아니, 너희 모두가 싫지만… 그래도 네가 죽으면 발타자크 공이 불쌍하니까."

니베리스는 발끈했다. 이런 때조차 짜증나게 하지 않고서는 견딜 수 없단 말인가?

하지만 그렇게 말한 라우라가 취한 행동은, 그녀의 상상을 초월했다.

9

라우라는 예전부터 니베리스가 싫었다.

사실 니베리스뿐만이 아니다. 키르엔도 싫었고 제퍼스도 싫었고 어둠의 설원도 싫었고… 자신을 둘러싼 모든 것이 싫었다. 그녀는 자신을 낳고 기른 자들이 미웠고 아운소르의 후계자가 된 자신이 혐오스러웠다.

하지만 그렇게 사는 법밖에 몰랐다. 용마왕 숭배자이며, 아운소르의 후계자로 사는 것만이 라우라의 존재 이유였다.

라우라가 가진 최초의 기억은 인간으로 치면 서너 살 정도로 보이는 외모를 가졌던 때다. 그녀는 연금술사들이 만든 특수한 약수로 가득 찬 커다란 유리관 속에서 눈을 떴다.

거기서 끄집어내지기 전까지 그녀는 무지했다. 아무것도 모르는 채 그저 주변에서 일어나는 일들을 바라보고만 있었다.

"너는 47호다. 기억해 두어라. 하긴, 잊어먹을 리가 없겠지."

유리관에서 나왔을 때는 아직 이름이 없었다. 당시에는 정확히 139명의 형제자매가 있었으며 그들 모두가 번호로 불렸다.

참고로 139명이라는 숫자는 번호가 붙여진 이들만을 친 것이다. 처음 나왔을 때, 열 명 정도의 형제자매가 번호도 받지 못하고 어디론가 사라졌다. 그때는 그게 무슨 의미인지 몰랐지만 지금은 안다. 그들이 원하는 기준을 충족시키지 못했다는 이유로 폐기되었으리라.

"너희는 위대한 아운소르의 피에서 난 존재다. 하지만 이 중에서 그 이름을 계승하는 것은 단 한 명뿐이다."

형제자매들은 다들 빼어난 지능과 마법사로서의 재능을 가졌다. 그들은 유리관에서 나온 후 1년도 안 되어 언어와 문자를 비롯한 기초지식을 깨우치고 마법을 배우기 시작했다.

마법을 공부하는 것에는 많은 위험이 따랐다. 평온하게 마법을 익힌 것은 불과 1년뿐, 그 후에는 괴물을 상대하거나 혹은 흑마법으로 악령을 불러들이는 등… 죽어도 이상하지 않은 위험을 일상처럼 겪어야 했다.

그 과정에서 형제자매의 수가 차근차근 줄어갔다. 뿐만 아니라 다양한 방법으로 능력과 가능성을 측정당했으며, 몇 번의 실패로 결격품의 낙인이 찍힌 존재는 격리되어 어디론가 사라져 갔다.

10년이 지났을 때는 이미 절반 정도만이 남았다. 이때쯤 살아남은 형제자매들은 숫자 대신 이름을 받을 수 있었다.

"라우라 아운소르."

처음 이름을 받은 날, 라우라는 뭐라고 말할 수 없는 기분에 사로잡혔다. 유리관에서 나오는 그날부터 그들은 숫자로 불렸지만 높은 지능으로 지식을 익히는 과정에서 그게 얼마나 모욕적인 일인지 알았다. 그래서 언젠가 이름을 받아 당당한 한 존재로 인정받는 날을 꿈꾸었다.

이름을 받은 날, 라우라는 수백 번도 넘게 그 이름을 되뇌었다. 아마 그날이 태어나서 가장 말을 많이 한 날이었을 것이다.

다음 날, 라우라는 남은 형제자매들 중에 반수가량이 사라졌다는 사실을 깨달았다. 이름을 받은 자들은 선택받았고 그렇지 못한 자들은 도태되었다.

이때쯤 라우라는 자신들의 정체를 명확히 알고 있었다.

아운소르 일족은 한계에 봉착해 있었다. 4대 용마장군이었던 아운소르는 1세대 용마족, 즉 부모 없이 태어난 자이며 그 힘은 일반 용마족과는 비교도 할 수 없었다. 그 후예들이 아무리 혈통을 자랑해 봤자 한계가 명확하다.

용마족끼리 맺어지는 것만으로는 부족하다. 좀 더 확실하게 탁월한 후계자를 얻을 방법이 필요하다.

여기서 그들은 실로 마법사다운 광기에 찬 해법을 내놓았다. 그저 좋은 혈통끼리 맺어지는 것만으로 부족하다면, 거기에 마법을 더해서 인위적으로 뛰어난 자손을 만들어내면 된다.

라우라와 형제자매들은 그렇게 태어났다.

아니, 사실 '태어났다'는 표현은 부적합하다. 그들은 흑마법의 비술로 만든 인공자궁을 통해서 만들어졌기 때문이다. 그런 방법을 쓰지 않았다면 백 명도 넘는 동세대의 형제자매가 있을 수 있겠는가?

처음부터 그들은 완벽한 아운소르의 계승자가 되기 위해 만들어졌다. 그들의 성장 과정은 공들여서 만들어낸 제품이 불량품인지 아닌지 검수해 가는 과정이었다.

거기서 끝났으면 좋겠지만 아운소르의 세력은 완벽함을 원했다. 그저 불량 사유가 없는 양품이라고 만족하는 게 아니라 규격을 초월한 뛰어남을 보이는 단 하나만을 남기려고 들었다.

"실패하지 않는 자만이 이름을 계승한다. 실패자는 필요 없어."

그렇게 실패자들이 하나하나 사라져 갔다. 라우라는 그들이 어떻게 되었는지 안다. 초창기, 이름을 받기 전의 존재들은 흑마법 연구기관으로 보내져서 실험체가 되었다. 그리고 이름을 받은 후의 존재들은 흑마법으로 운명을 속박당한 채, 영원히 스스로를 드러내지 못하고 일족을 위해 희생하며 살아야 하는 전투를 위한 도구가 되었다.

마지막으로 남은 것은 라우라뿐이었다.

"축하한다. 이제부터 너는 라우라 아운소르다."

모든 형제자매가 사라지고 외톨이가 되었던 날에 라우라는 아운소르가 되었다. 저주스러운 용마기 비탄의 잔을 계승하고 얼마 후, 성인식을 통해서 공식석상에 데뷔하면서 세상에 존재하는 자가 되었다.

그리고 라우라는 무채색의 세계를 살아왔다. 아니, 생각해 보면 유리관에서 나온 후로 그녀의 세계는 죽 잿빛이었다. 주변을 둘러싼 모든 것이 싫었고, 가치 있는 것은 아무것도 없었다. 아운소르의 혈통은 물론이고 계승자가 되기 위해 만들어지고 살아온 자신마저도.

그 속에서 굳이 마음을 움직였던 존재들을 찾으려면 경쟁자들일 것이다.

자신에게 경쟁심과 미움을 드러내는 니베리스는 부럽기 짝이 없는 존재였다. 그녀는 태어나면서부터 존재를 의심할 필요가 없었고 모두에게 존중받으며 살았다. 라우라는 자신이 갖지 못한 모든 것을 다 가진 니베리스를 질투하고 미워했다.

키르엔도 마찬가지다. 많은 형제자매와 후계자 자리를 두고 다투며 자라왔다는 점에서 그는 라우라와 비슷한 구석이 있었다. 하지만 그들은 올바른 방식으로 세상에 나서, 살아가기 위한 당연한 과정을 밟았을 뿐이다. 그래서 라우라는 키르엔도 싫었다.

하지만 유능하면서도 어처구니없을 정도로 여린 구석이 많은 키르엔은 묘하게 마음을 풀어주는 기색이 있었다. 모든 걸 다 가진 줄 알았던 그가 니베리스를 보며 애태우는 것을 보면서 라우라는 애처로움과 흥미로움을 동시에 느끼고는 했다.

키르엔은 철저하게 도구로 만들어진 라우라를 사람답게 대해주었다. 그렇기에 라우라는 그를 통해 사람다운 감정을 느낄 수 있었다.

'그 빛은 여기서 갚을게, 발타자크 공.'

라우라는 그렇게 생각하며 입을 열었다. 지금까지 살면서 가장 눈부시게 자신의 마음을 뒤흔든 존재를 향해서.

"아젤 제스트링어. 제안이 있어."

10

라우라는 용마기를 해제하고는 아젤 앞으로 걸어 나갔다.

죽고 싶어서 환장한 짓이다. 용마기만이 아니라 방어마법까지
모조리 다 해제하고 무방비 상태가 되어 있었다.

그런 그녀에게 새하얀 옷자락을 펄럭이는 수호그림자가 돌
진해 갔다. 그녀가 무슨 말을 하건 타협의 여지 따위는 전혀
없어 보이는 행동이었다.

"잠깐."

그런 수호그림자들을 아젤이 가로막는다. 그가 검을 휘두르
자 뇌광이 뻗어 나가면서 수호그림자들의 움직임을 막았다.

"어떤 전장에서도 무방비 상태로 대화를 원하는 자를 말도
안 들어 보고 베는 건 도리가 아니다."

「적이야…….」

「죽여야 해. 무조건…….」

「용서는, 없어…….」

"그건 너희 사정이고. 베든 말든 그건 내가 이야기를 들어
보고 결정할 거다. 아니면 그 뜻을 관철하기 위해서 나와도 싸
우겠나?"

아젤이 얼음장처럼 차가운 목소리로 말했다. 수호그림자들
은 그런 아젤을 보며 혼란스러워했다.

「어째서…….」

「죽여야, 하는데…….」

「하지만… 그는…….」

아젤이 아닌 다른 사람이었다면 수호그림자들은 주저 없이
공격해 왔으리라. 하지만 아젤이 그들이 기다려 온 예언의 사

람일지도 모른다는 사실이 그들의 행동에 제동을 걸었다. 결국 수호그림자들은 중구난방으로 속삭이면서 뒤로 물러났다.

아젤이 외쳤다.

"모두 멈춰!"

그 목소리가 사자의 포효처럼 공간을 쩌렁쩌렁 울렸다. 모두가 자기도 모르게 전투 행위를 멈추자 거짓말처럼 정적이 내려앉는다.

비현실적인 고요함 속에서 라우라의 목소리가 또렷하게 울렸다.

"내가 투항할게. 대신 다른 이들을 보내줘."

"뭐?"

아젤은 어처구니가 없었다.

"지금 그게 말이 되는 제안이라고 생각하나? 네가 아운소르의 혈통이라는 건 어둠의 설원에서나 알아주지, 여기서는 아무런 가치도 없어."

이미 용마왕 숭배자들은 패배했다. 전멸하는 건 시간문제일 뿐이다. 이런 상황에서 라우라가 투항한다고 해서 나머지를 살려 보내줄 이유는 전혀 없지 않은가? 여기서 몰살시키는 쪽이 합리적인 행동이다.

라우라가 말했다.

"알아. 그러니 그만한 대가를 지불할게."

"그 알량한 목숨들을 구할 만한 뭔가가 있다고?"

"용마기를 줄게."

"……!"

비아냥거리던 아젤이 놀라 숨을 삼켰다. 아니, 그뿐만이 아니라 용마왕 숭배자들도 모두 경악했다.

"아운소르 공! 무슨 소리를 하는 건가!"

니베리스와 키르엔이 빈사상태에 빠진 지금, 유일하게 목소리를 낼 수 있는 제퍼스 알마릭이 외쳤다. 그는 너무 놀란 나머지 레티시아와 대치중인 것조차 잊고 라우라를 바라보았다.

그건 정말로 바보 같은 행동이었다.

"이대로 죽여 버리고 싶은데… 일단은 관망해야 하는 판인가? 매우 안타깝군."

레티시아가 그 틈을 타서 알마릭의 목에 창날을 들이댄 것이다. 알마릭 입장에서는 정말로 어이없는 실수였다.

"큭……!"

라우라는 아랑곳하지 않고 말했다.

"내 용마기 '비탄의 잔'을 계승해 줄게. 이 정도면 충분히 교섭의 여지가 있다고 생각해."

"음……."

아젤은 고심했다. 이건 정말 상상을 초월하는 제안이다. 감정이 안 보이는 무표정한 얼굴의 용마족 소녀에게 한 방 먹었음을 인정할 수밖에 없었다.

용마기는 오로지 보유자가 진심으로 원했을 때만 타인에게 계승할 수 있다.

죽이고 빼앗는 것은 물론이고 협박으로 계승을 강요하는 것도 불가능하다. 자아가 있는 용마기가 주인의 진심을 헤아리기 때문이다. 협박해서 빼앗을 경우, 그렇게 얻은 용마기가 무슨 사태를 일으킬지 알 수 없었다.

즉, 여기서 라우라의 제안을 받아들인다 한들 온전하게 양도받을 수 있다는 보장이 없다. 그녀가 용마기 계승으로 아젤을 죽이고 자신도 죽을 각오라면……

라우라가 말했다.

"난 당신을 옆에서 지켜보고 싶어. 어쩌면 당신은 왕의 운명을 되돌릴 기회를 부여한 자일지도 모르니까."

"그건 무슨 소리지?"

"내 제안을 받아들인다면, 당신이 궁금하게 여기는 모든 의문에 답하겠어."

"흠……"

"아운소르 공! 배신할 셈인가?"

거기까지 들은 제퍼스가 이를 갈았다. 라우라의 제안은 용마왕 숭배자들 입장에서 도저히 용납할 수 있는 게 아니다. 적에게 용마전쟁 때부터 이어져 내려온 귀한 용마기를 넘겨주는 것은 물론이고 기밀정보까지 술술 말해주겠다고? 라우라가 모든 기밀을 아는 건 아니지만, 알고 있는 것만 말해줘도 치명적이다.

이 자리에 있는 젊은이들은 모두 귀하디귀한 신분이다. 하지만 그들이 짊어진 책무는 더욱 중하다. 언젠가 구주가 돌아올 그날까지, 그들의 목숨은 책무를 다하기 위해서는 얼마든지 희생할 수 있어야 한다.

제퍼스가 외쳤다.

"웃기지 마! 결사항전이다! 모두… 컥!"

그는 말을 끝까지 잇지 못했다. 레티시아가 주저 없이 그의 얼굴을 창날의 옆면으로 치고, 물 흐르는 듯한 연격을 때려 넣어서 의식을 끊어버렸기 때문이다.

"결사항전이라고 해봤자 얼마 남지도 않았는데, 무슨."

현재 용마왕 숭배자 쪽에서 전투 수행이 가능한 인원은 열 명 정도밖에 안 남았다. 다시 전투가 재개된다면 순식간에 몰살당하리라.

코웃음을 친 레티시아가 말했다.

"약간 속이 풀리는군. 거기, 제안을 받아들이지 않는 쪽을 추천하지. 난 되도록 이놈을 죽여 버리고 싶으니까."

"…흠. 아가씨의 말을 들으니 좀 더 이성적으로 행동할 필요성이 느껴지는군."

"아가씨?"

레티시아가 퍽 해괴한 말을 들었다는 듯한 표정을 지었다. 외모 상으로 보면 아가씨가 맞기는 하지만, 누군가에게 그런 식으로 불리는 게 너무 오랜만의 일이다.

아젤이 피식 웃으며 물었다.

"아줌마 쪽이 좋은가?"

전에도 이런 비슷한 대화를 나눈 기억이 난다. 그때는 상대가 용마왕 숭배자인 레지나였지만.

레티시아가 대답했다.

"당장 죽고 싶으면 그렇게 불러도 돼."

"무서운 아가씨로군."

아젤이 어깨를 으쓱하고는 라우라를 바라보았다. 본심을 읽어내려고 가만히 바라보았지만 도통 알 수가 없다. 라우라의 얼굴에는 표정이 없었고 눈에도 거의 감정이 드러나지 않는다.

"좋아. 그 제안을 받아들이지. 하지만 조건이 있다."

"어떤 조건?"

"죽은 자들의 시체는 네 손으로 이 자리에서 남김없이 소각해라."

"……."

그 말에 용마왕 숭배자들이 술렁였다. 라우라조차도 동요하는 기색을 보였다. 하지만 아젤은 단호했다.

"온전한 시체를 데리고 가면, 네놈들은 쓸 만하다고 생각하는 인력은 더러운 불사체로 되살리겠지? 죽었다가 다시 돌아온 놈을 쳐부수는 건 익숙하지만, 그렇다고 그게 즐거운 건 아니야."

"…알겠어."

라우라는 작게 고개를 끄덕였다. 아젤이 말했다.

"그럼 생존자를 수습해서 꽁지에 불붙은 개처럼 도망가도록 해. 이 자리에서 사라지는 데 3분 주겠다. 그리고……."

아젤이 니베리스를 감싸고 쓰러져 있는 키르엔을 바라보았다.

"말하고 싶은 게 있으면 소리 나게 해. 애송이 용마족들이 비밀 이야기로 쑥덕거리는 걸 못 본 척해 주기에는 상황이 너무 나쁘니까. 위스퍼링으로 말할 수 있을 정도면 소리를 만드는 것도 할 수 있잖아?"

"어떻… 게……."

키르엔이 놀랐다. 은밀하게 라우라에게 위스퍼링으로 말을 걸었는데 아젤이 그것을 눈치챈 것이다.

아젤이 말했다.

"나는 저놈들의 제안을 받아들였다. 수호그림자… 내 결정에 반대하고 나와 대적하겠나?"

「모르겠어…….」

「이해할 수… 없어…….」

「하지만…….」

「대적하지 않아…….」

수호그림자들은 결국 아젤의 뜻에 반대하기를 포기했다. 그리고 용마왕 숭배자들은 분루를 삼키며 후퇴했고, 라우라는 불길을 일으켜 남은 시체들을 남김없이 불태웠다.

CHAPTER **21**
죄 깊은 이름을 선택한 자

魔展
龍劍

1

옛 카르자크 성은 황폐해져 있었다. 세상을 구원한 영웅으로 불렸던 아젤에게 하사된 영지답게 성도 상당히 그럴싸하게 만들어졌지만, 200년 이상의 세월이 흐른 지금은 그때의 웅장함과 아름다움은 온데간데없고 참혹하게 파괴된 폐허만이 있을 뿐이다.

아젤은 그 폐허를 보면서 형용할 수 없는 감정에 사로잡혔다.

아젤은 본성의 문을 열고 들어가면 바로 보이는 라운지와, 좌우 양쪽으로 원을 그리면서 2층으로 이어진 계단을 보았다. 하나는 완전히 박살 났고 하나는 반쯤 끊어진 채로 이어진 계단을 보면서 옛 기억을 겹쳐 본다.

"도련님들! 아가씨들! 계단은 걸어 다니라고 있는 겁니다!"

카르자크 후작가의 집사장 바젝은 용마전쟁에 참전했던 노기사 출신으로, 아이들에게는 한없이 마음 약한 노인이었다. 용마전쟁에서 아들과 손자들을 다 잃은 경험 때문이었다.

아젤이 양자로 들인 아이들은 대부분 귀족 출신이 아니라서 그런지 예의나 기품과는 좀 거리가 있어서, 넓고 화려한 성을 놀이터처럼 즐겼다. 계단의 난간을 미끄럼틀처럼 타고 내려가며 소리 지르는 아이들을 볼 때마다 바젝은 골치를 썩었지만 강하게 꾸짖지 못했다.

"후작님! 도련님과 아가씨들을 좀 꾸짖어주세요! 이래서야 사교계에 나설 수 있겠습니까?"

"에이, 뭘. 애들은 다 저러면서 크는 거야. 나도 한번 해볼까? 나도 예전부터 이런 성이나 저택을 보면 해보고 싶었지."

"굳이 늙은 제 눈에서 피눈물이 흐르는 걸 보고 싶다면 그렇게 하시죠. 가뜩이나 후작님께서 계단으로 오르락내리락하기 귀찮다고 창문으로 휙휙 뛰어내리시고 벽 타고 달려 다니시는 통에 얼마나 말이 많은지 아십니까!"

"다들 나도 저러고 싶다면서 부러워하지?"

"…매우 유감스럽게도 그런 의견도 반쯤은 있습니다. 하지만 다른 귀족분들에게 어떻게 보이겠습니까!"

"어떻게 보이긴. 멋져 보이겠지."

"후작니이이임!"

…그런 대화를 수도 없이 많이 나누었다.

위태위태한 계단을 올라가니 난간을 타고 미끄러지는 아이들의 웃음소리가 들리는 것 같다. 아젤은 눈물이 날 것 같은 기분을 애써 참으면서 2층으로 올라갔다.

"맙소사. 그렇게 책상은 좋은 걸로 사야 한다고 노래를 부르더니… 정말 남아 있네."

아젤은 2층에 있는 집무실에 들어섰다. 엉망진창이었다. 천장과 벽이 무너져서 잔해가 쌓여 있고, 바닥도 반쯤은 무너져 내린 채다.

하지만 놀랍게도 아젤이 썼던 책상이 남아 있었다. 비바람에 노출된 채로 오랜 시간이 흘러서 다 썩어버리기는 했지만 아젤은 이게 220년 전에 자신이 썼던 바로 그 책상임을 알아보고 경이로워했다.

"후작님! 제발 일은 집무실에서 해주세요!"

"거기 있으면 영 일이 안 된단 말이야. 내가 농땡이 부리는 것도 아니고 바람 좀 쐬면서 일하겠다는데……."

"저희는 서류 들고 거기까지 못 올라간단 말입니다!"

아젤은 집무실에서 일하는 걸 싫어했다. 흔히 그렇듯이 좀 썰렁할 정도로 넓은 방에 큰 창을 두고 그 앞에 책상을 놓은 구조였는데 거기서 일하다 보면 영 집중이 안 됐기 때문이다.

그래서 아젤은 늘 서류를 갖고 성 지붕에 올라가서 새들이 지저귀는 소리를 들으며 일했다. 아랫사람들은 귀족다움과는 아득히 거리가 먼 아젤의 행동을 보면서 골머리를 썩고는 했지만 결국은 '우리 영주님이 저렇지' 하고 받아들였다.

"하하하……."

아젤의 입에서 메마른 웃음소리가 흘러나왔다.

성은 무사한 구획이 거의 없었다. 용들이 휩쓸고 지나갔으니 당연하다. 하지만 약간이나마 예전의 형태가 남아 있는 것만으로도 예전의 추억들이 끝도 없이 밀려든다.

어느새 아젤의 눈에서 눈물이 흐르고 있었다. 아젤은 눈물을 닦을 생각도 하지 않은 채 정처 없이 걸었다. 자신의 기억과 파괴된 현재를 겹쳐 보면서 추억에 사로잡힌다.

"…스승님."

그러던 아젤은 성 뒤편에 있는 묘지에 도착했다. 용들이 행하는 파괴가 묘지라고 비껴갔을 리 없어서 이곳도 엉망진창이었다. 그래도 아젤은 그중에서 자신이 찾던 무덤을 찾아냈다.

"이럴 줄 알았으면 여기로 옮기지 않는 편이 나았을지도 모르겠군요."

아젤에게 절대감각을 가르친 스승, 바르프의 무덤이었다. 용마전쟁이 끝나고 나서 아젤은 그의 무덤을 이곳으로 이장했다. 220여 년의 세월이 흐른 지금, 그 무덤 주변에 아젤이 모르는 무덤이 많이 늘어서 상당한 규모의 묘지가 형성되어 있었다.

바르프의 묘비도 박살 나서 흩어져 있었다. 아젤이 그의 무덤을 찾을 수 있었던 것은 순전히 위치 때문이다.

아젤이 말했다.

"지금은 아무것도 할 수 없지만, 꼭 다시 그럴싸한 무덤을 꾸며 드리죠. 약속하겠습니다."

아젤은 눈물을 닦고는 스승의 무덤에 예를 표했다.

2

라우라는 완전히 제압당한 채로 카이렌의 감시를 받고 있었다.

사지는 물론이고 손가락 하나하나까지 꼼꼼하게 결박당했고, 주문을 욀 수 없도록 재갈을 물렸다. 그리고 아젤이 스피릿 오더의 비술로 형성한 마력의 쐐기가 영맥 곳곳에 박혀서 마력의 흐름을 막고 있었다. 이래서는 아무리 라우라라도 마법을 쓸 수 없다.

아젤은 잠시 혼자 고성의 폐허를 둘러보고 오겠다면서 자리를 뜬 상태다. 그럴 때가 아니었지만 아젤의 표정이 워낙 안좋아서 카이렌은 따지지 않고 그리하라 말해주었다.

"다녀왔습니다."

아젤이 돌아온 것은 한 시간 정도 지난 후였다. 카이렌이 말했다.

"생각보다 일찍 왔군."

"충분히 오래 있다 온 것 같은데요."

"난 자네 표정이 워낙 애달파서 내일쯤에나 돌아올 거라고 생각했거든."

"그런 각오를 하고 계셨다니, 좀 더 느긋하게 있다 돌아올 걸 그랬군요."

아젤은 말도 없이 긴 시간을 기다리게 한 자신을 배려하는 그의 마음씀씀이가 고마워서 피식 웃었다. 그리고 물었다.

"그들은요?"

"여전히 회복 중인 것 같다."

아젤이 말한 그들은 유렌과 레티시아다.

일단 용마왕 숭배자들과 대적했기에 적이 아니라고 판단했지만, 서로 신뢰하는 건 무리였다. 그 점은 아젤과 카이렌과, 유렌과 레티시아도 마찬가지였기 때문에 대화를 나눌 수 있는 여건이 되기까지 일단 서로 따로따로 자리를 잡았다.

아젤이 말했다.

"치유술사처럼 보이진 않았는데… 역시 흑마법이겠지요."

"그렇겠지."

흑마법에는 다른 생물의 생명력을 갈취하는 마법이 있으니 그걸 이용하리라. 인간을 대상으로 한다면 막겠지만, 어차피 카르자크 후작령에는 마물도 짐승도 많다.

카이렌이 물었다.

"믿어도 될 것 같나?"

"글쎄요. 일단 이야기를 해봐야겠습니다. 개인적으로 저 용마인 아가씨 쪽은 좀 흥미로운데……."

"꽤 강해 보이긴 하더군. 역시 흑마법하고 관련이 있어 보이는 게 흠이지만."

레티시아가 그들과 공동전선을 편 것은 잠깐이었지만 그것만으로도 그녀가 탁월한 무력의 소유자임을 알 수 있었다. 게다가 용마인인데도 마력 파동이 카이렌과 필적하는 수준이다. 흑마법의 기운이 배어 있기는 했지만…….

아젤이 고개를 저었다.

"아니, 제가 흥미로워한 건 그 부분이 아닙니다."

"그럼?"

"잠깐 봤으니 이러쿵저러쿵하기는 뭐한데… 용령기를 운용하는 방식이 왠지 낯익어서요."

"음?"

"본인한테 확인을 해봐야 알 수 있는 사항이겠습니다만. 어쩌면 제가 아는 누군가와 관련이 있을지도 모릅니다."

"자네의 지인이라… 궁금한데?"

"나중에 설명해 드리죠. 그럼 일단 우리도 눈앞의 볼일을 처리해 볼까요."

아젤이 라우라를 바라보았다. 라우라는 꼼짝도 못하게 결박당한 채로도 무표정하게 기다리고 있었다. 아젤이 재갈을 풀어주자 그녀가 숨을 토했다.

"후아."

"이제부터 질문에 들어가지. 솔직하게 대답해 주길 바라겠어. 내 마력쐐기가 박혀 있으니 거짓을 말해봤자 간파당할 거다."

라우라의 표정이 워낙 무심해서 거짓을 간파하기 어렵다. 하지만 스피릿 오더는 정신을 다루는 기술이며, 상대의 영맥에 마력 쐐기까지 박아 넣고 통제할 수 있는 상황이라면 진실을 말하고 있는지 거짓을 말하고 있는지 정도는 파악할 수 있었다.

라우라가 살짝 고개를 끄덕였다.

"응."

아젤이 질문을 던지기 전에 문득 카이렌이 말했다.

"그런데, 아젤."

"네."

"이렇게 보니… 왠지 우리가 악당 같군."

"…그 생각에 동감이긴 하지만, 굳이 말로 하셔야겠습니까?"

"그냥 치고받을 때야 주저하지 않겠지만 어린 아가씨를 고문하겠다고 협박해 가면서 심문하는 상황은 처음이라……."

카이렌이 볼을 긁적였다. 라우라는 겉으로 보기에는 열일고여덟 살 정도의 아름다운 소녀로밖에 보이지 않는다. 긴 금발에 자수정 같은 눈동자, 그리고 백옥 같은 피부는 그야말로 인형 같은 용모였으며 입고 있는 옷도 붉은 드레스라 귀한 집에서 자란 순진한 아가씨처럼 보였다.

아젤이 투덜거렸다.

"어디가 어립니까? 저보다 나이가 많을 텐데… 아니, 공작님 기준으로 보면 어린 게 맞나? 몇 살이지?"

"여자의 나이를 묻는 건, 실례야."

"정직하게 답하지 않으면 호된 꼴을 당하게 될 거야… 라고 말하자니 질문이 눈물이 날 정도로 치졸했군."

"하지만 용검공작보다는 훨씬 어려."

라우라가 굳이 그 점을 확인해 주었다.

아젤이 투덜거렸다.

"어쨌든 기분은 이해하겠는데 김빠지게 하지 마세요. 진지해야 할 상황입니다."

"미안하네. 난 입 다물고 있지."

"그럼 다시 묻지. 나이 문제는 넘어가고……."

"잠깐."

라우라가 아젤의 말을 잘랐다.

"당신 질문에 답하고 나서, 나도 궁금한 거 물어봐도 돼?"

"…질문할 처지가 아니지 않나?"

"그것 때문에 당신에게 투항한 건데."

"뭐, 좋아. 괜찮다고 생각되는 질문이라면 대답해 주지. 일단은… 아가씨가 내게 말했던……."

"라우라."

"응?"

"라우라야. 내 이름. 이름으로 불러줘."

"라우라 아운소르."

"아운소르는 빼고."

"…어쩌 요구사항이 점점 많아지는군. 좋아. 라우라."

아젤은 라우라와 대화하면 대화할수록 맥이 풀리는 걸 느끼고 있었다. 카이렌이 쓸데없는 소리만 안 했어도 분위기가 이렇지는 않을 텐데… 그래도 지금은 진지해져야 한다.

"먼저 이것부터 묻지. 왕의 운명을 되돌릴 기회를 부여한 자라는 건 무슨 뜻으로 하는 소리지?"

"우리 사이에는 아젤 카르자크를 보는 시각이 둘로 갈려 있어."

"하나는 죄 깊은 이름을 가진 자… 아니, 이건 아젤이라는 이름을 가진 자를 부르는 호칭이니 대죄인이라고 해야 옳겠지?"

"응. 위대한 왕을 시해한 자. 그리고… 아운소르의 일족을 비롯한 소수파의 의견이 아젤 카르자크가 '왕의 운명을 되돌릴 기회를 부여한 자' 라는 거야."

"구체적으로는?"

"위대한 왕은 용마전쟁을 일으킨 후, 자신의 선택이 잘못되었음을 깨달았지만 이미 돌이킬 수 없는 상황이었다. 그리고 그 실수에 대한 반발로 등장한 아젤 카르자크가 왕에게 잘못된 선택을 바로잡고 새롭게 시작할 기회를 부여했다… 는 해석이야."

"…요는 아테인이 패해서 죽은 것조차 그가 계획한 운명의 일부였다는 해석이군? 결코 신성에 흠집을 내지 않겠다는 의지가 엿보이는데?"

"부정하지는 않겠어."

"그럼, 다음 질문이다. 제퍼스 알마릭이라는 놈, 진짜로 알마릭의 후예인가?"

"그런데?"

라우라가 의아해하며 물었다. 아젤은 전투 중일 때부터 그 사실을 물고 늘어졌다. 당연히 심리전이려니 했는데 그게 아니었던 것일까?

아젤이 눈살을 찌푸렸다.

"최소한 너도 그렇게 믿고 있다는 거군. 이상해. 너희 상부는 도대체 무슨 생각을 하고 있는 거지?"

"당신이 무슨 말을 하는 건지 모르겠어."

"제퍼스 알마릭이라는 놈은 알마릭하고는 전혀 닮지 않았어. 물론 생김새만이라면 그럴 수도 있다고 생각했겠지. 하지만 용마기조차 다른 건 이상한데?"

"응?"

라우라가 놀랐다. 그녀의 반응을 보면서 아젤이 말했다.

"알마릭의 용마기는 '폭풍의 비명'이다. 그 녀석이 쓰던 것과는 전혀 달라. 왜지? 세월이 흐르는 도중에 소실되어서 다른 용마기로 대체한 건가?"

"…그 이야기, 어디서 들었어?"

라우라는 당혹감을 감추지 못했다. 아젤이 지적한 것은 그녀가 전혀 모르던 사실이다. 어둠의 설원에서는 모두가 제퍼스 알마릭을 알마릭의 정통한 계승자로 여겼고, 그의 용마기 '폭풍우의 칼날' 역시 알마릭이 쓰던 것을 계승했다고 알려져 있었다.

그녀의 반응을 본 아젤이 말했다.

"이걸 모르고 있었다는 건… 흠. 하나 확인할 게 있다. 어둠의 설원에 용마전쟁 당시부터 살아남은 자들이 얼마나 되지?"

"스무 명 정도."

"생각보다 적군. 지위가 가장 높은 건 누구지?"

용마전쟁에서 살아남은 용마족은 훨씬 많았다. 하지만 세월이 흐르면서 수가 줄어든 모양이다.

"용마왕비님."

"어느 왕비를 말하는 거지? 아인세라? 테드린? 케이알리아? 아, 테드린은 살아 있을 리가 없군."

"아인세라 님이야. 다른 두 분은 죽었어."

"아인세라라… 그 여자는 전투적인 부분에서는 가진 능력에 비해서 정말 무능했는데. 하긴 조직을 이끌어 나가는 능력은 별개일 테니. 테드린은 그렇다 치고 케이알리아가 죽었다는 건 다행이군. 생사 여부가 불투명해서 걱정했는데……."

아테인과 혼인했던 세 명의 용마왕비 중 케이알리아는 아테인의 수제자였다가 왕비가 된 존재로 탁월한 전투 능력의 소유자였다. 4대 용마장군을 제외하면 용마왕군 최강의 마법사로 손꼽히는 그녀는 최종결전 때 중상을 입었지만 죽은 것이 확인

되지 않았다. 그런데 죽었다는 소리를 들으니 안도감이 든다.

"나머지 생존자들 이름을 모두 알고 있나?"

"모두는 아니야. 세 명은 몰라."

"정체를 감추고 있는 자가 있다는 거군. 그럼 용마전쟁의 생존자들이 지금 어둠의 설원을 지배하는 실세인가?"

"맞아."

"이름을 대봐."

라우라는 아젤의 요구대로 해주었다. 그녀가 대는 이름들을 들은 아젤의 표정이 굳어졌다.

"제법 거물들도 살아 있군. 그런데 허당왕자… 음. 그러니까 사이베인은 죽은 건가?"

"실종 상태."

"실종?"

"20년 전에… 수호그림자와 싸우고 나서 종적이 묘연해졌다고 들었어."

"흠……."

"그러다가 요 반년 사이에 니베리스가 그분의 용마기를 계승해서 나타났지. 그래서 다들 어둠의 설원에서 나가기는 했어도 살아 있을 거라고 여기고 있어. 장로들은 그 문제에 대해서 입을 열지 않지만……."

거기까지 말한 라우라가 물었다.

"나도 한 가지 물어봐도 돼?"

"아직 물을 게 많이 남았지만… 뭐, 좋아. 성실하게 대답했으니 들어는 주지."

"당신은 혹시 아젤 카르자크 본인이야?"

그 물음에 아젤은 속으로 움찔했다. 하지만 겉으로는 전혀 티내지 않고 묻는다.

"왜 그런 생각을 했지?"

"당신은 내가 아는 아젤 카르자크와 생김새가 완전히 똑같아."

"…너 그 정도로 오래 살았나?"

"아니. 아운소르 일족은 아젤 카르자크에 대한 기록을 많이 갖고 있고 그중에는 마법으로 기록한 영상도 있어. 당신은 그저 후손이라고 말하기에는 그와 너무 똑같이 생겼어."

"하지만 인간은 후손이 깜짝 놀랄 정도로 조상과 닮는 일도 흔하지."

"그걸 감안해도 그래. 그리고… 당신은 지금 마치 용마전쟁 당시를 겪은 사람처럼 말하고 있어."

그 점 때문에 라우라는 큰 혼란을 느끼고 있었다. 아젤은 굳이 그런 뉘앙스를 감추려고 하지 않았던 것이다.

아젤이 피식 웃었다.

"그렇군. 뭐 대답은… 마음대로 생각해."

"……."

"내가 대답해 줄 의무는 없어. 네가 내 질문에 대답할 의무는 있지만."

"…알겠어."

비록 표정에는 거의 변화가 없었지만, 라우라의 목소리는
마치 뾰로통해진 사춘기 소녀 같았다.

3

유렌은 피로 그린 마법진 위에 책상다리를 하고 앉아서 명
상에 빠져 있었다. 그런 그의 뒤쪽에서 레티시아가 창을 들고
는 주변을 경계했는데, 주변에 숱한 마물들의 시체가 널려 있
었다. 그 시체들이 하나같이 바싹 마른 기괴한 모습이라는 것
은 아젤과 카이렌의 추측이 맞아 떨어졌음을 알려준다.

"으, 이제야 좀 살 것 같군⋯⋯."

얼마나 시간이 흘렀을까? 유렌이 눈을 뜨며 긴 숨을 토했다.

레티시아가 물었다.

"얼마나 회복했지?"

"그럭저럭 걸어 다닐 수는 있을 만큼. 뛰어다니는 건 좀 무
리야. 되도록 이동은 마법으로 해결해야지."

"굳이 마법으로 둥둥 떠다닐 바에는 차라리 완쾌하는 게 나
을 텐데."

"생명력 갈취로 몸을 회복하는 게 별로 좋지는 않아. 단기적
으로야 좋지만 장기적으로는 생명력의 균형이 깨져서 돌이킬
수 없게 되는 수가 있거든. 살겠다고 발버둥 치다가 불사체가
될 수밖에 없는 운명에 빠지는 것도 바보 같잖아? 웬만하면 흑
마법은 쓰지 않는 게 좋지."

"흑마법사가 할 소리는 아니지."

"원래 용마왕 숭배자들이 현장에서 써먹을 인력에게는 기초부터 흑마법을 가르치는데 어쩔 수 있나? 나도 흑마법사가 되고 싶어서 된 건 아니라고."

유렌이 투덜거렸다. 그는 아주 어린 시절부터 흑마법을 배웠다. 흑마법에서 탈피하기 시작한 것은 인도자의 꿈을 통해 용마왕 숭배의 세뇌에서 벗어난 후다.

레티시아가 물었다.

"그래서, 그 운명인지 뭔지는?"

"아마 저 남자가 맞는 것 같은데?"

"흠. 아젤이라는 자가 네 운명의 남자라 이 말이군."

"…그거 굉장히 뉘앙스가 묘한데?"

"흘려듣도록 해. 어쨌든 그자는 인간이라고는 생각할 수 없을 정도로 강하더군."

아젤이 보여준 무위는 용마왕 숭배자들에게 냉혈의 여제라 불리며 공포의 대상이 된 레티시아에게도 전율스러웠다. 어둠의 설원에서 나온 용마족 간부들을 어린아이 다루듯이 갖고 놀다니…….

"나도 놀랐어. 사람의 무위가 아니더군. 그리고… 아니, 이건 직접 만나서 할 이야기겠지."

유렌은 정체를 알 수 없는 인도자의 꿈을 따라서 여기까지 왔다. 진실을 알고, 용마왕 숭배자들이 가르치지 않은 정보와 마법의 비의들을 손에 넣어가면서…….

레티시아가 말했다.

"그럼, 이제 만나러 갈 차례군. 준비는 됐나?"

"사춘기 소년처럼 가슴이 두근거리는데."

"부디 그 두근거림이 사랑으로 발전하지 않기를 기원하지."

"…가끔 보면 레티시아, 당신은 인간 세상에서 수십 년은 살아 본 사람처럼 보인단 말이야."

"그렇게 보인다면 필시 스승이 나쁜 물을 들인 탓이다."

두 사람은 아젤과 카이렌, 라우라가 있는 곳으로 향했다. 밤이 깊었지만 모두가 깨어 있었다.

아젤이 말했다.

"적당히 거리를 두고 앉지. 서로 신경을 곤두세우지 않는 편이 나을 테니."

"고마운 제안이네. 하지만 그래서야 당신이 신경을 곤두세우겠지."

유렌은 그렇게 말하며 아젤과 카이렌이 피운 마법의 모닥불 앞에 가서 털썩 앉았다. 아젤은 좀 의외라는 표정으로 그를 바라보았다.

아젤이 어느 정도 떨어져서 앉자고 한 것은 서로의 입장을 배려해서다. 서로 적대하는 관계일 때, 칼이 닿는 거리에 있다면 당연히 전사가 유리하다. 그에 비해 멀리 떨어져 있다면 마법사가 유리하다. 그걸 고려해서 적당한 거리를 설정하려고 했는데 유렌은 주저 없이 아젤의 앞에 앉았다.

"난 당신을 적대할 마음은 없어. 그 점을 분명히 해두기 위해서야."

"하지만 내가 너를 적대할 수도 있는데? 그 경우는 생각 안 해봤나?"

"음. 내 이야기를 듣고 나면 그럴 생각이 없어질 거야. …아마도?"

유렌이 자신없어 하며 덧붙이자 레티시아가 코웃음을 쳤다.

"평소에 사람 구워삶던 말발은 어디 가고 약한 모습이지? 운명의 남자를 만나서 그런가?"

"오해의 소지가 있는 표현은 피해 달라니까 그러네. 뭐 일단 내 소개를 할게. 난 유렌 리제스터."

"…리제스터?"

그 말에 아젤이 깜짝 놀랐다. 아젤만큼은 아니지만 카이렌도 마찬가지였다.

두 사람이 그 이름에 반응한 이유는 당연하다. 왜냐하면…….

'설마 이 녀석이 칼로스의 후손?

리제스터는 칼로스의 성이었기 때문이다.

용마왕 숭배자들이 민감하게 굴었던 것도 당연하다. 어떤 의미에서 칼로스는 용마왕 숭배자들에게는 아젤보다도 더 증오스러운 존재였으니까.

충격이 가시기 전에, 라우라가 말했다.

"아, 당신이 죄 깊은 이름을 선택한 배신자?"

"그래, 아운소르의 후계자. 당신도 나를 잡으러 왔겠지."

유렌의 말에 아젤이 퍼뜩 정신을 차리고 물었다.

"뉘앙스가 미묘하군. '죄 깊은 이름을 선택한 배신자' 라니… 그럼 넌 스스로 그 이름을 선택했다는 뜻인가?"

"그래."

"흠. 그랬군. 칼로스의 후손이 아닌가."

아젤이 김빠졌다는 듯 중얼거렸다.

그러자 유렌이 재빨리 말했다.

"스스로 선택한 건 맞지만, 내가 대마법사 칼로스의 후손인 것도 맞아."

"뭐?"

"적어도 난 그렇게 믿고 있지. 나 제법 칼로스의 젊은 시절과 닮았다고. 말년은 별로 닮고 싶지 않지만."

"……."

그 말에 아젤이 눈을 가늘게 떴다. 확실히 그 말대로다. 니베리스에게 엉망진창으로 당했던 것 때문에 행색이 말이 아니지만, 찰랑거리는 갈색 머리칼에 청회색 눈동자를 가진 유렌의 생김새는…….

'확실히 닮았어.'

인정할 수밖에 없을 정도로 칼로스와 닮은 구석이 있었다. 평소 칼로스는 차갑기 짝이 없는 인상의 소유자였지만 아젤과 함께 있을 때는 긴장이 풀어져서 헤헤거렸고, 그때는 눈앞의 유렌과 흡사한 인상이었다.

아젤 입장에서는 굉장히 심란해지는 요소들을 모아둔 존재다. 칼로스와 닮은 생김새에, 용마왕 숭배자이면서 리제스터라는 이름을 선택하고 배신한 자라니…….

'정말로 후손인가?'

아젤과 달리 칼로스는 말년까지 계속 대마법사로 유명세를 떨쳤다. 그 후손이 있어도 이상할 건 없다.

"하지만 칼로스에게는 자식이 없었을 텐데."

"공식적으로는 그렇게 되어 있지만, 뭐, 세상일이라는 게 정사대로만 흘러가진 않잖아?"

"음. 만약 그렇다면……."

"그렇다면?"

"너도 나이 들면 머리가 벗겨지겠네."

"……."

유렌이 멍청한 표정을 지었다. 그러다가 얼굴이 새빨개져서 말을 더듬거렸다.

"그, 그렇지 않아! 내 머리숱이 얼마나 풍성한데! 게다가 내가 칼로스의 후손이라고는 해도 벌써 몇 대가 지났는데 똑같이 대머리가 된다는 거야?"

"…신경 쓰고 있었나 보군."

아젤은 쿡쿡 웃었다. 지금 반응을 보니 적어도 스스로가 칼로스의 후손이라고 진지하게 믿고 있는 건 분명해 보인다.

"뭐, 그 문제의 진위는 지금 가릴 수 있는 게 아니니 미뤄 두지. 일단 당신들에 대해서 이야기해 주면 좋겠는데?"

"흠. 보통 그런 걸 물어볼 때는 자기소개부터 하지 않던가?"

약간 거리를 두고 있던 레티시아가 싸늘하게 물었다. 그러자 잠자코 있던 카이렌이 나섰다.

"일단 우리가 그쪽을 구해준 셈인데 너무 까칠하게 나오는군."

"…그러고 보니 가까운 과거에 그런 일이 있었군. 좀 짜증나지만 우리가 손해 보고 시작할 수밖에 없는 건가?"

레티시아가 투덜거리자 유렌이 피식 웃었다.

"뭐, 애당초 다 밝힐 생각으로 온 거니까 그렇게 까칠하게 굴 건 없을 것 같아, 레티시아."

"그건 네 입장이고. 난 딱히 그럴 생각 없었는데."

"에이, 내 뜻 따라서 여기까지 왔으면 이미 끝난 이야기지. 암묵적으로 동의한 거잖아."

"난 종종 너를 때려주고 싶은 충동을 자제하기 어려울 때가 있다, 유렌."

"그렇더라도 자제하는 것이 고고한 정신의 소유자라는 거지. 어쨌거나… 음. 일단 나부터 이야기할게. 레티시아 당신은 말하기 싫으면 대충 소개해도 돼. 용마왕 숭배자였다가 배신한 몸이야. 원래는 그들이 인재를 육성하는 기관 출신이지."

4

유렌은 자신의 과거에 대해서 감추는 것 없이 말했다. 자신이 어떻게 용마왕 숭배자가 되었는지, 그리고 어떻게 해서 그들의 세뇌에서 벗어나 배신자의 길을 선택했는지…….

잠자코 이야기를 듣던 카이렌이 눈살을 찌푸렸다.

"너무 근거가 황당무계하군. 어느 날 갑자기 꿈을 통해서 정체불명의 목소리가 너를 인도하기 시작했다? 그래서 용마왕 숭배자들을 배신했다니… 지금 그걸 믿으라고 하는 소리인가?"

"당신들이 믿기 어려운 이야기라는 건 알아. 하지만 사실이야. 인도자의 꿈이 없었다면 나는 지금도 여전히 용마왕 숭배자였을 거야. 그들의 세뇌에 충실하게 길들여져서 매일매일 용마왕 부활을 기원하고, 가끔 간부들이 와서 용마전쟁 당시의 일을 들먹이며 일장연설을 하면 감동의 눈물을 흘리고 있었을걸."

"…용마왕 숭배자들은 진짜로 그러고 사나?"

"농담인 것 같아? 아니야. 특히 육성기관에서는 철두철미하게 저런 형식을 지키게 해. 다들 그걸 당연하게 여기지. 어려서부터 용마왕 숭배자로서 사상을 주입받고 거기에 속하지 않은 모든 것이 잘못되었다고 배우거든. 그리고……."

철저한 세뇌교육만으로도 인간을 돌이킬 수 없는 광신도로 만들 수 있다. 하지만 용마왕 숭배자들은 그걸로 만족하지 않았다.

"용마왕 숭배자들의 계급은 결국 용마족이 가장 위에 있고 그다음이 용마인, 가장 밑바닥이 인간이지. 이미 인간에 의해서 패배를 맛봐서 그런지 그들은 절대로 인간을 믿지 않아."

이번 전투에서 아젤에게 죽은 듀랑만 봐도 알 수 있을 것이다. 그는 평생을 용마왕 숭배자로서 헌신했으며 무수한 전공을 세워서 어둠의 설원에 거하는 것을 허락받은 인간이 되었다. 하지만 그뿐, 용마족이나 용마인 간부들과 비교할 때는 미미한 지원만을 받았다.

"현재 용마왕 숭배자 중에는 용마기를 가진 '인간'이 없어. 인간에게는 용살의 의식이 허락되지 않기 때문이지."

인간과 용마인만이 용살의 의식을 치를 수 있다. 하지만 용마왕 숭배자들은 인간에게 용살의 의식을 치를 무대를 마련해주지 않는다.

"이야기가 조금 다른 데로 샜군. 어쨌든 그런 이유로 그들은 철저한 세뇌교육만으로는 만족하지 않아."

그들은 모든 식사에 약을 탄다. 어느 정도 중독성이 있으며, 특정한 향과 조합하면 몽환 상태에 빠지게 만드는 효용이 있는 약이다. 교육시간 중에는 아이들을 몽환 상태에 빠뜨려 놓고 의식 깊숙한 곳에 용마왕 숭배 사상을 각인시키는 과정이 있었다.

"아주 지독하지. 하지만 그걸로 끝이 아니야."

모든 아이는 한 달에 한 번씩 사상 검증을 받아야 하며, 그 과정에서 의식을 통해서 정신을 활짝 연 채로 마법에 의한 조작을 받아들인다. 한창 자아가 형성되어 갈 유년기에 이런 일을 당하고 나면 이미 광기에서 벗어날 수 없는 존재가 되고 만다.

"내가 그랬어. 처음 인도자의 꿈을 꾸었을 때, 나는 당장 죽고 싶은 기분이었지."

"어째서지?"

"죄악감 때문이야. 나는 내가 용마왕 숭배자로서 굉장히 큰 잘못을 저질렀기 때문에 사악한 존재의 유혹을 받은 거라고 생각했어."

그래서 누구에게도 그 꿈 이야기를 하지 않았다. 결과적으로는 잘한 행동이었다. 만약 말했다면 교관들은 주저 없이 유렌을 탈락자로 선정해서 인체 실험을 위한 기관으로 이송시켰을 것이다.

"처음으로 꿈을 꾸었을 때부터… 나는 이상했어. 평소에 당연하다고 생각했던 것들을 꿈속에서는 당연하다고 생각하지 않았거든."

꿈을 꾸다 보면 종종 굉장히 비논리적인 상황에 처해도 그걸 당연하게 받아들이게 되고는 한다. 아마 그런 작용 때문이었을 것이다. 살려면 숨을 쉬어야 한다는 사실만큼이나 자연스럽게 여겼던 용마왕 숭배자로서의 사고방식이 꿈속에서는 이상했다.

균열은 거기서부터 발생했다. 인도자의 꿈은 매일 밤 계속되었고, 유렌은 점점 자신을 집어삼킨 광기의 실체를 인지하고 공포에 떨었다.

"탈출을 결심하기까지는 10년이 걸렸지. 그동안 내가 용마왕 숭배자로서는 이미 망가졌다는 걸 들키지 않았던 건 꿈에서 인도자가 그들의 눈을 속일 방법을 알려줬기 때문이야."

유렌은 일찌감치 마법사가 될 인재로 분류 받아서 어려서부터 마법을 배웠다. 교관들은 철저하게 실전적인 흑마법을 가르쳤다. 간혹 세상에 침투시키기 위해서 정상적인 마법을 가르치는 인재들도 있긴 했지만 유렌은 거기에 속하지 않았다.

그 와중에 유렌은 인도자의 꿈속에서 교관들이 가르치지 않는 마법들을 배웠다. 10년이 지난 지금, 유렌은 교관들을 압도하는 것은 물론이고 어둠의 설원에서 나온 용마족 간부와도 필적하는 마법사로 성장해 있었다.

"인도자의 정체가 뭔지, 나는 지금도 몰라. 솔직히 기분 나쁘기도 해. 마족을 불러내고 이용하는 방법까지 가르쳐 준 걸 보면 마족이 아닌가 싶기도 하고."

"가능성은 충분하지. 마족은 근원을 알 수 없는 지식을 가졌고 그걸 이용해서 인간을 파멸시키는 것을 목적으로 하니까……."

아젤이 말했다. 마족에 대해서는 그도 아는 게 그리 많지 않았다. 흑마법사가 아닌 한 마족을 접할 일은 없다고 봐도 되기 때문이다. 하지만 용마전쟁 당시, 칼로스는 절망을 타파할 힘을 얻기 위해 마족과 접촉했었고, 그렇게 얻어낸 지식에는 위험을 감수할 만한 가치가 있었다.

유렌이 쓴웃음을 지었다.

"하지만 그래도… 인도자가 아니었다면 나는 내가 누군지도 모르는 채, 용마왕 숭배자들이 만든 도구로써 소모되었을 거야. 그러니까 믿어. 설령 인도자가 마족이고 내 파멸을 바란다고 해도, 차라리 인간으로서 파멸할 기회를 준 것에 감사할 거야."

그렇게 말한 유렌은 잠깐 머뭇거리다가 덧붙였다.

"…아, 물론 진짜 파멸을 의도하고 있었으면 마지막에는 원한과 증오를 가득 담아서 한 소리 해주겠지만."

"풋."

그 말에 아젤은 웃음을 터뜨리고 말았다. 유렌이 헛기침을 한 번 하더니 말했다.

"흠흠. 뭐, 그래서 인도자의 꿈은 이곳에 오면 내가 운명을 걸어볼 사람을 만나게 될 거라고 말했어. 그 사람은 아마 용마왕을 쓰러뜨린 아젤 카르자크를 떠올리게 할 거라고. 그 말이 맞았던 것 같군."

"아젤 카르자크라……."

아젤이 쓴웃음을 지었다. 자신이 아젤 카르자크 본인이라는 걸 알면 유렌이 무슨 표정을 지을지 궁금해진다.

아젤이 말했다.

"솔직히 수상쩍은 데다가 구멍이 숭숭 뚫린 이야기야. 너를 믿을 구석이 있다면 용마왕 숭배자들과 적대하고 있었다는 것 정도군."

"믿기 어려울 거라는 건 알아."

"내가 음모론을 좋아하는 편은 아니지만… 이 모든 게 용마왕 숭배자들이 짠 각본일지도 모르지. 안 그런가? 네가 니베리스와 적대하고 있었고 거의 죽을 뻔하기는 했지만, 그 정도 위장은 얼마든지 가능해."

"하지만 용마족 간부들이 당신의 손에 전멸할 뻔한 위기를 겪었다는 점을 지적하고 싶은데."

"그 부분은 그들이 나를 과소평가했을 뿐인지도 모르지. 그리고 용마전쟁 당시에 그놈들은 중요한 국면에서는 용마왕의 자식들조차도 미끼로 내던졌어. 굳이 용마족 간부들을 미끼로 쓰지 못할 이유도 없겠지."

"그렇게까지 의심한다면… 음. 지금의 나로서는 당신의 믿음을 살 수 있는 방법이 없어. 애당초 인도자의 꿈 이야기부터가 근거로써 믿기 어려운 이야기라는 것도 인정하니까."

유렌이 쓴웃음을 지었다. 잠시 그를 바라보던 아젤이 라우라에게 물었다.

"라우라, 너는 어떻게 생각하지?"

"…여기서 내 의견을 묻는 거야?"

라우라가 황당해했다. 아무리 봐도 그럴 상황이 아니지 않은가?

아젤이 그런 이유는 라우라의 말을 참인지 거짓인지 파악할 수 있다는 점 때문이다. 판단 근거를 하나라도 늘릴 수 있는 것이다.

라우라가 말했다.

"일단… 그가 말한 것들은 사실이야."

"실제로 인간을 모아서 저런 세뇌를 통해서 조직원으로 키

우고 있다고?'

"응. 내가 직접 보거나 관여한 건 아니지만, 그런 일이 벌어지고 있다는 건 알아. 그의 말대로 어둠의 설원에서는 인간을 믿지 않아. 언젠가 자신들에게 지배당해야 할 존재지만, 믿을 수 없으니까 철저하게 길들여야 한다고 생각해. 그렇게 도구로서 길러낸 존재를 인간 사회로 침투시키는 건 즐겨 쓰는 방법 중에 하나지. 수호그림자의 감시도 용마왕 숭배자라는 것만 들키지 않으면 의미가 없으니까."

"……."

아젤이 분노로 몸을 떨었다. 세상의 이면에서 암약하면서 무수한 목숨을 유린하는 것으로도 모자라 아무것도 모르는 아이들을 데려다가 인성을 파괴하고 자신들의 뜻대로 움직이는 도구로 만들고 있었다니. 이건 용마전쟁 때도 하지 않은 짓이다.

'아니, 용마전쟁 때는 할 이유가 없었던 짓인가…….'

전면에 나서서 인간들과 싸우는 것이 아니라 어둠에 자리잡은 비밀결사로서 때를 기다리며 세상을 병들게 하고 있으니 그런 방법을 쓰는 것이다. 용마족과 용마인을 중심으로 한다는 특성상 인력 부족에 시달릴 수밖에 없는 그들에게는 더없이 효율적인 방법이리라.

잠시 그를 바라보던 라우라가 말을 이었다.

"유렌 리제스터의 존재는 상부에서도 대단히 민감했어. 그를 잡는 문제를 두고 우리를 경쟁시켰을 정도니까. 내가 자료로 받은 것만 해도 조직의 비밀 거점들을 열 개도 넘게 파괴했고 많은 조직원을 죽였지. 육성기관에 침투해서 교관들을 암살했고… 얼마 전에는 실험기관도 파괴했다고 들었어. 그 과정에서 이해할 수 없는 사태가 벌어졌다는 보고도 있었는데……."

"실험체들의 세뇌를 푼 일을 말하는 거겠지."

유렌이 그녀를 노려보며 말했다. 라우라는 그의 찌를 듯한 시선을 받고도 무심하게 고개를 끄덕였다.

"응. 그전에도 몇 번 그런 사례가 있었다고 들었어. 그래서 당신의 위험도는 최고등급으로 지정되었지."

"인도자의 꿈이야."

"음?"

"나는 인도자의 꿈을 다른 사람에게 전파시킬 수 있어. 나 혼자만이 아니라 다수가 꿈을 공유하게 만드는 거야. 다만 내 마법이 미치는 거리에 있어야 하지."

"환몽계 비술 같은 건가?"

아젤이 끼어들었다. 이전에 아젤은 무서운 경험을 한 에노라의 꿈을 조작한 적이 있었다. 스피릿 오더에도, 마법에도, 용령기에도… 정신계 기술 중에는 꿈을 이용해서 환상을 심어주고 정신을 조종하는 비술들이 존재한다.

유렌이 대답했다.

"비슷할 거야. 다른 곳은 몰라도 실험체 아이들은… 도살당하기 전까지도 자기 운명을 모르는 아이들이었어. 자기도 모

르는 새 그들이 원하는 도구로서는 결격품이라는 판정이 내려
져서 죽음보다도 더한 꼴을 당하게 되지."

유렌이 공격한 곳에서, 아이들은 흑마법의 실험체가 되거나
아니면 마족을 불러내기 위한 희생양이 되었다. 용마왕 숭배
자들의 거점을 파괴하면서 그 정보를 알아낸 유렌은 도저히
그냥 지나칠 수가 없었다.

"하지만… 어쩌면 차라리……."

"유렌. 그 문제는 닥치라고 했을 텐데."

"……."

후회의 말을 하려던 유렌에게 레티시아가 차갑게 쏘아붙였
다. 유렌은 결국 실험체 중 누구도 구하지 못했다. 결국 살아
남은 것은 그들을 충동질한 유렌 자신뿐이고, 탈출했던 모든
실험체가 죽었다.

"…미안해. 어쨌든 난 어쩌면 인도자가 아마 지금 이 순간에
도 멀지 않은 곳에서 나를 지켜보고 있는지도 모른다고 생각
해. 강력한 힘을 가진 마법사가 내 주변에서 나를 지켜보면서
꿈을 통해 말을 걸어온다고 생각하면 좀 받아들이기 쉽거든."

"시선은 느껴지지 않는데……."

아젤이 무심코 중얼거렸다. 그러자 레티시아가 반응했다.

"당신은 혹시 '시선 감지'를 터득하고 있는 건가?"

"그 말은, 당신도?"

"놀랍군. 요즘 이 기술을 터득하고 있는 자는 용마왕 숭배자
중에서도 어둠의 설원에 거하는 자들뿐일 텐데……."

그렇게 말한 그녀가 말을 이었다.

"어쨌든 당신의 의견에는 공감한다. 나도 이 녀석과 함께 다닌 지 한 달 정도 됐지만 그동안 정체불명의 시선을 느낀 적은 없어."

"즉, 당신은 한 달 전까지만 해도 이 남자와는 동료가 아니었다는 건가?"

"전혀 모르는 사이였지. 마침 용마왕 숭배자들의 거점을 발견하고 공격하려던 차에 목표가 같아서 손을 잡았을 뿐이다. 재수가 없었던 거지."

레티시아가 투덜거렸다. 그 일이 있은 후로 레티시아는 유렌이 말하는 황당무계한 소리에 끌려다녀야 했다.

잠시 그녀를 바라보던 아젤이 말했다.

"아까도 말했다시피 난 음모론을 좋아하지 않아."

"음?"

뜬금없는 이야기라 유렌과 레티시아가 의아해했다. 아젤이 말을 이었다.

"자꾸 음모론이 떠오를 수밖에 없는 상황이긴 한데… 내가 음모론을 좋아하지 않으니 일단은 그 부분에 대한 의심은 접어두기로 하지. 일단 당신들을 지켜보겠어."

"그게 뭐야?"

유렌은 실소하고 말았다. 그런 유렌에게 아젤이 말했다.

"당분간은 같이 행동하기로 하지. 용마왕 숭배자들에 대한 정보도, 함께 싸울 전력도 필요하니까."

"고마워. 기대를 배신하지 않도록 노력하지."

"그래야 할 거야. 배신하면 벨 수밖에 없으니까."

"……."

아젤이 싸늘하게 웃으며 한 말에 유렌이 꿀꺽 침을 삼켰다.

5

곧 아젤이 라우라를 돌아보며 말했다.

"뭐, 일단 당신들과의 이야기는 천천히 하기로 하고… 아직 이쪽에 해야 할 질문들을 마저 하도록 하지. 같이 들어도 돼."

"나도 질문하고 싶은데."

"성실하게 대답해 주면 또 하나쯤은 생각해 보지."

"그래 놓고 또 제대로 대답 안 할 거면서."

"어떤 질문인지에 따라 다를 거야."

라우라의 투덜거림에 아젤이 능글맞게 대답했다. 그리고 물었다.

"전부터 궁금했던 게 하나 있는데… 너희가 루레인 왕국에서 용마공주와 용마왕자를 납치하려고 했던 이유는 뭐지? 아, 일단 두 사람이 아테인의 핏줄이라서 그럴지도 모른다고 추측하기는 했는데 맞나?"

"맞아. 어떻게 알았어… 라고 묻기에는 내가 단서를 줬구나."

"마치 일부러 알아차려 달라는 듯한 단서 흘리기였어. 그럴 생각이 아니라면 참으로 부주의했지."

"그때까지는 실패해 본 적이 없어서… 실패할 경우를 생각 못했어."

라우라는 여전히 무표정했지만 잘 보면 살짝 새침한 기색이 어린 것 같기도 했다. 아젤이 물었다.

"그럼 두 사람이 아테인이 남긴 수많은 혈족 중의 하나라는 건 맞는다는 거군."

"꼭 그래서는 아니야. 상부에서는 루레인 왕국의 현세대 용마왕족은 왕의 피가 가장 뚜렷하게 발현된 사례에 속한다고 판단했어."

용마왕족, 정확히는 용마공주가 다음 세대의 용마왕비가 되는 경우는 거의 없다. 용마왕비로 간택된 용마족 혹은 용마인 여성이 용마왕비가 되어 왕과 혼약해서 낳은 용마왕족은, 죽지 않고 무사히 책무를 마치고 나면 왕가에서 작위를 하사받아서 새로운 삶을 살게 된다. 그리고 또 다른 가문의 용마족 혹은 용마인 여성이 용마왕비로 간택되는 것이다.

즉, 은퇴한 수호그림자이기도 한 현재의 용마왕비는 이전의 용마왕족과는 관계가 없는 다른 가문의 혈손이며, 그녀 자신도 모르고 있었지만 아테인의 후손이기도 했다. 하지만 그녀가 아니라 그녀의 자식들을 노린 이유는 따로 있다.

"나도 모든 걸 아는 건 아니지만, 상부에서는 현재의 루레인 왕가 역시 그분의 피가 꽤 짙게 남아 있다고 보는 모양이야."

즉 아리에타와 세이가는 아테인의 후손끼리 맺어져서 태어난 존재다. 그들은 어둠의 설원에서 눈여겨볼 정도로 아테인의 후손으로서의 특성을 짙게 타고났다. 용마인이면서 용마족이라고 해도 믿을 정도로 강한 용마력을 가진 것부터가 그렇다.

아젤이 눈살을 찌푸렸다.

"그렇군. 근데 그게 두 사람을 노릴 이유는 안 되는 것 같은데? 직계 혈손이라면 모를까, 그런 식으로 태어난 후손에게 너희가 집착할 이유가 뭐가 있지?"

"왕의 그릇을 완성할 소재로 쓰기 위해서야."

"음?"

의아해하는 아젤을 보면서, 라우라가 태연하게 충격적인 사실을 던졌다.

"상부에서는 왕의 부활이 거의 막바지에 이르렀다고 보고 있어. 그분의 영혼을 담은 그릇만 마련된다면, 왕은 다시 세상에 부활할 것이고 루레인 왕국의 용마공주와 용마왕자는 그것을 위한 소재로 선택되었어."

"뭐라고?"

아젤은 아연해졌다. 그뿐만 아니라 그 자리에 있던 모두가 마찬가지였다.

6

예언지킴이 레논을 따라다니는 불사체 제타는 자신이 '잠들지 못하는 수호자들' 이라고 불리기 전, 즉 아직 살아 있는 인간이었던 시절에 대한 기억이 흐릿하다.

어쩔 수 없는 일이다. 악령들이 그러하듯이 불사체들은 집념의 근원이 되는 일을 제외하면 그리 기억력이 좋지 못한 게 보통이니까.

그리고 그것이 불사체들이 쉽게 미쳐서 파멸해 가는 이유다. 살아 있을 때 누리던 감각이 사라지고 기억도, 사고도 가닥가닥 끊기고 유실되기에 이성을 잃고 미칠 수밖에 없다.

그런 면에서 제타를 포함한 '잠들지 못하는 수호자들' 은 매우 특별하다. 그들은 생전의 기억을 많이 잃어버리기는 했지만 싸우기 위한 지식은 잊지 않았다. 그리고 불사체가 된 후의 기억은 마치 살아 있는 인간의 기억처럼 또렷했기에 수십 년이 지난 지금까지도 이성이 흐트러지지 않았다.

생전의 기억 중에 남아 있는 것은 역시 죽을 때의 기억이다.

제타도 용마왕 숭배자들에게 살해당했다. 삶의 터전이 파괴당하고, 가족을 잃고, 그리고 마침내 자신의 목숨마저 빼앗겼다.

다른 수호그림자와의 차이는 예언지킴이인 레논이 그의 마지막을 지켜보았다는 점이다. 그는 용마왕 숭배자들에게 복수하고자 대적하다가 죽음에 이르는 상처를 입었다. 그리고 한 발 늦게 그 자리에 수호그림자들을 이끌고 나타난 레논이 죽어 가는 그에게 물었다.

"복수하고 싶어요? 두 번 다시 안식을 얻지 못하고 괴로워할지라도?"

…대답은 고민할 것도 없었다. 레논과의 계약으로 그는 생전의 이름과 기억을 잃고 원한만을 불사르는 존재, 제타가 되었다.

그 후로 그는 수많은 용마왕 숭배자를 죽여왔다. 레논은 대륙 곳곳을 떠돌면서 용마왕 숭배자들을 찾아서 척살했고, 그런 한편 자신들이 간직한 예언의 사람이 나타나길 기다렸다.

수십 년 동안 레논도 여러 번 죽을 고비를 넘겼다. 예언지킴이인 그는 용마왕 숭배자들을 척살하는 것보다도 스스로의 목숨을 지키는 것이 우선시된다. 그들은 언젠가 나타날 예언의 사람을 위해서 존재하기 때문이다. 그러나 레논의 원한이 깊었기에 때때로 이성이 흐려져서 위험으로 걸어 들어가는 일이 발생했다.

그럴 때마다 제타는 레논을 지켜왔다. 지금처럼.

〈레논.〉

제타는 자신의 품에 안겨 있는 레논의 이름을 불렀다. 하지만 의식을 잃고 축 늘어진 레논은 대답하지 않았다.

그 앞에서 흙먼지가 뭉게뭉게 피어오르고 있었다. 무지막지한 힘이 폭발하면서 숲의 일각을 날려 버렸다. 제타가 아슬아슬한 타이밍으로 구출해 내지 않았다면 레논의 몸은 갈가리 찢겼으리라.

〈유감스럽게도 작별인사는 못할 것 같군. 죽은 몸이기는 해도 그 정도 정은 들었는데 말이다.〉

제타는 레논을 땅에 내려놓으며 말했다.

〈나중에 전해주지 않겠나? 자레스.〉

"…직접 전하라는 매정한 소리는 못하겠군. 좋아. 뭐라고 전해주면 되지?"

〈그동안 고마웠다고. 그걸로 충분하다.〉

"알겠어. 꼭 전하지."

자레스는 식은땀을 흘리고 있었다. 그도 방금 전의 폭발에 휘말려 죽을 뻔했다. 용마족 불사체 델타가 어깨에 들쳐 메고 몸을 날리지 않았더라면 그렇게 되었으리라.

델타가 그를 땅에 내던지며 말했다.

〈세타를 붙여주지. 그러면 레논을 데리고 도망치는 것 정도는 할 수 있겠지?〉

"큭, 레논은 곱게 모시고, 나는 내던지고. 취급이 왜 이리 달라?"

〈가슴에 손을 얹고 스스로에게 물어보면 답이 나올 거다. 어쨌든 꽁지 빠지게 도망쳐라. 네가 불면 날아갈 정도로 약하긴 해도 도망치는 건 잘하지 않나?〉

〈흠. 하지만 여기서는 무식하게 칼 휘두를 줄밖에 모르는 둘보다는 다재다능한 마법사인 제가 여기에 남는 게 맞는다고

봅니다만.〉

불사체 마법사 세타가 삐딱하게 말했다. 델타가 그에게 대꾸했다.

〈누가 남든 벌 수 있는 시간이 그리 많아질 것 같지는 않은데, 그나마 다재다능한 놈이 도망치는 쪽에 붙는 쪽이 좋지 않겠…….〉

델타의 말은 끝까지 이어지지 못했다. 숲 저편에서 폭음이 울렸기 때문이다.

콰콰콰콰콰콰!

그리고 흙먼지를 양쪽으로 갈라지면서, 격렬한 진동파가 대지를 타고 달려왔다. 세타가 펼친 방어막 위로 무시무시한 충격이 폭발했다.

꽈과광!

델타가 말했다.

〈…봤지? 당장 애들 데리고 다재다능하게 꺼져.〉

〈알겠습니다. 이미 죽은 몸이니 죽어서 다시 만날 일은 없겠지요. 좋은 곳으로 가시길 바랍니다.〉

〈뭔 인사가 그래? 어차피 갈 곳도 없구먼.〉

허탈하게 웃는 델타에게서 몸을 돌린 세타는 자레스와 레논을 마법으로 들어 올렸다. 그리고 고속으로 그 자리를 빠져나가기 시작했다.

델타가 중얼거렸다.

〈남은 수호그림자는 62… 아니, 61인가. 다 없어지기 전에

합공하는 게 나을 것 같은데, 어떤가?〉

〈동의한다.〉

제타와 델타는 부근에 있는 수호그림자의 존재를 파악하고 명령을 내릴 수 있었다. 처음 이곳에서 전투를 시작할 때 집결한 수호그림자의 수는 100을 넘었으며, 제타와 델타, 세타까지 있었기에 적을 압살할 수 있을 거라 확신했다.

하지만 착각이었다. 적들의 전력은 그들의 예상을 뛰어넘었으며, 터무니없는 괴물도 한 명 섞여 있었다.

후우우우우우!

광풍이 휘몰아치면서 흙먼지를 걷어내었다. 그리고 그 한가운데서 한 사람의 실루엣이 드러난다.

아니, 사람은 아니었다. 머리에 달린 굴강한 두 개의 뿔이 용마족임을 드러내서는 아니다. 그저 이미 죽은 시체를 두고 '사람'이라고 부르는 것이 옳지 않을 뿐이다.

〈후후. 이거 참. 수호그림자라, 말은 많이 들었지만 정말 귀찮은데?〉

수호그림자들에게 포위당한 것은 델타와 마찬가지로 용마족 불사체였다.

하지만 척 봐도 델타와는 다르다. 사악한 흑마법의 기운이 감도는 새카만 갑옷과 뼈만 남은 해골기사의 모습이라는 점은 비슷하다. 하지만 덩치가 훨씬 컸다. 정말 용마족이 맞나 싶을 정도로.

그는 키가 3미터에 가까운 거구였다. 거기에 보통 갑옷보다

두 배는 두꺼운, 비정상적으로 육중한 갑옷을 입고 있으니 마치 작은 산이 움직이는 것 같은 위압감이 흘러나온다.

그 손에는 커다란 전투 망치가 들려 있었다. 헤드가 사람 머리통보다 세 배는 크고, 자루 길이가 2미터에 달하는 전투 망치는 인간이라면 쓸 엄두도 내지 못할 것이다.

외양도 기괴하다. 마치 상아를 깎아서 만든 듯 새하얀 질감으로 헤드와 자루가 일체화되어 있다. 또한 헤드는 한쪽 면만을 타격용으로 쓰도록 만들어졌는데 뒷부분은 정교하게 조각된 인간의 얼굴 모양을 하고 있었다.

〈그나저나 산 놈들에게 볼일이 있었는데 죽은 놈들만 남아 있다니… 나도 인기가 없군.〉

〈그러는 네놈도 죽은 놈이잖나? 레이거스.〉

델타가 빈정거렸다.

거구의 용마족 불사체는 바로 용마전쟁 당시 용마왕을 따르던 네 명의 용마장군 중 하나 '대지의 비명을 삼킨 망치' 레이거스였다.

용마전쟁 때 전사했던 그는 불사체가 되어 지금까지 존재해 왔던 것이다. 그의 손에 들린 기괴한 전투 망치는 그의 상징이었던 용마기 '혼쇄(魂碎)의 인(印)'이었다.

레이거스가 웃었다.

〈그렇기는 하지. 뭐, 산 놈들의 일은 산 놈들에게 맡겨두고 일단 죽은 자들끼리의 일을 마무리 지어볼까?〉

레이거스는 여기 혼자 오지 않았다. 처음에 수호그림자들에게 발견된 것은 다수의 용마왕 숭배자들이었다. 그들은 일부러 모습을 드러내어 수호그림자들을 이곳으로 유인해 왔다.

레이거스가 말했다.

〈너희는 도망친 놈들을 쫓아라.〉

"레이거스 님. 하지만……"

흙먼지 속에서 용마족과 용마인들이 모습을 드러냈다. 그들은 하나하나가 어둠의 설원에 거하는 간부들로 강력한 힘의 소유자들이었다.

평소라면 현장에서 누구에게 고개를 조아릴 일이 거의 없는 이들이다. 그러나 불사체가 되기는 했어도 레이거스는 존귀한 존재였다.

〈실전 투입은 처음이긴 하지만… 그렇게 우려할 필요가 없다는 건 조금 전까지의 몸풀기로 증명된 것 같은데? 걱정 마라. 그리고 나는 아무도 없는 쪽이 훨씬 힘을 쓰기 쉽다.〉

"알겠습니다. 그럼……"

용마족과 용마인들은 레이거스의 뜻에 따라 그 자리를 벗어났다. 세타와 제타가 그들을 막으려고 했지만 그 순간 무시무시한 기운이 그들을 휘감았다.

"큭……!"

시커먼 저주의 힘이 보이지 않는 손이 되어 그들을 짓누른다. 심지어 그것은 시간이 지날수록 밀도가 높아져서, 이윽고 물리적 여파까지 미치기 시작했다.

파직! 파지지지지직!

불사체를 유지하는 어둠의 마력이 서로 충돌하면서 검은 스파크가 튀었다. 그리고 세타와 제타가 조금씩 뒤로 밀려난다. 일반적인 불사체를 훨씬 초월한 힘을 가진 둘이 힘을 합치는 데도 레이거스에게 밀린다.

〈으음!〉

제타가 앞으로 나서면서 검을 휘둘렀다. 그러자 검을 휘두르는 궤도를 타고 검은 파랑이 일어나 밀고 밀리던 힘의 기류를 베어버렸다.

그렇게 대치 상태를 깬 제타는 재빨리 아직 남아 있는 수호그림자 중 30개체를 빼내어 적의 뒤를 쫓았다. 그리고 레이거스에게 물었다.

〈어떻게 우리가 올 것을 알았나?〉

처음부터 함정이었다. 그곳에서 레이거스와 어둠의 설원에서 나온 간부들이 기다리고 있다는 것을 제외하면 어떤 장치도 없었지만, 레이거스의 존재는 수호그림자의 모든 예상을 초월했다.

'4대 용마장군이 이 정도였을 줄이야. 전해지는 것 이상이군. 생전에는 이보다 더 강했을까, 아니면 우리처럼 지금이 더 강한가?'

수호그림자는 강하다. 수호그림자 각 개체도 상당히 위협적인 전력을 소유하고 있으며 모이면 모일수록 기하급수적으로 강해진다.

여기에 그들을 지휘하며 결정적인 전력 역할을 할 존재, 즉 세타나 제타 같은 '잠들지 못하는 수호자들'이 더해지면 그 상승효과는 엄청나다. 어둠의 설원의 용마족 간부들조차도 수호그림자를 두려워하는 것은 다 이유가 있는 법이다.

지금만 하더라도 레이거스가 없었으면 승리하는 쪽은 수호그림자 쪽이었을 것이다. 그런데 레이거스의 힘이 상상을 초월했다. 레이거스가 혼쇄의 인을 휘두를 때마다 산봉우리가 날아가고 수백 미터 면적의 숲이 뒤엎어진다. 마치 용과 싸우는 것 같은 파괴력의 향연이었다.

'그래도 손쓸 도리가 없는 수준은 아니야. 우리가 여기서 사라지는 게 안타깝군.'

예언지킴이는 모두 여덟 명이고, 그들은 가장 신참인 자레스를 제외하면 모두 레논처럼 '잠들지 못하는 수호자들'을 거느리고 있다. 둘 이상의 예언지킴이들이 한자리에 모여서 '잠들지 못하는 수호자들'을 동원한다면 레이거스와 대적하는 것도 가능하리라.

거기까지 생각한 제타는 의아함을 느꼈다. 아무리 생각해도 이상하다. 레이거스는 지금까지 어둠의 설원이 감추고 있던 비장의 카드일 것이다. 그런 그를 수호그림자 앞에 드러내는 것은 그만한 가치가 있는 일이어야 한다.

어둠의 설원에서는 수호그림자에 대해서 구체적으로 알지는 못하지만 예언지킴이들이 특별한 존재라는 것은 알고 있었다. 그러니 예언지킴이들을 유인해서 해치울 수 있다면 그걸 감수할 만하다고 여겼으리라.

하지만 어떻게 예언지킴이의 행적을 정확히 파악하고 함정을 판 것일까? 그 점을 묻자 레이거스는 감추는 기색도 없이 대답했다.

〈간단하지. 그냥 너희가 죽인 우리 애들을 통해서 종적을 파악한 것뿐이다.〉

〈…설마 여기까지 오는 동안 우리가 해치운 게 전부 일부러 던진 희생양이었다고?〉

〈아니, 그렇지는 않다. 다만 정보의 초점을 너희의 행적에 맞춘 것뿐이지.〉

용마왕 숭배자들은 세상 곳곳에 흩어져 있다. 그들은 철저한 점조직으로 흩어져 있지만 말단에서 파악된 정보는 결국은 위로 전달되어 어둠의 설원에 도달한다. 아인세라가 품은 위대한 어둠이, 거기에 연결된 자들에게 대륙 전체를 아우르는 실시간 통신망으로 기능하기 때문에 정보 수집과 분석, 대처가 비정상적으로 빠르다.

어둠의 설원에서는 용마왕자 세이가 납치 시도 때 모습을 드러낸 예언지킴이들의 행적을 파악하는 데 많은 힘을 기울였다. 레이거스가 이들을 기다리고 있던 것은 그 성과다.

레이거스가 혼쇄의 인의 헤드를 손바닥 위에서 들었다 놨다 하며 물었다.

〈흠. 생각해 보니 꼭 산 놈을 상대로 물어볼 필요는 없군. 너희가 알고 있을 수도 있으니까.〉

〈무슨 소리를 하는 거지?〉

〈내가 너희에게 물을 것은 단 하나뿐이다.〉

레이거스는 해골의 눈구멍 속에서 푸른 불꽃을 피워 올리면서 물었다.

〈칼로스, 그 명줄 질긴 인간을 어디에 숨겨놓고 있지?〉

『용마검전』 5권에 계속…

전혁 新무협 판타지 소설
FANTASTIC ORIENTAL HEROES

王侯將相 왕후장상

『월풍』, 『신궁전설』의 작가 전혁이 전하는
유쾌, 상쾌, 통쾌 스토리, 『왕후장상』!

문서 위조계의 기린아 기무결.
사기 쳐서 잘 먹고 잘살던 그에게 날벼락이 떨어졌다.
바로 녹슨 칼에서 나온 오천만 냥짜리 보물지도!

기무결에게 내려진 숙제,
오천만 냥을 찾아라!

그러나 꼬인 행보 끝 도착한 곳은 동창의 감옥이었으니……

"으아악! 이게 뭐야!! 무림맹이 왜 여기 있는 거야!"

천하제일거부를 향한 기무결의
끝없는 도전이 시작된다!

Book Publishing CHUNGEORAM

용마검전
FANTASY FRONTIER SPIRIT
김재한 판타지 장편 소설

「폭염의 용제」, 「성운을 먹는 자」의 작가 김재한!
또다시 새로운 신화를 완성하다!

『용마검전』

사악한 용마족의 왕 아테인을 쓰러뜨리고
용마전쟁을 끝낸 용사 아젤!

그러나 그 대가로 받은 것은 죽음에 이르는 저주.
아젤은 저주를 풀기 위해 기나긴 잠에 빠져든다.

그로부터 220년 후……

긴 잠에서 깨어난 아젤이 본 것은
인간과 용마족이 더불어 살아가는 새로운 세상이었다.

Book Publishing CHUNGEORAM

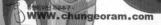

유행이 아닌 자유추구 -
WWW.chungeoram.com